Jenny Völker

Im Bann der verwunschenen Zeit

Jenny Völker

Im Bann der verwunschenen Zeit

Ein spannender Märchenroman

Impressum

Copyright © 2020 Jenny Völker – Alle Rechte vorbehalten

Jenny Völker, Bäckerei Kahl, Friedberger Anlage 14,

60316 Frankfurt am Main, info@jennyvoelker.com

www.jennyvoelker.com

Herstellung und Verlag: BoD – Books on Demand, Nordersted

Lektorat: Christoph Völker

Cover: Juliane Buser – Grafikdesign

ISBN: 978-3750-441217

Bibliografische Information der Deutschen Nationalbibliothek:
Die Deutsche Nationalbibliothek verzeichnet diese Publikation in der Deutschen Nationalbibliografie; detaillierte bibliografische Daten sind im Internet über dnb.dnb.de abrufbar.

Dieses Buch widme ich allen Müttern
– ihr seid wunderbar!

Kapitel 1

Vor vielen, vielen Jahren

irabelle lag mit offenen Augen auf ihrem Bett. Sie war ganz allein in ihrem Zimmer. Die Vorhänge vor den großen Fenstern waren zugezogen und die strahlende Frühlingssonne vermochte nicht durch die schweren Samtvorhänge zu dringen. Düster und kalt war der Raum, in dem schon lange kein Lachen mehr erklungen war.

Jeder einzelne Spiegel war mit einem Tuch verhangen. Der große goldene, in dem sie und ihre Kammerzofen sie stets in ihren neuesten Kleidern bewundert hatten; der in dem Messingrahmen, vor dem sie sich immer gedreht hatte, um zu überprüfen, ob der Rock weit genug schwang; und die beiden kleinen auf ihrer Kommode, in denen sie sich immer selbst zugelächelt hatte, während ihre Mutter oder eine der Bediensteten ihr langes, goldenes Haar gekämmt hatten.

»Sie ist entstellt auf alle Zeit!«, hörte sie ihre Mutter zum wiederholten Male den Doktor anschreien.

Entstellt auf alle Zeit. Das war sie. Sie, die schöne Mirabelle! Sie, die von allen bewundert und bereits im zarten Alter von sechs Jahren von Prinzen hofiert worden war. Gerade einmal zwölf Jahre alt und entstellt auf alle Zeit.

Noch vor wenigen Tagen hätte man meinen können, das interessiere auf diesem Landsitz keinen. Als sie in ihren Fieberträumen gefangen, nicht ansprechbar und dem Tode so nahe gewesen war.

Doch heute, da sie die Krankheit niedergerungen und ihre Kräfte zurückerlangt hatte, schien die Sorge um sie vergessen, schien das Leben an sich wertlos angesichts dessen, was die Krankheit aus ihr gemacht hatte.

Mirabelle lag auf ihrem Bett und starrte an die Decke. Was hatte sie getan? Womit hatte sie das verdient? Immer wieder kehrte die Erinnerung an jenen Tag zurück, an dem sie erkannt hatte, was aus ihr geworden war. Der Tag, der ihre Träume zerplatzen ließ wie Seifenblasen und der ihr alle Hoffnung auf die Zukunft genommen hatte.

Es war fünf Tage her. Sie hatte das erste Mal seit Wochen die Augen bewusst geöffnet und jemanden an ihrem Bett sitzen gesehen. Aber es war nicht ihre Mutter, die an ihrer Seite wachte, sondern ihre Schwester Annabelle.

Das Lächeln der kleinen Schwester war so lieblich, dass Mirabelle zunächst keinen Verdacht schöpfte, irgendetwas könnte sich geändert haben. Doch dann nahm sie die Blicke der Diener wahr. Und als die Kammerzofen, die sie stets umschwärmt und geherzt hatten, an diesem Tag auf Abstand blieben, regte sich in ihr der Verdacht, etwas könnte sich geändert haben. Etwas könnte mit ihr geschehen sein.

An jenem Tag spürte sie es zum ersten Mal: Das fürchterliche Jucken.

Ihr Arm kribbelte und prickelte entsetzlich. Während sie den Ärmel des Spitzennachthemdes hochzog und ihr Blick zunächst nur beiläufig auf ihre Hand und ihren Arm fiel, entfuhr ihr ein entsetzter Aufschrei.

»Was ist mit meiner Haut?«

Unzählige Aufschürfungen, schuppige Haut und rote Flecken, auf denen eine hässliche Kruste festsaß, zogen sich über ihre Hände und Arme. Sofort schlug sie die Bettdecke zur Seite und entdeckte die gleichen Zeichen der vergangenen Krankheit auf ihren zierlichen Füßen und schlanken Fesseln. »Bringt mir sofort einen Spiegel!«

Die Eltern hatten den Dienern ausdrücklich verboten, ihr einen zu reichen, und sie zogen sich an jenem Tag beschämt in den Hintergrund zurück. So sehr Mirabelle auch flehte und bettelte, forderte und drohte, keiner von ihnen reichte ihr einen Spiegel. Wieso durfte sie nicht nachschauen, wie ihr Gesicht aussah?

Kurz darauf stürmte ihre Mutter in das Zimmer. Der Blick, mit dem sie ihre Tochter bedachte, sprach mehr als tausend Spiegel. Mit zitternder Hand reichte sie ihr einen winzigen Klappspiegel in Muschelform, sodass Mirabelle sich kaum in Gänze erkennen konnte. Es reichte aus.

Der Moment, in dem sie ihr Gesicht erblickte, war der Moment, in dem etwas in ihr brach. Ihre Schönheit, ihr einziges Gut, ihre Absicherung, verloren für immer …

Ihr Arm fiel kraftlos auf das Bett, der Klappspiegel glitt aus ihrer schlaffen Hand und schlug mit einem dumpfen Ton auf den Teppich. Als schämte sich der Spiegel dafür, was er angerichtet hatte, zerbrach er in tausend Stücke.

Kapitel 2

annah schlug entschieden mit den Handflächen auf den Holztisch. »Was halten Sie davon: Sie kümmern sich ab jetzt um gar nichts mehr. Wir dekorieren das Vereinshaus für ihren großen Tag.«

Die Blonde kratzte mit ihren unechten Fingernägeln über das kleine Loch in dem alten Holztisch und zog die Stirn kraus. »Ich dachte, Sie sind nur ein einfacher Blumenladen. Bieten Sie diesen Service denn an?«

Hannah drehte sich zu ihrer Chefin Ines um, die gerade einen Strauß aus Sonnenblumen band und ihr zunickte, und wendete sich wieder ihrer Kundin zu. »Selbstverständlich. Wir sind die Blumenfachleute. Wenn nicht wir, wer sonst könnte diese alte Hütte in eine märchenhafte Hochzeitslocation verwandeln?!«

Die Kundin strahlte sie an und wenig später war das Geschäft unter Dach und Fach. Während sich die Zukünftige mit dem Klingeln der Ladenglocke verabschiedete, humpelte Ines zu Hannah an den Verkaufstresen und strich sich eine graue Strähne aus dem Gesicht. »Mensch, wie ist dir das denn gelungen? Schon wieder so ein Großauftrag! Das ist ja fabelhaft!«

Hannah zuckte mit den Schultern. »Ich kann mich noch erinnern, wie sehr man sich als Braut an diesem großen Tag stresst.« Den mitleidvollen Blick verbarg Ines hinter einem halbherzigen Lächeln.

»Aber das ist ein Samstag. Da hast du frei wegen der Kinder und ich muss den Laden hüten.«

»Ach, das wird schon. Marco und Emi können alleine zuhause bleiben und Leon nehme ich einfach mit.«

»Bist du dir sicher?«

»Klar. Das letzte Mal hat es auch super geklappt.« Hannah trank ihren Kaffee aus und stellte die Tasse in die kleine Spüle.

»Blumenladen und Dekorateur in einem – dass ich da nicht schon früher draufgekommen bin! So kann sich das Blatt wenden. Noch vor knapp zwei Jahren habe ich mich gefragt, ob ich denn verrückt sei, dir den Aushilfsjob anzubieten, wo ich kaum selbst über die Runden komme. Und jetzt hast du meinen versteckten Blumenladen in einen Kundenmagneten verwandelt.«

Hannah zwinkerte ihr zu. »Ich würde sagen, das schreit nach einer Gehaltserhöhung.«

Ines' Mundwinkel wanderten nach unten. »Ich sehe, was ich tun kann, Liebes. Du weißt ja, wie knapp es auch bei mir ist. Bis vor kurzem dachte ich, wir müssten den Blumenladen schließen! Aber wenn du willst, kannst du etwas mehr als zwanzig Stunden die Woche arbeiten. Bei deinem Engagement, wenn du hier im Laden bist, spülst du dir dein Gehalt direkt selbst in die Kasse.«

»Nein, ich will nachmittags bei den Kindern sein. Sie sind noch so klein, besonders Emi und Leon. Und auch Marco ist mit seinen zehn Jahren noch lange nicht selbstständig.«

Ines lachte. »Lass das den jungen Mann nicht hören.«

Hannah band sich die grüne Schürze ab, hängte sie an den Haken und griff nach ihrer Handtasche. »So, jetzt muss ich aber los und Leon vom Kindergarten abholen. Wenn ich

11

noch einmal zu spät komme, verlängern die Erzieher eigenmächtig den Vertrag und ich muss hundert Euro mehr im Monat bezahlen.«

»Alles klar. Wenigstens fangen nächste Woche die Sommerferien an.«

Hannah nickte und winkte Ines noch einmal zu, während die Ladenglocke bereits bimmelte.

∞

»Wo sind meine Stutzen und mein Trikot?« Marco stapfte durch Hannahs Schlafzimmer, wo sie inmitten alter Kinderkleider auf dem Teppich hockte und die kleinen Stücke begutachtete. Als wäre das Chaos nicht bereits vollständig, durchwühlte Marco die Wäsche und schmiss achtlos die T-Shirts und Socken durch die Gegend. »Ich hab gleich Training. Hast du das vergessen, Mama?«

»Natürlich nicht! Vielleicht suchst du mal gründlich in deinem Schrank danach?!«

Marco polterte wieder hinaus und Emi kam gleichzeitig hineingestürzt, dicht gefolgt von Leon. Beide richteten ihre großen braunen Kinderaugen, die denen ihres Vaters so ähnlich waren, auf den Kleiderberg. »Warum hast du meine Babysachen rausgeholt, Mami?«

Hannah band sich ihre langen dunkelblonden Haare zu einem unordentlichen Dutt. »Wir sind heute auf Lenas Babyparty eingeladen und dafür brauchen wir ein Geschenk!«

»Du hast doch nicht ernsthaft vor, gebrauchte Sachen zu verschenken?!«, hörten sie Marco aus seinem Zimmer rufen.

»Ich habe ja auch einen süßen rosa Body gekauft. Aber dieses Kleid von dir, Emi, hat Lena damals schon geliebt und du hast es nur einmal angehabt.«

Emi sah erschrocken auf das rosa Kleid, das mit weißen Blumen bestickt war, riss es ihrer Mutter aus der Hand und drückte es an ihre Brust. »Du kannst doch nicht mein süßes Kleidchen hergeben, Mami!«

»Nur der Body ist aber zu wenig!«

»Wieso kaufst du nichts?«, erklang Leons hohes Stimmchen.

»Weil wir am Monatsende nie für etwas Geld übrig haben!«, hörten sie Marcos Kommentar.

»Haben wir etwa kein Geld mehr?«, erschrak Emi.

Hannah zog ihre Tochter auf den Schoß und strich ihr über die schulterlangen blonden Haare. »Mach dir keine Gedanken, mein Schatz. Mami schafft das schon.«

Es klingelte an der Tür. Hannah verdrehte die Augen, während Leon und Emi bereits zum Eingang rannten.

»Mama, es ist unsere Nachbarin!«

»Wer auch sonst.« Hannah verdrehte erneut die Augen, erhob sich vom Boden und lief zur Wohnungstür, wo die korpulente alte Frau bereits von ihren Kindern begrüßt wurde. Sie trug wie immer eine rote Strickjacke und strich sich mit der Hand durch ihre großen grauen Locken, die sie nachts gewiss auf Lockenwickler drehte.

»Hallo Frau Meyer, da sind Sie ja. Was machen Sie bei dem schönen Wetter denn zuhause? Wollen Sie mit den Kleinen nicht mal auf den Spielplatz gehen?«

Hannah verdrehte innerlich ein weiteres Mal die Augen. Sie wäre auch lieber mit den Kindern draußen im Grünen. Aber die alte Nachbarin hatte natürlich keine Ahnung, wie anstrengend es alleine mit drei Kindern war, die alle andere Bedürfnisse und unterschiedliche Schul-, Kindergarten- und Trainingszeiten hatten.

»Wir gehen nachher raus«, antwortete sie ihr ausweichend. »Was gibt es denn?«

»Ich war gerade beim Einkaufen und da habe ich für die Kleinen etwas mitgebracht!«

Leon und Emi hopsten im Flur.

»Das ist sehr nett, aber Sie brauchen wirklich nicht jeden Tag …«

»Ach, das mach ich doch gerne.« Bei den Worten zauberte die alte Frau hinter ihrem Rücken drei Tafeln Schokolade hervor.

»Das ist so großzügig von Ihnen, aber es reicht wirklich auch eine Tafel.«

»Da gibt es doch nur Streit, liebe Frau Meyer. Das weiß ich noch, als ich so klein war.« Sie zwinkerte den beiden Kleinen zu und legte ihnen die drei Tafeln in die ausgestreckten Hände. »Danke!«, riefen die Kinder im Chor.

»Wenn mal etwas ist, kann ich ruhig auf Ihre Engelchen aufpassen, Frau Meyer. Ich weiß doch, wie schwer das alleine mit drei Kindern ist.«

»Das ist sehr freundlich, Frau …«

»Sie sollen mich doch Frieda nennen!«, ermahnte die Nachbarin mit erhobenem Zeigefinger und lächelte dabei über ihre Halbmondgläser. Ihre großen Vorderzähne rutschten dabei über die Unterlippe und verliehen ihrem spitzen Gesicht etwas Mausartiges.

Hannah seufzte innerlich auf. »Das ist sehr freundlich, Frieda, aber ich schaffe das schon.«

»Wollen Sie nicht mal ausgehen? Sie sind noch so jung. Vielleicht ergibt sich …«

»Nein, ich gehe nicht aus! Und nun entschuldigen Sie uns, wir haben noch einiges zu tun.«

»Ja, aber selbstverständlich, liebe Frau Meyer. Falls etwas sein sollte, ich bin nebenan!«

Mit einem Augenrollen schloss Hannah die Wohnungstür.

»Zum Glück ist die liebe Frieda neben uns eingezogen!«, rief Leon, während er erfolglos versuchte, seine Tafel zu öffnen.

»Die ist viel netter als der Mann, der da früher gewohnt hat und immer so genuschelt hat!«, bekräftigte Emi und steckte sich bereits das erste Stück Schokolade in den Mund.

Hannah pflichtete ihr bei, auch wenn Frieda mehr als aufdringlich war. Sie hatten mit ihr großes Glück gehabt. In der Gegend, in der sie wohnten, gab es selten freundliche und anständige Nachbarn – der Mann, der zuvor in der Wohnung gelebt hatte, war die meiste Zeit betrunken gewesen und hatte herumgebrüllt, sowohl in seiner Wohnung als auch im Hausflur und unten auf der Straße. Sie war stets mit einem mulmigen Gefühl mit ihren Kindern vor die Tür gegangen, immer hoffend, nicht von ihm überrascht zu werden.

Sie nahm die zwei Tafeln, deren Verpackungen noch nicht aufgerissen waren, den beiden Kleinen aus der Hand. »Ihr könnt euch eine teilen!«

»Aber Emi gibt nie ab!«, schrie Leon sofort auf.

»Gib mir auch mal ein Stück«, kam Marco angeschlurft. Mit einer lässigen Kopfbewegung schüttelte er sich die dunkelblonden Haare aus der Stirn und zog seiner kleinen Schwester die Nascherei aus der Hand. Er teilte die Tafel in drei gleich große Stücke und gab seinen kleinen Geschwistern brüderlich davon ab.

Hannah verstaute die restlichen Schokoladentafeln in dem oberen Fach, das überquoll von all dem Süßkram, den die Nachbarin täglich ablieferte.

Vielleicht sollte sie anfangen, auf den Spielplätzen Süßigkeiten zu verkaufen – Lieferprobleme hätte sie keine.

∞

Nachdem Hannah Marco zu seinem Fußballtraining gefahren hatte und nun mit ihren beiden Kleinen auf dem Weg zu der Babyparty ihrer alten Kindergartenfreundin Lena war, schielte sie bei jeder roten Ampel auf das hübsch verpackte Geschenk, das auf dem Beifahrersitz lag. Darin verbarg sich unter dem winzig kleinen rosa Babybody das süße Kleidchen, das ihre Tochter zur Taufe getragen hatte.

Hannah erinnerte sich, als wäre es gestern gewesen. Wie süß hatte die kleine Emi darin ausgesehen und wie sehr hatte Andreas sie darin bewundert. Stolz hatte er sie auf seinem Arm gehalten und kaum aus der Hand gegeben, so sehr hatte er seine kleine Tochter vergöttert.

Ob es ein Fehler war, das Kleid herzugeben? Es sah so zauberhaft aus und barg so viele Erinnerungen.

Aber genau aus diesem Grund hatte Hannah es wählen müssen. Andreas war nicht mehr da, seit über fünf Jahren. Anziehsachen brachten ihn auch nicht wieder zurück. Außerdem würde sich Lena sehr über das Babykleid freuen. Auf Emis Taufe hatte sie immer wieder betont, wie wunderschön das Kleidchen war und dass Hannah es auf keinen Fall wegwerfen durfte.

Als würde sie jemals Kinderkleidung wegwerfen! Nun gut, die abgetragenen und löchrigen Teile hatte sie in den Altkleidercontainer geschmissen, aber alles, was noch hübsch aussah, verkaufte sie über das Internet. Das brachte zwar mehr Arbeit als Geld, aber jeder Cent zählte. Es war nicht leicht, alleine für drei Kinder zu sorgen.

Hannah durfte sich keine Sentimentalitäten leisten!

Außerdem hätte sie tatsächlich kein größeres Geschenk für Lena kaufen können. Mit dem letzten Zehner, der noch in ihrem Portemonnaie gewesen war, hatte sie auf dem Weg zu ihrer Freundin tanken müssen – sonst hätte sie gar nicht zu der Babyparty fahren können. Und mal ehrlich, ihrer Freundin war es doch gewiss viel wichtiger, dass sie auf die Feier kam, anstatt dass sie ein teures, großes Geschenk überreichte, oder?

Während sie am Straßenrand parkte und ihre Kinder aus dem Auto zog, fuhr ein riesiger blitzender Mercedes vor. Der Fahrer hupte lautstark, und Emi und Leon sprangen erschrocken neben ihre Mutter. Aus dem Wagen stieg eine hochschwangere Frau, die ein überdimensionales Geschenk auf ihren Armen balancierte.

Hannah hielt inne. Die ging doch nicht etwa auch auf die Party?!

Bevor die Frau ihren Blick bemerkte, klemmte Hannah das süß verpackte Präsent unter den Arm und eilte mit ihren beiden Kindern an der Hand über die Straße zu Lenas Haus – direkt hinter sich die hochschwangere Huperin.

»Bist du auch eine Freundin von Lena?«

Während Emi klingelte, drehte sich Hannah halbherzig um. Natürlich stand die Hochschwangere hinter ihr und natürlich war auch sie auf dem Weg zu Lena und ihrer Babyparty!

»Ja, wir kennen uns noch aus dem Kindergarten!«

»Das ist ja putzig. Wir sind Arbeitskolleginnen seit zwei Jahren.« Sie stöhnte auf und wies mit den Augen auf das monströse Geschenk in ihren Armen. »Ist ganz schön schwer. Hab es extra importieren lassen.«

Hannah versuchte ein Lächeln, das ihr nicht gelang, als endlich die Tür aufging und eine strahlende Lena vor ihnen stand.

»Hannah, Emi, Leon, wie toll, dass ihr da seid! Schön, dass du die beiden mitgebracht hast!« Sie begrüßten sich herzlich und Hannah wollte ihr das Geschenk überreichen, doch Lena wandte sich bereits an die Hochschwangere hinter ihnen. »Charlotte, was soll das?« Sie wies auf das riesige Geschenk. »Ich habe gesagt, nur etwas Kleines!« Dann lachten sie so laut, als wüssten beide, dass das nur ein Scherz gewesen war.

»Für unseren Nachwuchs nur das Beste!« Bei den Worten strich sich besagte Charlotte mit einer Hand über den gigantischen Babybauch. So schwer konnte das importierte Geschenk also doch nicht sein!

Hannah schob die Kinder ins Haus und stockte. Alles war rosa. Rosafarbene Ballons, rosafarbene Tischdecken, selbst die Gläser, Tassen und Teller waren rosa. Daneben war ein Büffet angerichtet, das Hannah sofort das Wasser im Mund zusammenlaufen ließ. Rosa Petit Fours, Marmorkuchen, Torten mit rosa Zuckerperlen, Salate, Aufläufe und Grillspieße. Lecker!

Und neben diesen Gaumenfreuden war ein Tisch aufgebaut, auf dem sich die Geschenke stapelten. Aber was für riesige Pakete dort lagen. Wie viel Geld gaben die Leute für eine Babyparty aus?

Hannah wurde etwas rot, während sie verstohlen ihr kleines Geschenk neben die anderen legte. Zum Glück gab es einen Geschenketisch. Bestimmt packte Lena die Präsente am Abend alleine aus. Ich sollte mich nicht schämen, schalt sie sich. Aber ein wenig tat sie es nun doch.

Hätte sie lieber ohne Geschenk kommen sollen? Behaupten, sie hätte es vergessen, und nächste Woche, wenn das Gehalt kam, etwas Größeres kaufen sollen?

Nein, der Body war zuckersüß und das Kleid tadellos. Und Lena hatte es quasi bei ihr bestellt. Die Freundin würde es doch gewiss wertschätzen!

O wie sie es hasste, immer so knapsen zu müssen! Sie war nicht geizig und wusste von dem Spruch, kleine Geschenke erhalten die Freundschaft. Aber während ihre Geschenke dem Spruch gemäß klein blieben, brachten die Anderen immer größere Präsente mit und schienen das als normal zu empfinden. Hannah wäre auch gerne großzügiger, doch es ging einfach nicht. Mit ihrem kleinen Gehalt musste sie alleine sämtliche Kosten stemmen – an Urlaub war nicht einmal zu denken!

Natürlich übertrieben die Anderen maßlos mit ihren großen Gaben, dennoch wäre auch Hannah gerne einmal diejenige, die für ein freudiges »Wow« sorgte. Aber es war nicht möglich.

Seit sie alleine für ihre Kinder sorgen musste, hatte sie ihre eigenen Ansprüche mehr und mehr zurückgeschraubt und alltägliche Abläufe verändert, um Geld zu sparen. Und noch waren die Kinder klein, sie brauchten nicht viel. Doch bei Marco fing es bereits an, dass er sich mit seinen Freunden nicht mehr auf dem Fußballfeld, sondern im Kino treffen wollte. Sie fragte sich, wie sie das alles in Zukunft stemmen sollte.

Aber wer wusste schon, ob die Zeiten nicht auch für sie irgendwann mal wieder besser werden würden. Womöglich konnte sie Ines' Blumenladen noch mehr zum Laufen bringen und die freundliche Chefin würde ihr dann gewiss mehr

Gehalt zahlen. Sie hatte zwar ursprünglich immer etwas Eigenes aufbauen wollen, aber die Zeit der Träumereien war vorbei.

»Lecker!«, riefen Emi und Leon im Chor und stürmten auf den Kuchen zu. »Dürfen wir, Mami? Bitte!«

Die Babyparty nahm ihren Lauf. Immer mehr Frauen trudelten mit immer größeren Geschenken ein und da sie sich alle zu kennen schienen, verzog sich Hannah mit den Kindern in den gepflegten Garten zurück, um den Schwatzereien der Gäste zu entkommen.

Erschöpft von der arbeitsreichen Woche ließ sie sich auf einen der bequemen Gartenstühle sinken und genoss eine Tasse Kaffee, während ihre Kinder über die perfekt gemähte Wiese und an den prächtigen Rhododendren vorbeirannten.

Wäre alles anders gekommen, hätte sie sich dann wohler unter den vielen Gästen gefühlt? Wäre sie eine von ihnen? Würde sie mit ihnen reden und lachen, ihre Gesellschaft genießen und mit einem ebenso großen Geschenk ihre Aufwartung machen, wenn sie nicht alleinerziehend wäre und die Lasten alleine schultern müsste?

Sie beobachtete ihre Kinder beim Spielen und es beruhigte ihre aufwühlenden Gedanken.

»Hannah, da bist du ja!« Lena kam nach draußen, stützte sich auf die Lehnen des Gartenstuhls neben ihr und ließ sich vorsichtig darauf nieder. »Ich bin erledigt.« Sie strich sich liebevoll über ihren Babybauch.

»Das kann ich mir vorstellen. Es sind ganz schön viele Leute da! Sind das alles deine Kolleginnen?«

»Die meisten, ja. Ein paar von ihnen sind Nachbarinnen und Bekannte aus dem Schwangerschaftsvorbereitungskurs. Obwohl wir erst seit ein paar Wochen hier wohnen, haben wir schon so viele Leute kennengelernt. Fast alle in dem Wohngebiet sind schwanger oder haben bereits kleine Kinder!« Lena lächelte selig. »Ihr flieht doch nicht etwa vor ihnen?«

»Entschuldige, Lena, ich bin erledigt von der Woche. Der Trubel ist mir etwas viel und die Kinder können hier draußen besser spielen – und ich bekomme sie mal von all den Naschereien weg.« Sie zwinkerte ihrer Freundin zu und trank einen Schluck aus ihrer Tasse.

»Wie läuft es denn im Blumenladen? Macht die Arbeit Spaß?«

»Es ist ok. Ines ist sehr nett und sie hat Verständnis, dass ich in den Schulferien viel weniger arbeite oder wenn ich nicht kommen kann, weil die Kinder krank sind.«

»Aber bist du zufrieden? Du hast doch immer von etwas Eigenem geträumt. Wolltest du nicht immer ein Büchercafé eröffnen?«

Hannah betrachtete die rote Tasse in ihren Händen. »Vielleicht wenn die Kinder größer sind und auf eigenen Beinen stehen. Solange ich alleine für sie verantwortlich bin, kann ich kein Risiko eingehen.«

Lena nickte verstehend und beobachtete Emi und Leon, die über ein Gänseblümchen gebeugt auf der Wiese hockten und einen Marienkäfer begutachteten. Sie tuschelten miteinander und kicherten, als würden sie sich eine lustige Geschichte über ihn ausdenken. »Sie sehen so glücklich aus. Ich bin froh, dass es euch besser geht!«

Hannah versteifte sofort. Sie mochte es nicht, darüber zu reden. Erst recht nicht, wenn alle anderen so glücklich waren. »Wir sind wohlauf! Aber jetzt zu dir. Euer Haus und euer Garten sind ein Traum geworden!«

»Ja, Stefan arbeitet sehr viel, damit ich unserem kleinen Krümelchen ein traumhaftes Nest bauen kann! Und ich bin so froh, nicht mehr in einer kleinen Wohnung leben zu müssen! Kinder brauchen Platz! Gut, dass er das Haus für uns gekauft hat!« Sie lachte und strich sich erneut glückselig über den gewölbten Bauch.

Hannah blockierte alle Gefühle, die bei den Worten in ihr aufzusteigen drohten. Sie hatte bis vor wenigen Jahren auch in einem hübschen Haus in einer ruhigen Wohngegend gelebt, mit einem großen Garten, hilfsbereiten Nachbarn und einem Parkplatz vor der Tür. Kälter, als sie es wollte, antwortete sie: »Das ist schön für dich.«

»Entschuldige, Hannah, ich wollte nicht …«

»Hast du nicht. Alles gut!«

Deshalb ging sie nicht mehr gerne zu Freunden. Sie wusste nicht, ob es an ihr lag, aber jedes Mal gab es diese Situation, in der die Vergangenheit sie einholte und sie selbst spürte, wie sie – meist durch ihre Reaktion – eine dunkle Wolke über die ausgelassene Stimmung schob. Sie wollte gar nicht wie ein rohes Ei behandelt werden! Niemand konnte etwas dafür, dass die Dinge nun einmal so waren, wie sie waren.

Sie wusste nicht, ob es soeben ihre Tonlage gewesen war, die für schlechte Stimmung sorgte, oder sich Lena über sich selbst ärgerte, sie an die vergangenen Jahre erinnert zu haben. Und so erging es ihr mit all ihren Freundinnen. Mit keiner konnte sie sich mehr ausgelassen unterhalten. Wann hatte sie zuletzt mit Lena ungezwungen geplaudert? Sie wusste es nicht.

Lena hielt verschämt den Blick auf ihren Bauch gerichtet, weshalb Hannah ein schlechtes Gewissen bekam. Sie hätte gar nicht kommen sollen. Sie wollte ihr diesen schönen Tag nicht verderben.

Manchmal fragte sie sich, weshalb sie überhaupt noch zu ihren alten Freundinnen ging. Jedes Mal dachte sie sich im Vorfeld, auf diese Weise würde sie sich weniger alleine fühlen, doch wenn sie bei ihren Freundinnen war und die von ihrem umwerfenden Leben erzählten, fühlte sie sich stets einsamer als zuvor.

»Was ist gut?«, hörten sie eine kichernde Kollegin von Lena hinter sich. Offenbar war Lenas Abwesenheit aufgefallen! Drei Frauen ließen sich neben ihnen auf die freien Gartenstühle sinken, darunter auch Charlotte mit dem Riesenbauch.

Hannah atmete erleichtert auf. Nun würde Lena wieder auf andere Gedanken kommen. Innerlich zog sie sich aus der Gruppe zurück, froh darüber, dass die dickbäuchige Charlotte sofort alle Aufmerksamkeit auf sich zog. »Ich wünschte«, begann diese lautstark, als wollte sie auch die Nachbarn an ihren Erzählungen teilhaben lassen, »ich hätte es auch schon geschafft und hätte zwei so entzückende Kinder in dem Alter. Da hast du es doch schon viel leichter als wir!«

»Hannah hat noch ein Kind. Drei Kinder!«, ergänzte Lena, offenbar erleichtert, das Thema wechseln zu können, woraufhin Charlotte und die anderen beiden Hannah ansahen, als hätte sie damit eine Vereinbarung gebrochen.

»Drei Kinder? Ist das nicht etwas viel?«

»Drei ist das neue zwei!«, konterte Hannah mit einem Augenzwinkern. Von so einem selbstgefälligen Tuschkasten ließ sie sich bestimmt nicht kleinreden!

»Klar, wenn man es sich leisten kann. Und wo ist dein Mann? Auf der Arbeit?«

Lena stockte und warf Hannah einen bangen Blick zu, die unter ihrer heiteren Maske versteifte. Wieso ging es nicht auch einmal, ohne dass das Thema angeschnitten wurde?

»Nein, ich bin alleinerziehend!«

»Alleinerziehend mit drei Kindern?«, japste Charlotte. »Da ist es bestimmt nicht leicht, einen neuen Kerl zu finden!«

»Darauf lässt sich kein gescheiter Mann ein!«, setzte eine der anderen noch oben drauf.

Was bildeten die beiden sich eigentlich ein? Sollten Frauen nicht immer zusammenhalten, insbesondere Mütter – egal woher sie kamen oder was sie arbeiteten oder in welchem Beziehungsstatus sie sich befanden?

Hannah fixierte die beiden mit einem Blick, in dem sich Flapsigkeit und Angriff die Hand gaben. »Wer weiß, ob nicht auch auf mich noch irgendwo ein Märchenprinz wartet!«

Die drei lachten laut, wahrscheinlich auf Hannahs Kosten, doch sie stand darüber. Was fand Lena nur an diesen aufgeblasenen Gänsen? Verstohlen linste sie auf die Uhr. Wann konnte sie gehen, ohne unhöflich zu sein?

»Hoffentlich sind sie wenigstens alle von demselben Mann!?« Charlotte beobachtete Hannahs Miene, als erhoffte sie sich einen hübschen Skandal.

Wie oft schon hatten die Leute abwertend reagiert, wenn sie erfuhren, dass sie eine alleinerziehende Mutter von drei Kindern war. Ihr Fell war dick geworden. Sehr dick.

Hannah zwinkerte übertrieben selbstbewusst in die Runde. »Ich weiß nicht einmal, von welchen drei Männern!«

Keine der Frauen reagierte, bis sich Lena einschaltete. »Das war nur ein Scherz! Natürlich sind alle drei Kinder von demselben Mann!«, woraufhin die drei in ein hyänenhaftes Lachen ausbrachen.

»Apropos, wie geht es Matthias?«, versuchte Lena das Gespräch in eine andere Richtung zu lenken.

»Er ist viel am Arbeiten – das kennst du ja. Seine Kanzlei wird erfolgreicher und erfolgreicher. Übrigens«, wandte sich Charlotte schon wieder an Hannah, »wenn dir dein Ex nicht ordentlich Unterhalt zahlt, die Kanzlei meines Mannes hat auch eine Abteilung für Familienrecht. Die können dir weiterhelfen!«

In dem Moment kamen Emi und Leon zu ihnen gerannt. »Mami, der Marienkäfer hatte drei Punkte. Heißt das, er ist drei Jahre alt?«

»Richtig, mein Schatz.«

Charlotte beugte sich ein wenig zu ihnen vor. »Gott, seid ihr zwei süß. Und ihr seht den Papa doch bestimmt trotzdem ganz oft, nicht wahr?«

Hannahs Herz klopfte schneller und schneller. Ihr Puls raste. Das war der Punkt, vor dem sie gerne davonlief, weswegen sie gar nicht mehr auf solche Veranstaltungen ging und weshalb ihr Fell doch nicht so dick war, wie sie es sich immer einredete.

Emis eben noch so fröhlich lachendes Gesicht mit den goldigen Grübchen sackte in sich zusammen und Leon schaute unbeholfen drein. »Ich hab den Papa noch nie gesehen«, hörte sie sein hohes Stimmchen und es schnürte ihr wie am ersten Tag die Brust zusammen.

»Andreas ist gestorben«, flüsterte Lena ihren Freundinnen zu, deren betroffenen und mitleidigen Mienen alles nur noch schlimmer machten. Wenn nur nicht alle Leute immer so gucken würde, als verstünden sie! Als fühlten sie auch nur im Entferntesten, was sie durchgemacht hatten! In solchen Momenten war es beinahe so schlimm wie am ersten Tag.

Hannah hatte gehofft, sie gewöhne sich daran, aber spätestens, wenn ihre Kinder traurig aussahen, weil sie daran erinnert wurden, dass ihr Vater sie nie wieder in den Arm nehmen konnte, glaubte sie, daran zerbrechen zu müssen.

Nur für sie blieb sie stark. Nur für sie stand sie jeden Morgen auf. Ohne sie hätte nichts mehr einen Sinn. Die Kinder glaubten, sie brauchten ihre Mutter? In Wahrheit war es umgekehrt. Hannah brauchte ihre Kinder, um all das durchstehen zu können.

»Und ihr könnt euch gar nicht mehr an euren Papa erinnern?«, fiel prompt die schlimmste Frage an Leon und Emi gerichtet. Wie viel Feingefühl brauchte es, um zu wissen, dass man Kindern eine solche Frage niemals stellen sollte?!

»Ich kann mich nicht mehr an ihn erinnern und vor Leons Geburt war Papa schon tot«, antwortete Emi tapfer. »Aber Mami hat ganz viele Fotos von Papa für uns aufgestellt, damit wir ihm jeden Abend Gute Nacht sagen können.«

»Emi, Leon, schaut mal«, lenkte Hannah die beiden ab. »Ich glaube, ich habe dort drüben einen Drachen landen gesehen und auf seinem Rücken saß eine Fee!«

»Wo?«

Hannah zeigte auf das Erdbeerbeet. »Dort!«

Sofort rannten die zwei in die angewiesene Richtung.

»Habt ihr jetzt alle Antworten, die ihr haben wolltet?«, blaffte Hannah die drei an, nachdem ihre Kinder außer Hörweite waren.

»Ich wusste doch nicht, dass …«, verteidigte sich Charlotte entrüstet.

»Und es geht euch auch nichts an!«

»Hannah, sie wollte euch doch nicht verletzen! Niemand will das. Ich weiß doch, was du durchgemacht hast.« Lena strich ihr über den Arm und sie ließ es zu. Niemand meinte es je böse. Die Leute dachten nicht nach, konnten sich in ihre Lage nicht hineinversetzen.

Sollte sie bleiben? Sollte sie versuchen, es hinter sich zu lassen und mit den anderen Gästen so tun, als wäre das Leben wundervoll?

Nein, sie hatte schon genug schlechte Stimmung verbreitet. Wenn sie blieb, würde Lena ihre Party gar nicht mehr genießen können. Und nach der Unterhaltung war ohnehin der letzte Drang, zu bleiben, entflohen!

Sie sah auf die Uhr und übertrieben erschrocken schlug sie die Hand vor den Mund. »Oh, schon so spät? Ich muss jetzt los, Marco vom Fußball abholen. Danke für die Einladung. Emi, Leon, kommt, wir gehen!«

Und bevor sie irgendjemand zurückhalten konnte, saß Hannah mit ihren zwei Kindern im Auto und fuhr davon.

Kapitel 3

s war Samstagmorgen und endlich begannen die heiß ersehnten Ferien. Ausschlafen, lange im Schlafanzug bleiben, kaum Termine, herrlich!

In aller Frühe klingelte der Briefträger.

»Großsendung!«

Hannah stöhnte auf. »Ich komme!«

»Nein, ich will die Briefe holen!«, bat Emi sofort und zog sich bereits die Sandalen an. »Immer bekommst nur du Post, Mami. So kann ich spielen, dass ich ganz viele Briefe kriege!«

»Das sind nur Rechnungen, die ich erhalte, Mausi. Keine schönen Briefe, wie du sie dir vorstellst!«

»Trotzdem!«

Hannah öffnete die Tür, um Emi die drei Stockwerke nach unten springen zu lassen, als auch schon die Tür der Nachbarwohnung aufging.

»Ach, Guten Morgen, Frau Meyer. Hat der Briefträger auch bei Ihnen geschellt? Der klingelt immer überall!«

»Hallo Frieda, ich bekomme heute ganz viel Post!«, rief Emi begeistert und rannte an der alten Frau vorbei die Treppen nach unten.

»Hallo, mein Engelchen. Hach, was hat die Kleine so süße Grübchen!«

»Frieda«, kam auch schon Leon angetapst. »Hast du wieder Schokolade für uns?«

»Leon, das fragt man nicht!«

»Ach, Frau Meyer, lassen Sie ihn doch. Ich bringe euch nachher noch etwas vorbei, mein Engelchen, einverstanden?« Sie zwinkerte ihm über die halbmondförmigen Gläser ihrer Lesebrille zu.

Emi kam wenig später die Stufen hochgestapft, in den Händen einen Berg Briefe. Der unterste Umschlag war mehr als doppelt so groß wie die übrigen. »Von wegen du bekommst nur Rechnungen«, schnaufte sie. »Schau mal, Mami.«

Hannah runzelte die Stirn und nahm den Stapel Briefe entgegen, der ihrer Tochter aus den Händen zu fallen drohte, doch den großen Umschlag gab Emi nicht her. Sie bestaunte ihn mit offenem Mund.

»Da steht etwas in schnörkeliger Schrift drauf! Ich kann es nicht lesen. Doch. Jetzt. Da steht: An Han…nah Mey…er, Stif… Was soll das heißen?«

»Da wird unsere Adresse stehen. Zeig mal her.«

Emi überreichte ihrer Mutter nur widerwillig den großen Umschlag, dessen Papier dick und fest war, als wäre er hochoffiziell und aus einer anderen Zeit. Als Hannah ihn endlich in den Händen hielt, bestaunte sie ihn mit offenem Mund.

Ihr Name und ihre Anschrift waren in verschnörkelter Schrift anscheinend mit einer Feder oder einem Füller draufgeschrieben worden. Die Ecken waren mit goldglänzenden Ornamenten verziert und dort, wo eigentlich eine Briefmarke hätte kleben müssen, war ein kunstvolles Wappen aufgestempelt. Hannah runzelte die Stirn. »Wer hat dir die Post gegeben, Emi?«

»Ein Mann mit einer gelben Jacke.«

»Wieso übergibt der Postbote einen Brief, der nicht frankiert ist?«

»Was für ein edles Wappenbild«, kommentierte Frieda, die sich so nah zu ihr beugte, dass ihre großen, grauen Lockenwicklerlocken über Hannahs Wange strichen.

Das Wappen bestand aus einem Schild, das viergeteilt war. Auf den vier Bildflächen fanden sich ein brüllender Bär, ein langes Schwert, ein goldener Kelch und weiße Lilien. Über dem Schild prangte eine Krone und um das Schild und die Krone herum schlängelten sich Rosenranken.

Leon hüpfte aufgeregt um sie herum. »Ist das Wappen von einem echten Ritter?«

»Ich weiß es nicht.« Hannah besah sich die Rückseite, doch es stand kein Absender darauf. »Von wem bekomme ich einen solchen Brief?«

»Von dem König, dem das Wappen gehört!«, rief Emi und ihre braunen Kinderaugen strahlten. »Mami hat von einem König einen Brief bekommen!«

»Vielleicht wirbt ein Märchenprinz um Sie, Frau Meyer. Jung genug sind Sie ja noch.«

»Um mich und meine drei entzückenden Kinder?« Hannah zog eine Augenbraue hoch. Prinzen gab es nur für ledige junge Frauen, die das Leben noch vor sich und gewiss keine Kinder hatten.

Frieda tadelte sie mit erhobenem Zeigefinger. »Die Hoffnung darf man nie aufgeben! Und jetzt machen Sie endlich auf, damit wir wissen, was sich in dem Umschlag befindet!«

Hannah schluckte die Bemerkung, dass ihre neugierige Nachbarin das überhaupt nichts anging, hinunter und war kurz davor, den Brief zu öffnen, als ihr bewusst wurde, dass sie noch immer im Treppenhaus standen. »Wir machen ihn drinnen auf!« Frieda strahlte sie erwartungsvoll an, und ergeben lud Hannah die Nachbarin in die Wohnung ein.

Zum Glück hatte sie gestern Abend noch aufgeräumt! Trotzdem stolperte Frieda über Emis Sandalen, die die Kleine achtlos in den engen Flur geworfen hatte, anstatt sie in die Schuhklappboxen zu werfen, die an den Wänden hingen.

»Vorsicht, dass Sie nicht stolpern. Emi, du sollst deine Schuhe nicht einfach liegenlassen!«

»Das macht doch nichts«, lachte die Nachbarin und räumte die Sandalen rasch an die Seite. Anschließend folgte sie den Kleinen ins Wohnzimmer, das Hannah immer als klein, aber urgemütlich empfand, und setzte sich mit ihnen auf die dunkelblaue Couch zu Marco, der in einer Fußballzeitschrift blätterte.

»Hallo Marco, deine Mutter hat einen Brief bekommen!«, erklärte Frieda ihre Anwesenheit, als er sie fragend ansah, und wies auf Hannah, die mit dem Brief in der Hand und die Augen fest darauf gerichtet hinter ihnen herkam.

Marco zuckte mit den Schultern und widmete sich wieder den Spielanalysen seiner Lieblingsmannschaft, während Emi und Leon ungeduldig auf- und abhüpften.

»Aufmachen! Aufmachen!«

Hannah nahm eine Schere aus der obersten Kommodenschublade, um den hübschen Umschlag nicht aufreißen zu müssen, und schlitzte ihn behutsam auf. So ein kostbarer Brief. Was auch immer sich darin befand, sie wollte es unter gar keinen Umständen beschädigen.

Der Umschlag war innen mit rotem Papier ausgelegt. Dazwischen befand sich ein weißes, dickes Blatt. Vorsichtig zog sie es hervor. Es fühlte sich steifer und glatter an als gewöhnliches Schreibpapier. War das Pergament?

Sie faltete den Bogen auf und stutzte. Die großen geschwungenen Lettern sprangen ihr entgegen, doch sie war so

31

überrascht von der offiziellen und würdevollen Aufmachung dieses wunderschön gestalteten Schreibens, dass sie den Sinn der Buchstaben kaum zu entziffern vermochte. Wer gab sich so viel Mühe, ihr eine so hübsch aufgemachte Nachricht zu übersenden?

»Was steht in dem Brief?«, fragten Frieda, Emi und Leon wie aus einem Munde und selbst Marco ließ die Zeitung sinken. Hannah starrte auf das Pergament in ihrer Hand, als sie endlich zu erfassen vermochte, was sie in den Händen hielt. »Es ist eine Einladung.«

»Eine Einladung? Wozu?«, wollte Marco wissen.

»Zeig, Mami, zeig!«, riefen die Kleinen.

Hannah hockte sich zu ihnen und legte die hübsche Einladung auf dem wackeligen Couchtisch ab. Alle beugten sich sofort darüber.

»Das ist eine Einladung zu einem Ball!«, brummte Marco. »Wer geht denn heute noch auf so etwas?«

»Du bist zu einem richtigen Ball eingeladen?«, quiekte Emi. »Von einem richtigen König?«

»Das ist ja wunderbar!«, ließ sich Frieda zwischen den Begeisterungsrufen der Kinder vernehmen und klatschte in die Hände.

Hannah starrte auf die Einladung und konnte nicht fassen, dass sie einen solchen Brief in ihren Händen hielt. »Das muss eine Verwechslung sein! Oder ein Scherz! Jemand will sich mit mir einen Spaß erlauben!«

»Nein, Mama, der ist echt. Schau dir doch nur das Wappen an!«, betonte Leon.

»Der Ball findet auf Schloss Lichtenberg statt«, las Marco weiter. »Die alte Bruchbude? Das ist doch nur eine baufällige Ruine. Wie wollen die da einen Ball veranstalten?«

»Schloss Lichtenberg?« Hannah runzelte die Stirn und überflog die Einladung. Tatsächlich. Da stand es. Das alte, verfallene Gebäude befand sich rund fünf Kilometer von der Großstadt entfernt, in der sie wohnten, inmitten eines Waldgebietes. Die Ruine stand auf einem Felsen im Zentrum eines weiten Tals und war über eine alte, steinerne Brücke zugänglich. Das verfallene Schloss war so idyllisch gelegen, dass schon viele ihren Zustand bedauert hatten und sich fragten, wieso der Besitzer oder die Gemeinde den Bau derart zuwuchern und verfallen ließen. Was könnte man dort nicht für schöne Familienausflüge oder Feste planen!

»Lies vor, Mami, lies vor!«

Hannah räusperte sich.

> *»Seine Majestät, König Gustav Ludwig Friedrich*
> *Von Lichtenberg, gibt hiermit kund,*
> *dass am Sonnabend ein Ball stattfinden wird.*
> *Eingeladen sind alle heiratsfähigen Damen des Königreiches.*
> *Nach Versammlung der Gefolgschaft und Vorstellung*
> *derselbigen, wird seine Majestät,*
> *Prinz Maximilian Heinrich Ludwig von Lichtenberg,*
> *eine der Anwesenden als seine Gemahlin erwählen.«*

Emi sprang um sie herum. »Mami, Mami, wie aufregend, du sollst den Prinzen heiraten.«

Hannah setzte an, um laut loszulachen, als Marcos herzliches Lachen bereits den kleinen Raum erfüllte.

»Mama ist doch keine Prinzessin. Sie ist viel zu alt.«

»Na hör mal!« Hannah kniff ihn scherzhaft in die Backe.

»Wer weiß, wie alt der Prinz ist!«, gab Frieda zu bedenken. »Wenn die Einladung an eure Mutter gerichtet ist, so kommt sie als seine Zukünftige in Frage!«

Hannah lachte laut und betrachtete die alte Nachbarin mit Unglauben. Die konnte doch nicht ernsthaft annehmen, dass dies eine richtige Einladung zu einem Ball war, auf der ein Prinz nach seiner Zukünftigen Ausschau hielt?! In dem Moment fiel ihr etwas ein. »Da will sich jemand einen Scherz erlauben. Gestern auf der Babyparty habe ich noch zu Lena und ihren Freundinnen gesagt, dass bestimmt irgendwo ein Märchenprinz auf mich wartet. Bestimmt ist das auf deren Mist gewachsen!«

»Aber das Wappen, Mama!«, warf Leon ein. »Das ist echt!«

»Ich kenne mich in der Wappenkunde nicht aus, mein Schatz, aber ich denke nicht, dass es echt ist.«

»Wir können es ja googeln!« Marco sprang von der Couch und lief zu dem kleinen Schreibtisch in der Ecke, wo der Computer bereitstand. Er fuhr ihn hoch, was eine Weile dauerte, und hämmerte sogleich auf den Tasten herum.

»Welches Kleid ziehst du an, Mami?«, wollte Emi wissen.

Hannah strich ihrer Kleinen über den Kopf. »Mein Schatz, hier hat mich jemand veräppeln wollen. Ich gehe auf keinen Ball.«

»Frau Meyer, es ist doch der ausdrückliche Befehl des Königs!«, mahnte Frieda mit erhobenem Zeigefinger.

»Uns regiert aber kein König. Wir leben in einer Demokratie. Folglich kann kein König mich auf einen Ball befehlen – zumal diese ganze Einladung und dieser Ball ein blöder Scherz sein müssen.«

»Das glaube ich nicht«, sagte Leon ernst.

»Ich auch nicht, mein Engelchen«, lächelte ihn Frieda an.

»Ich habe die Seite gefunden. Bringt mir mal den Brief«, rief Marco vom Schreibtisch aus und seine beiden kleinen

Geschwister hüpften mit der Einladung zu ihm. »Das ist die Seite über Schloss Lichtenberg. Hier steht nichts von einer königlichen Familie oder von einem König Gustav und einem Prinz Maximilian!«

»Wenn auf der Schlossruine eine Königsfamilie gewohnt hätte, wüssten wir davon!« Hannah runzelte die Stirn. »Keine einzige Schulstunde handelte von einem König aus dieser Gegend, und auch meine Eltern haben mir niemals etwas von einem König und einem Prinzen erzählt, die auf Schloss Lichtenberg gelebt haben. Man weiß nichts über dieses Schloss.«

»Ich les euch mal vor, was hier steht.« Marco beugte sich etwas näher vor den Bildschirm.

»*Die Ruine von Schloss Lichtenberg begeistert Jung und Alt. Es handelt sich hierbei um die verfallenen Baureste, vermutlich eines ehemaligen Schlosses, die mit Efeu und Dornenranken überwuchert sind.*

Wer der Besitzer ist, lässt sich nicht sagen. Die Städte und Gemeinden, die an die Ruine und das zugehörige Waldgebiet angrenzen, haben keine Besitzurkunde und auch keinerlei Verfügungsgewalt.

Über die Geschichte des Schlosses ist nichts bekannt. Es gibt keinerlei Aufzeichnungen oder Erwähnungen darüber. Aufgrund vereinzelter Ausgrabungen und gründlicher Begehungen schlussfolgern Archäologen und Bauforscher, dass es sich um eine unechte Ruine handelt, die von einem Prinzen vor ungefähr hundert bis hundertfünfzig Jahren erbaut wurde, um der Gegend eine märchenhafte Atmosphäre zu verleihen.

Ob der Name, Schloss Lichtenberg, aus neuerer Zeit stammt oder der tatsächliche frühere Name des Prachtbaus war, sofern es diesen überhaupt gab, lässt sich nicht mit Gewissheit sagen.«

»Mehr steht da nicht? Nichts zur Geschichte?« Hannah beugte sich über die Schulter ihres Sohnes und überflog den Text. Dann schüttelte sie den Kopf. »Ich sag ja, die Einladung muss ein dummer Scherz sein.«

»Hier sind noch ein paar Bilder.« Die Kinder klickten sich durch die Fotografien der Ruine, deren Mauern und Baureste derart zugewachsen waren, dass sich kaum etwas darauf erkennen ließ – bis sie gleichzeitig lautstark die Luft einsogen.

»Mama, guck mal, da ist das Wappen deines Briefs.«

Hannah warf erneut einen Blick auf den Bildschirm. Das Foto zeigte einen Ausschnitt des Torbogens, der sich inmitten des gewaltigen Mauerzuges befand und durch den man früher auf den Schlosshof gefahren war. Ein Abschnitt lugte unter einer Rosenranke hervor und darauf befand sich ein Relief.

»Mach das Bild mal größer«, bat Hannah, woraufhin Marco sofort heranzoomte.

Jetzt konnte sie es auch erkennen. Das Relief bestand aus zwei Löwen, die ein Wappenbild umrahmten. Hannah strich sich eine lockere Haarsträhne aus der Stirn und verengte die Augen zu Schlitzen. Sie erkannte ein Schild, viergeteilt, mit einem brüllenden Bären, einem goldenen Kelch, einem langen Schwert und weißen Lilien. Darüber befand sich eine Krone. Nur die Schnörkel um das Wappenbild herum waren keine Rosen, wie auf ihrem Brief, sondern schwungvolle Ornamente.

Sie richtete sich auf. »Das Schild und die Krone sind identisch, aber die Umrandung ist anders.«

»Ein Wappenbild kann sich über die Jahre verändern«, kommentierte Leon altklug. »Das hast du mir selbst aus meinem Ritterbuch vorgelesen, Mama!«

»Auf jeden Fall steht dort nichts davon, dass die Ruine restauriert wurde. Folglich kann heute Abend dort wohl kaum ein Ball abgehalten werden und damit haben wir es.«

»Nein, Mami.« Emi war sichtlich enttäuscht und zog eine Schnute. »Das will ich einfach nicht glauben.«

»Schaut mal.« Frieda war hinzugetreten und zeigte erneut auf den Einladungstext. »Hier unten steht, dass Sie heute Abend um neunzehn Uhr von einer Kutsche abgeholt werden, Frau Meyer, die Sie auch wieder nach Hause bringt.«

»Von einer Kutsche?« Hannah runzelte die Stirn.

»Mit echten Pferden?«, quiekte Emi und hüpfte bereits wieder um sie herum.

Frieda strich ihr liebevoll über den blonden Schopf. »Ich gehe davon aus, mein Engelchen.«

»Oh, wie toll. Mami, darf ich mitfahren?«

Hannah lachte.

»Ein Ball ist nur etwas für Erwachsene, Engelchen«, warf Frieda ein.

»Und ich werde selbstverständlich nicht hingehen!«

Ein Sturm der Entrüstung prasselte auf Hannah ein.

»Mami, du musst!«

»Aber Frau Meyer, eine solche Einladung darf man doch nicht ausschlagen.«

»Mama, du musst gehen und die Ritter für mich fotografieren!«

»Es wird sowieso keine Kutsche auftauchen«, war Marcos Beitrag zu der Debatte.

»So sieht es aus«, pflichtete Hannah ihm bei.

»Doch! Es kommt eine Kutsche!« Emi stampfte mit dem Fuß auf und Leon tat es ihr gleich. »Mami, bitte!« Hannah mochte es gar nicht, ihre Kinder zu enttäuschen. Sie hatten es schon schwer genug und jeden Wunsch, den sie ihnen erfüllen konnte, versuchte sie umzusetzen – es waren ohnehin schon verdammt wenige. Sie setzte sich auf die Couch und zog ihre kleine Tochter auf den Schoß. »Mein Schatz, ich kann gar nicht auf einen Ball gehen. Ich habe kein Kleid.«

»Dann musst du eins kaufen!«

»Wir haben kein Geld mehr übrig«, warf Leon ein.

»Ballkleider sind auch furchtbar teuer und müssen in der Regel angepasst werden, mein Schatz. Selbst wenn wir das Geld hätten, würde ich heute auf die Schnelle keines mehr kaufen können.«

»Daran soll es nicht scheitern!« Frieda stand auf. »Zeigen Sie mir mal, was Sie noch so in Ihrem Schrank versteckt haben.«

»Ich habe gar nichts im Schrank versteckt.« Überrumpelt eilte Hannah hinter ihrer Nachbarin her, die bereits in ihr Schlafzimmer zockelte.

»Ich habe jahrelang als Näherin gearbeitet und so manches Traumkleid geschneidert. Sie glauben gar nicht, was man mit einer Nähmaschine und ein paar Stoffresten so alles zaubern kann. Also, Frau Meyer, zeigen Sie mal her!« Ohne auf Hannahs Zustimmung zu warten, öffnete sie die quietschende Tür des alten Holzschranks. »Nein … Nein … Nein …«, wanderte sie mit der Hand die aufgehängten Kleidungsstücke ab. »Aha, das hier könnte etwas werden.« Sie hängte sich ein weißes Sommerkleid mit aufgedruckten großen Sommerblumen über den Arm und suchte weiter.

Hannah rollte mit den Augen. »Frau …«

»Frieda!«, korrigierte die Nachbarin und warf sich ein rotes, altes Cocktailkleid über den Arm. »Sie sollen mich doch Frieda nennen.«

»Frieda, Sie können nicht einfach so hier hereinplatzen und meine Sachen durchwühlen. Wenn ich Ihnen sage, ich habe nichts für eine festliche Veranstaltung, dann ist das so. Ich will meinen Kindern nicht unnötige Hoffnungen machen, wo ich doch sowieso nicht auf diesen Ball gehe.«

»Aber Mami, wenn Frieda dir ein Kleid macht, das schön ist, dann gehst du doch, oder?« Emi schob ihre Unterlippe nach vorne. Die kleine Maus wusste genau, mit welchem Blick sie das Herz ihrer Mutter erweichen konnte.

»Mein Schatz, Frieda wird nichts auf die Schnelle schneidern können. Es sind ja nicht einmal mehr zehn Stunden, bis die Kutsche kommt.«

»Aber wenn sie es schafft, dann gehst du, ja?« Ihre strahlend braunen Augen wurden in freudiger Erwartung noch größer. Die braunen Augen hatte sie von Andreas, Leon auch. Jedes Mal, wenn ihre kleine Tochter und ihr jüngster Sohn sie ansahen, war es, als sehe er sie an. Im ersten Moment nach Andreas' Tod hatte Hannah geglaubt, sie werde es nicht ertragen, ihn auf diese Weise ständig vor sich zu sehen. Doch wenig später hatte sie gewusst, dass nur ihre Kinder sie am Leben hielten. Die winzig kleine Emi, keine zwei Jahre alt, der witzige Marco, gerade fünf Jahre alt, und das ungeborene Würmchen in ihrem Bauch. Seither hatte sich das Gefühl umgekehrt und sie liebte es, in die Augen ihrer Kinder zu sehen.

»Aber wer soll auf euch aufpassen? Ihr seid noch viel zu klein, um alleine zu bleiben!«

»Ich nicht!«, rief Marco sofort.

»Ich könnte auf Ihre Engelchen aufpassen«, warf Frieda ein und lächelte Emi an. »Ich täte es liebend gerne!«

»Siehst du? Frieda passt auf uns auf!«, rief Emi.

Hannah rollte mit den Augen. Musste die alte Frau sich unbedingt auf die Seite der Kleinen schlagen? Sie wollte ihren Kindern keine Absage erteilen. In der Regel versuchte sie, ihnen mit gutem Beispiel voranzugehen und ihnen zu zeigen, dass man Wagnisse eingehen und Neues ausprobieren sollte. Aber auf einen Ball gehen?

Wobei ... sie konnte so tun, als ließe sie sich darauf ein. Frieda würde es ohnehin niemals schaffen, ihr ein Kleid zu schneidern, das man auf einen königlichen Ball anziehen konnte. Und eine Kutsche würde auch nicht vor der Tür stehen. Es war nicht richtig, damit zu spielen, aber sie tat es dennoch. Manchmal musste man es sich als Mutter einfach machen! »Wenn Frieda mir ein absolut taugliches Kleid bis achtzehn Uhr heute Abend bringt, dann ...«

»... dann steigst du in die Kutsche und gehst auf den Ball?«, quiekte Emi und schlug sich mit den Händen an die Backen.

Hannah seufzte auf. »Ja, mein Schatz, wenn die Kutsche wirklich kommt, dann mache ich es.«

»Jaaaaa«, erschollen die Begeisterungsrufe und lautstarken Hüpfer von Emi und Leon durch die kleine Wohnung, dass die Wände wackelten.

»Mama, das ist doch nicht dein Ernst«, war Marcos einziger Kommentar.

Kapitel 4

Vor vielen, vielen Jahren

irabelle ging nicht mehr raus. Seit ihr die vollkommene Schönheit genommen worden war, verließ sie ihr Zimmer nur noch für Notwendigkeiten. Selbst das Essen nahm sie in ihrem abgedunkelten Zimmer ein. Weder ihre Eltern noch ihre Schwester vermochten sie herauszulocken und Freunde waren nach anfänglichen kläglichen Versuchen, Mirabelle abzulenken, gerne fortgeblieben.

Annabelle besuchte sie häufig. Die kleine Schwester schien die einzige zu sein, die sich nicht von ihrem abstoßenden Erscheinungsbild abschrecken ließ. Sie setzte sich zu Mirabelle aufs Bett, berichtete ihr von allem, das draußen vor sich ging, und versuchte, sie zum Lachen zu bringen – was ihr scheinbar auch gelang.

»Mira, Mira, stell dir nur vor, was der Küchenjunge heute gemacht hat.« Und schon fing sie an zu plappern. Mirabelle fiel zwischendurch immer wieder in das glockenhelle Lachen ihrer Schwester ein. Doch es kam nicht von Herzen. In Wahrheit konnte sie es nicht ertragen zu sehen, wie traurig ihre kleine Schwester angesichts ihrer Tragödie war. Deshalb kicherte sie über ihre Albernheiten, doch das Lachen erreichte niemals ihre Augen und auch nicht ihr Herz. Verdammt zu ewiger Einsamkeit war ihr anfängliches Selbstmitleid in Lethargie umgeschwungen.

Als an diesem Vormittag lautstark die Türen zu ihrem Gemach aufgestoßen wurden, schreckte Mirabelle aus ihrem Dämmerschlaf hoch. Sie musste sich erst einmal orientieren in dem dunklen Raum, dessen dicke Vorhänge vor den Fenstern nicht mehr zur Seite gezogen wurden.

»Annabelle, so früh?« Dösig hob Mirabelle ihren Kopf aus den zerwühlten Laken. »Du musst doch im Unterricht sein, oder ist Fräulein Breitenmeier krank?«

»Natürlich befindet sich deine kleine Schwester im Unterricht!«, ertönte die feste Stimme ihrer Mutter.

»Mutter? Was tut Ihr hier?«

»Was soll die Frage? Ich besuche mein Kind!« Dabei brachte sie es nicht über sich, ihre Tochter anzusehen. Aus diesem Grund freute sich Mirabelle gar nicht über die Besuche ihrer Mutter – ihr Vater hatte seit ihrer Krankheit nicht ein einziges Mal ihr Zimmer betreten. Ihre Eltern hatten solch große Pläne mit ihr gehabt, hatten ihre Zukunft in den schillerndsten Farben ausgemalt und sie mit einem Prinzen verheiraten wollen. Doch all diese hochtrabenden Ziele waren von der furchtbaren Krankheit durchkreuzt worden und nun schienen sie nicht mehr zu wissen, was sie mit ihrer verunstalteten Tochter anfangen sollten. »Soeben ist eine Einladung eingetroffen. Ein Bote hat sie überbracht.«

»Eine Einladung?«, entgegnete Mirabelle desinteressiert. »Für wen?«

»Für dich!«

»Für mich? Ihr beliebt zu scherzen, Mutter!«

»Ich scherze nicht.« Der Blick ihrer Mutter war eisig, doch da er an Mirabelle vorbeischoss und die kleine Hasenfigur auf der Kommode neben ihrem Bett traf, verfehlte er seine Wirkung.

Mirabelle setzte sich in ihrem Bett auf. »Wer schickt mir eine Einladung? Und wozu?«

»Du wurdest eingeladen … auf einen Ball.«

Mirabelles Herz begann so schnell zu schlagen, dass sie das erste Mal seit Wochen spürte, dass es sich noch in ihrer Brust befand. »Mutter, Ihr müsst scherzen. Wer sollte mich noch auf einen Ball einladen? Oder soll ich als Unterhaltungsnummer auftreten?«

»Mirabelle Madeleine Alice von Taustein«, mahnte ihre Mutter und ihre Erregung ließ sich nur daran ablesen, dass sie den Umschlag, den sie in den Händen hielt, fester umgriff, »du wirst niemals als Unterhaltungsnummer auf irgendeiner Abendveranstaltung auftreten. Du bist selbstverständlich als Gast eingeladen.«

Mirabelle konnte es kaum glauben. Ihr Herz machte einen Sprung, als sie an wunderhübsche Ballkleider und ewig lange Tänze dachte, an die Musik, die leckeren Naschereien und die ausgelassene Stimmung auf einer abendlichen Tanzveranstaltung. Dabei begannen ihre blauen Augen für einen Moment zu strahlen, wie sie es früher getan hatten, und der aufmerksame Betrachter hätte sehen können, dass ihre Schönheit nicht verloren war. Doch sogleich legte sich wieder eine dunkle Wolke über ihr Antlitz, als sie sich ihr Aussehen in Erinnerung rief. »Von wem stammt die Einladung?«

»König Ludwig von Lichtenberg.«

»Lichtenberg? Wo liegt das Königreich, das er regiert?«

»So viele Kilometer entfernt, dass der König und der Prinz offenbar noch nichts von deiner … Situation erfahren haben. Du bist namentlich eingeladen, obwohl du nicht aus dem Königreich stammst. Deine Schönheit hat sich weit über die Landesgrenzen hinaus herumgesprochen.«

Betretenes Schweigen. Mirabelle blickte auf die verkrusteten und fleckigen Hände in ihrem Schoß, während ihre Mutter zielgerichtet über ihren Kopf hinwegsah.

»Ich kann es nicht glauben.«

Ihre Mutter hielt ihr die Einladung entgegen. »Hier, lies selbst.«

Zögerlich nahm Mirabelle den Brief entgegen, sorgsam darauf bedacht, die Hand ihrer Mutter mit ihren abstoßenden Fingern nicht zu berühren, als könnte die sich an ihrer Hässlichkeit anstecken.

>*Seine Majestät, König Ludwig Reinhard von Lichtenberg,*
gibt hiermit kund,
dass am Sonnabend ein Ball stattfinden wird.
Eingeladen sind alle heiratsfähigen Damen des Königreiches.
Nach Versammlung der Gefolgschaft und Vorstellung
derselbigen, wird seine Majestät,
Prinz Gustav Ludwig Friedrich von Lichtenberg,
eine der Anwesenden als seine Gemahlin erwählen.«

Mirabelle ließ die hübsch verzierte Einladung mit dem Wappenbild des Königshauses in ihren Schoß gleiten und sah ihre Mutter aus weit aufgerissenen Augen an. »Ich kann nicht hingehen!«

»Du wirst!«

»Ich kann nicht hingehen!«, schrie Mirabelle entsetzt auf. »Seht, Mutter, wie ich aussehe! Seht mich an!«

»Du wirst hingehen!«, entgegnete ihre Mutter bestimmt, ohne ihrer Tochter auch nur einen einzigen Blick zu schenken. »Wir dürfen den König nicht brüskieren! Dein Vater wünscht es und du wirst Folge leisten!« Sie ging energisch zu den Fenstern und zog die schweren Vorhänge beiseite.

Das Licht der Sonne schoss in das Zimmer und geblendet hielt Mirabelle ihre Hände vor ihr entstelltes Antlitz.

Mit einem lauten Geräusch zog ihre Mutter den letzten Vorhang zur Seite und blickte ihre Tochter an. »Die Zeit, sich zu verstecken, ist vorbei!«

Kapitel 5

er Tag verflog im Nu. Wäsche waschen, Küche aufräumen, Bad putzen, Staub wischen, Kochen, wieder Küche aufräumen, Staub saugen, zwischendurch die Streitereien der Kinder schlichten, Wäsche zusammenlegen, eine Stunde Spielplatz unter lautem Maulen von Marco, der gerne alleine zuhause geblieben wäre, aber Hannah hatte darauf bestanden, damit er auch einmal an die frische Luft kam, mit Emi Lesen üben und anschließend eine Runde Memory auf dem Teppich im Wohnzimmer.

Gerade als sich Hannah am frühen Abend um kurz nach halb sechs mit einer Tasse Kaffee auf die Couch fallen ließ und die Beine hochlegte, klingelte es an der Tür. Erschlagen stöhnte Hannah auf. Wer kam denn jetzt noch vorbei?

»Frieda«, riefen Emi und Leon im Chor und sprangen von ihrer dritten Partie Memory auf.

Hannah verdrehte die Augen und kämpfte sich nach oben. Hinter ihren beiden Kleinen trottete sie zur Wohnungstür. Gähnend öffnete sie sie – und erstarrte.

Vor ihnen stand Frieda, das mausspitze Gesicht zu einem strahlenden Lächeln verzogen, die Brille mit den Halbmondgläsern lugte zwischen ihren grauen Lockenwicklerlocken hervor, und über den ausgestreckten Armen ausgebreitet lag es. Das Kleid.

Es war ein Traum aus warmen, sanften Rottönen. Die obere Partie war in einem Carmenausschnitt geschneidert, die

Taille schmal und der lange Rock weit und schwingend. Das Traumkleid bestand aus mehreren feinen Stofflagen und darüber legte sich ein beerenroter Spitzenstoff. Es sah aus, als wäre es für ein Mitglied der königlichen Familie geschneidert worden.

Hannah starrte das Kleid an. Ungläubig und mit aller Vorsicht befühlte sie das Material. »Was ist das? Seide? Das haben Sie doch niemals aus meinen alten Fetzen geschneidert!«

Frieda zuckte mit den Schultern. »Ach, ich hatte noch dies und das in meinen alten Kleidertruhen. Gefällt es Ihnen?«

»O Mami, es sieht aus wie für eine echte Prinzessin.«

Hannah schluckte. Emi hatte recht. Das Kleid war wunder, wunderschön.

»Probieren Sie es gleich mal an, Frau Meyer, falls ich noch etwas ändern muss.« Und sogleich drängte Frieda an ihr vorbei in die Wohnung.

Überrumpelt blieb Hannah vor der offenen Tür stehen. Wie hatte ihre Nachbarin das zustande gebracht? So schnell konnte doch selbst eine hochmoderne Schneiderei mit mehreren Angestellten nicht ein solches Kleid anfertigen! Sie musste es bereits gehabt haben. Es hatte in einer der von ihr erwähnten Kleidertruhen gelegen und als Hannah sich am Vormittag auf den Deal mit ihren Kindern eingelassen hatte, hatte Frieda schon von diesem Kleid gewusst und es ihr nicht erzählt.

»Machen Sie doch endlich die Tür zu, Frau Meyer, es zieht. Uns bleibt nicht mehr viel Zeit.«

Emi kam zurückgerannt, knallte die Wohnungstür zu und zog ihre Mama ins Schlafzimmer. Frieda hatte das Kleid bereits auf dem Bett ausgebreitet, daneben lag ein kleiner Beutel, der aus dem gleichen Stoff geschneidert war und Platz

47

bot für ihr Handy, Schlüssel und Taschentücher. Frieda hielt ein kleines Täschchen mit Nadeln und Zwirn in den Händen.

»Kommen Sie schon, Frau Meyer, Sie müssen sich anziehen. In weniger als zwei Stunden kommt die Kutsche.«

»Ich gehe nicht auf diesen Ball!«

»Mami!« Emi baute sich vor ihrer Mutter auf. »Es war so abgemacht. Wenn Frieda das Kleid bringt, gehst du auf den Ball.«

»Versprochen ist versprochen!«, erklang Leons hohes Stimmchen.

Hannah rollte mit den Augen. Wie kam sie aus der Nummer nur wieder heraus? Na, wer weiß, vielleicht passte das Kleid ja gar nicht und Frieda gelang es nicht, die Änderungen rechtzeitig auszuführen. Hannah nickte zufrieden. Das war sehr wahrscheinlich. Sie griff nach dem Kleid und verzog sich hinter ihren Paravent.

»Wenn Sie Hilfe brauchen, müssen Sie nur rufen, Frau Meyer.«

»Es geht schon.« Hannah schlüpfte aus ihrer Jeans und ihrem Shirt, streifte sich die Socken von den Füßen und mit aller Vorsicht stieg sie in das Abendkleid. Sie zog es hoch und über die Schultern. Der Stoff glitt förmlich über ihre Haut und es war, als hätte sie mit diesem Kleid eine neue Haut übergestreift. Es war ein unbeschreibliches Gefühl. Behutsam strich sie über das Ballkleid und lächelte. Sie schloss die Augen und genoss den Moment, sich besonders zu fühlen. Zurecht gemacht. Und wertvoll.

»Ich helfe Ihnen mit dem Reißverschluss!« Frieda kam hinter den Paravent gezockelt und zog ihn zu. »Passt wie angegossen! Kommen Sie, Frau Meyer, treten Sie mal vor den Spiegel.«

Langsam kam Hannah hinter dem Paravent hervor und musste lachen, als sie Emis und Leons erstaunte Gesichter sah. Vor dem Standspiegel blieb sie stehen und nun klappte auch ihr der Mund auf.

Das rote Kleid passte, als wäre es nur für sie geschneidert worden – als hätte sie es maßanfertigen lassen. Der Carmenausschnitt schmiegte sich an ihr Dekolleté und endete in breiten Trägern, die über ihre Schultern reichten. Das Kleid verlief faltenfrei an ihrer Taille und über ihren flachen Bauch entlang, als hätte der Schneider gewusst, was sie heute gegessen hatte, und der Rock bäumte sich ab der Hüfte zu einem Volumen auf, wie sie es aus früheren Märchenbüchern kannte. Der Spitzenstoff darüber legte sich sanft über das seidene Gewebe und verlieh dem Kleid den notwendigen Feinschliff. »Frieda, wo haben Sie dieses Kleid her?«

»Das habe ich Ihnen doch gesagt. Ich habe es für Sie geschneidert.«

Hannah sah ihre Nachbarin ungläubig an. Das konnte selbstverständlich nicht der Wahrheit entsprechen, aber sie hakte nicht weiter nach. Womöglich verbarg sich mit dem Kleid eine Erinnerung, die Frieda nicht preisgeben wollte. Im Gegensatz zu ihrer Nachbarin wusste Hannah genau, wann man jemandem seine Privatsphäre ließ.

Emi trat näher und strich begeistert über den feinen Stoff. »Mami, du siehst aus wie eine echte Prinzessin.«

»Du siehst so schön aus«, pflichtete ihr Leon bei.

Marco kam neugierig angeschlurft und linste ins Schlafzimmer. Als er seine Mutter erblickte, bekam er große Augen. »Wow, Mama, nicht schlecht. Etwas kitschig, aber sonst …«

»Danke, Großer.« Hannah zwinkerte ihm zu.

»Also gehst du echt auf den Ball?«

»Ich ...«

»Sie hat es uns versprochen!«, plärrten Leon und Emi sogleich.

»Auf was lasse ich mich da nur ein?«

»Frau Meyer, wenn ich einmal etwas dazu sagen dürfte?«

»Seit wann fragen Sie um Erlaubnis?«

Frieda hob schmunzelnd den Zeigefinger. »Frau Meyer, nun hören Sie mir mal zu. Da gibt sich jemand so viel Mühe, Ihnen diese zauberhafte Einladung zukommen zu lassen. Wenn nachher auch noch eine Kutsche vor Ihrer Tür steht, sollten Sie nicht so unhöflich sein und all das ignorieren.«

Hannah horchte auf. »Das ist doch nicht etwa ein Versuch, mich zu verkuppeln, Frieda?«

»Ach, wo denken Sie hin, Frau Meyer? Ich bin nur hier, um zu helfen.«

Das Lächeln der alten Nachbarin schien echt und Hannah seufzte ergeben auf. Sie hatte es ihren Kindern versprochen. Und wenn es eine eiserne Regel in diesem Haushalt und in ihrer Erziehung gab, dann die: Was wir versprochen haben, das halten wir. Es bestand ja immer noch die Möglichkeit, dass keine Kutsche kam.

»Ich springe schnell unter die Dusche und dann versuche ich mich mal an einer Hochsteckfrisur. Das habe ich zwar ewig nicht gemacht, aber im Internet werde ich schon eine Anleitung oder ein Video finden.«

»Lassen Sie mich das ruhig machen, Frau Meyer.«

Fünfzehn Minuten später trat Hannah frisch geduscht aus dem Badezimmer. Eingehüllt in ihren Morgenmantel setzte sie sich auf einen Stuhl, den ihr Frieda zuwies, die sich bereits mit einem Kamm, einer Bürste, Haarnadeln und Hannahs angestaubtem Lockenstab ausgerüstet hatte. Emi und

Leon saßen bei ihnen auf dem Bett und beobachteten jeden von Friedas Handgriffen. »Wo hast du das alles gelernt, Frieda?«, fragte Emi.

»Ach, das kann ich dir gar nicht mehr so genau sagen. Aber eines will ich dir verraten, mein Engelchen: Egal zu welcher Zeit, Frauen wollten sich schon immer hübsch machen.« Emi nickte, als wüsste sie bereits, was die alte Nachbarin damit meinte. Sie hatte ihre Spängchen und Haarreife geholt und steckte sich eins nach dem anderen davon in ihr Haar. Selbst Leon bekam ein paar Haarspangen ab.

Sorgfältig bürstete Frieda Hannahs langes Haar, durch das sich bereits die ersten grauen Härchen zogen. Zwischen den dunkelblonden Strähnen fielen sie nicht auf, weshalb Hannah mit dem Färben noch nicht hatte loslegen müssen. Lange würde sie jedoch nicht mehr darauf verzichten können.

Hoffentlich war die Frisur, die ihr die alte Nachbarin verpasste, nicht altmodisch, sodass sie sich damit blamierte. Nervös versuchte sie, auf Friedas Hände zu schielen, aber es gelang ihr nicht im mindesten nachzuvollziehen, was die alte Dame mit ihrem langen Haar anstellte. Der Standspiegel befand sich hinter ihr, sodass sie ihn nicht zum Spionieren verwenden konnte.

Die Hände der Nachbarin fuhren durch ihr Haar, als hätte sie die Bewegungen einstudiert und in den letzten dreißig Jahren nichts anderes gemacht. Die Zeit verflog im Nu. Als Hannah unter Friedas geübten Händen entspannte und beinahe am Einschlummern war, stellte sich Frieda vor sie und begutachtete sie kritisch. Einen Moment später verzog sich ihr spitzes Gesicht zu einem strahlenden Lachen und sie verkündete: »Ich bin fertig, Frau Meyer. Was sagen Sie?«

Etwas nervös wurde Hannah nun doch. Langsam erhob sie sich von dem Stuhl, wandte sich dem Standspiegel zu und drehte sich zu den Seiten. Ihre Haare waren zu Locken gedreht, hinten auf dem Kopf festgesteckt und Frieda hatte ein paar Nadeln mit weißen Perlen hineingeschoben.

Zufrieden lächelnd begutachtete sie den aufgetürmte Lockenberg. Die Frisur entsprach zwar nicht den Mode-frisuren aus aktuellen Zeitschriften, aber zu ihrem Kleid und für einen Ball war sie mehr als passend. Hannah musste lächeln, als sie sich betrachtete. Sie spürte eine Vorfreude in sich aufkommen, die sie nicht erwartet hatte.

»Jetzt ziehen Sie das Kleid an, anschließend widmen wir uns noch rasch Ihrem Gesicht – und dann ist es auch schon sieben Uhr!« Frieda klatschte in die Hände. Wann hatte sie das Oberkommando übernommen?

Hannah zog sich das Abendkleid an und warf einen wei-teren Blick in den Spiegel. Erstaunt blieb sie stehen. Sie hatte nicht mehr gewusst, dass sie so aussehen konnte. Aber wann fand sie als Alleinerziehende schon einmal die Zeit, sich zu-rechtzumachen – zumal es überhaupt keine Gelegenheit in ihrem Leben gab, bei der das vonnöten gewesen wäre.

Während Frieda sie erneut auf den Stuhl bugsierte und Hannah die Augen schloss, um sich von ihr schminken zu lassen, entspannte sie sich wie lange nicht mehr. Wie gut fühlte es sich an, ein wenig umsorgt zu werden und einmal nicht nur der Organisator und Ankleider zu sein.

Sie spürte ein wenig Wärme in ihrer Brust, die sich in letzter Zeit immer mehr erstarrt und kalt angefühlt hatte. Ein tiefes Zittern steckte seit Wochen in ihr, wenn nicht sogar seit Monaten, und war stärker und stärker geworden. Manchmal meinte sie, sich wie leblos zu fühlen, als funktioniere sie nur noch und als spiele alles andere keine Rolle mehr. In den wenigen Augenblicken, in denen sie Zeit gefunden hatte, es überhaupt zu bemerken, hatte sie sich Sorgen deswegen gemacht. Doch in diesem Moment, unter Friedas liebevollen Händen, fühlte es sich so an, als wäre da noch ein wenig Wärme in ihr. Ein wenig Leben.

Auf was für einen Abend ließ sie sich ein? Was würde auf Schloss Lichtenberg, oder eher gesagt bei der Ruine Lichtenberg, auf sie warten? Wirklich ein Ball? Oder ein Jemand? Hatte sie einen Verehrer, von dem sie nichts wusste?

Eigentlich war es ihr gar nicht so wichtig. Alleine die Tatsache, sich ein wenig zurechtzumachen, ein solches Kleid zu tragen und eine solche Haarpracht frisiert zu bekommen – das war mehr, als sie noch von ihrem Leben erwartet hatte.

Es war nicht so, dass sie irgendetwas bedauerte. Sie liebte ihre Kinder und sie liebte auch das Leben mit ihnen. Es war einfach nur verdammt viel, alleine für die drei Zuckermäuse zu sorgen und all die Verantwortung ohne Unterstützung zu schultern.

Dabei sehnte sie sich gar nicht nach einem Mann. Sie hatte überhaupt keine Zeit sich zu sehnen – geschweige denn für eine Beziehung! Wann sollte sie jemandem begegnen? Und wo sollte sie jemandem begegnen? Und was, wenn ihre Kinder ihn nicht mochten? Vor allem Marco würde gewiss keinen anderen Mann an ihrer Seite akzeptieren. Das war der Mühe nicht wert.

Sie mochte ihre Routine, ihren Trott, ihr Chaos – nur manchmal, da zog etwas in ihr und sie fragte sich, obwohl sie Andreas noch immer liebte und ihn noch immer als ihre große Liebe bezeichnete, manchmal fragte sie sich, ob das schon alles gewesen war …

»Oh, Frau Meyer, ich darf bestimmt anmerken, dass ich mich selbst übertroffen habe. Sie machen es einem aber auch leicht mit Ihrem zarten Teint und Ihren mandelförmigen Augen. Ganz zauberhaft. Schauen Sie sich einmal an!«

Während Hannah die Augen öffnete, kamen ihre Kinder hereingestürmt. »Wie eine Prinzessin!«, erscholl es aus Emis und Leons Mund.

Hannah lachte verlegen auf. »Und was sagst du, Großer?«

»Nicht schlecht, Mama!«

»Na, hör mal, junger Mann«, Frieda stemmte die Hände in die fülligen Hüften. »Das kannst du besser!«

»Hübsch!«, setzte er lahm hinzu und Hannah zwinkerte ihm zu.

Sie drehte sich erneut dem Standspiegel zu und in dem Moment bekam sie eine leise Ahnung davon, weshalb sich manche Frauen stundenlang im Spiegel betrachten konnten. Sie gefiel sich selbst so gut, dass sie sich zwingen musste, endlich den Blick abzuwenden, um wieder das Wesentliche vor Augen zu haben.

»Kinder, ich weiß, wir haben etwas abgemacht und ich habe euch etwas versprochen.« Sie zog Leon und Emi an der Hand zu sich und sah Marco an. »Aber wenn ich heute Abend weggehe, dann seid ihr alleine. Ich kann euch nicht ins Bett bringen.«

»Das kann doch Frieda machen!«, rief Leon, als würde er nicht jeden Abend fünfmal nach seiner Mutter rufen mit dem vorgebrachten Grund, ohne sie niemals einschlafen zu können.

»Wie lange dauert es noch, bis die Kutsche kommt?«, fragte Emi hüpfend. Auch sie schien kein Problem damit zu haben, später ohne ihre Mutter einschlafen zu müssen. Wieso ging das nicht an einem Abend, wo keine Frieda da war, so einfach?

Während die Kinder ein ums andere Mal bekräftigten, dass sie Hannah überhaupt nicht vermissen würden, klingelte es. Hannah und die Kinder erstarrten.

»Die Kutsche?« Marco zog erstaunt die Augenbrauen hoch. Er schien genauso wenig daran geglaubt zu haben wie Hannah. »Das kann doch nicht wahr sein!«

»Mama wird abgeholt«, rief Leon.

Ihr Herz sank ihr in den Schoß, um sogleich wie wild zu schlagen. Langsam lief sie ins Wohnzimmer und hinaus auf den schmalen Balkon. Hinter sich die Kinder, warf sie einen Blick auf die enge Straße, zu deren Seiten sich ein Mehrfamilienhaus direkt neben das andere reihte und ein Autofahrer versuchte, in eine viel zu kleine Parklücke einzuparken. Als sie sich über das Geländer beugte und sah, was dort unten auf der Straße stand, klappte ihr der Mund auf.

Auf der Straße, auf dieser geschäftigen Straße voller hupender Autos und moderner Menschen, die ihre Smartphones anstarrten oder an ihr Ohr hielten und ohne aufzuschauen vorbeihetzten, auf dieser Straße stand eine Kutsche. Die Kutschkabine hatte die Form eines überdimensionalen Kürbisses, dabei war sie edel und schimmerte weißbläulich; auf der Tür war das Wappen dargestellt, das bereits auf der Einladung zu sehen gewesen war; und selbst die großen Räder schimmerten weißbläulich.

Gezogen wurde die prachtvolle Kutsche von sechs Pferden, die so weiß waren, dass sie vor dem Grau der Straße und den verdreckten Hausfassaden wie Lichter im Dunkeln leuchteten. Gelenkt wurde das altmodische Fuhrwerk von einem alten Herrn, der auf dem Kutschbock saß und zu ihnen hinaufschaute. Als er sie entdeckte, erschien ein Lächeln auf seinem runzeligen Gesicht und er winkte sie herunter.

Sie trat zurück in ihre Wohnung. Und wenn sie einem Irren auf den Leim ging? Wenn das eine Falle war, um sie hinterrücks zu überfallen? Sie wollte es nicht laut aussprechen, um ihren Kindern keine Angst einzujagen, doch Frieda schien ihre Gedanken zu lesen.

»Frau Meyer, haben Sie ein wenig Vertrauen.« Dabei lächelte sie so freundlich und herzensgut, dass Hannah zurücklächeln musste. Sie fühlte sich ein wenig leichter und schaute ihre alte Nachbarin dankbar an. Was auch immer dieser Abend bringen würde, die vergangenen Stunden hatten ihr gezeigt, dass es da plötzlich jemanden gab, der ihr half, der es gut mit ihr und ihren Kindern meinte und der an ihrer Seite stand.

»Wo sind Sie nur auf einmal hergekommen, liebe Frieda?« Hannah lächelte dankerfüllt zurück. Wieso hatte sie in den vergangenen Wochen und Monaten immer genervt und nicht sonderlich freundlich reagiert, wenn sie ihrer Nachbarin begegnet war? Wieso hatte sie nicht früher gesehen, dass sie einsam war und ihnen helfen wollte, um selbst ein wenig Wärme in ihr Leben zu holen?

Seit Frieda vor einem knappen halben Jahr gegenüber eingezogen war, hatte Hannah nicht ein einziges Mal Besuch bei ihr gesehen, keine Freundin, keine Familie. Sie war einsam und darüber offenbar nicht verbittert, sondern war durch eine zugegebenermaßen etwas aufdringliche, aber stets freundliche Art auf Hannah und die Kinder zugegangen und hatte versucht, durch kleine Gesten ihr und ihren Kindern Freude zu schenken.

»Und Sie werden wirklich gut achtgeben auf meine Zuckermäuse?« Die Frage war rhetorisch. Hannah vertraute ihrer Nachbarin. Die Kinder mochten sie und als Hannah in sich hineinhorchte, spürte sie, dass sie das Richtige tat.

»Selbstverständlich, liebe Frau Meyer!«

»Nennen Sie mich doch bitte Hannah.«

Frieda strahlte, dabei lugten ihre großen Vorderzähne hervor. »Und sagen Sie bitte Du zu mir, Hannah.«

»Einverstanden!«

»Jetzt müssen Sie aber los. Sie wollen doch nicht zu spät zum Ball kommen!«

»Wir bringen dich zur Kutsche, Mami!«, rief Emi aufgeregt und zog bereits ihre Sandalen an. Leon schlüpfte auch in seine Schuhe und selbst Marco zog sich seine Sneakers an.

Die drei stürmten vorneweg, während Hannah sich unschlüssig umsah. Sie hatte keine passenden Schuhe! Welche ihrer ausgetreten Sandaletten sahen noch am besten aus? Das Kleid war so lang, wahrscheinlich würde keiner sehen, was sie an den Füßen trug. Dennoch seufzte sie innerlich auf. Sie wollte sich auf der Veranstaltung nicht blamieren. Wollte sich dieses sonderbare und zugleich wunderbare Erlebnis nicht durch abgelaufenes und unpassendes Schuhwerk verderben!

Frieda zückte etwas aus der Tasche, in der sie ihre Nähsachen mitgebracht hatte. Es waren ein paar rote Samtpantoffeln. Wie aus einem Märchenbuch. Sie hatten einen kleinen Absatz und eine hübsche Schnalle, die in dem gleichen Rot leuchtete, wie die Schuhe selbst und Hannahs Kleid. Sie waren schlicht und edel zugleich. »Die habe ich Ihnen noch mitgebracht. Ziehen Sie sie an, Hannah.«

»Wo hast du die her, Frieda? Die stammen doch nicht aus unserem Jahrhundert?!«

Frieda gluckste und zwinkerte ihr zu. »Ich habe meine Quellen. Und nun auf, probieren Sie sie an.«

Hannah nahm die Pantoffeln und zog sie sich an die Füße. Sie passten wie angegossen. Und sie waren so herrlich bequem, dass sie sich unweigerlich fragte, wie sie jemals wieder andere Schuhe tragen sollte. Strahlend sah sie ihre Nachbarin an. »Frieda, sie passen perfekt.«

Die alte Nachbarin lächelte und nickte ihr aufmunternd zu. Ein wenig hatte Hannah das Gefühl, sie tue ihrer Nachbarin einen Gefallen und nicht umgekehrt. Sie umarmte die alte Frau. »Danke.«

In ihrem ausladenden Kleid konnte sie nur sehr langsam die engen hohen Stufen hinuntergehen. Frieda lief hinter ihr her und half dabei, den Saum des Kleides anzuheben, als Hannah noch etwas einfiel. »Manchmal grölen nachts ein paar Betrunkene auf der Straße. Leon und Emi schrecken dann oft aus dem Schlaf hoch und rufen …«

»Ich werde über sie wachen, bis Sie wieder zurück sind, als wären es meine eigenen Kinder.«

Hannah atmete auf. Als sie auf die Straße traten, hielt sie inne. Staunend musterte sie erneut diese prachtvolle Märchenkutsche und die sechs weißen Pferde. Ihr Blick fiel auf den älteren Herrn, der auf dem Kutschbock saß und ihr freundlich entgegensah. Er stieg von dem Bock, lüpfte seinen glänzenden Zylinder und verneigte sich tief vor ihr. Dabei wehten seine wenigen weißen Haare hin und her. Anschließend öffnete er die Kutschtür.

»Wertes Fräulein, darf ich Sie bitten einzusteigen? Wir wollen nicht zu spät kommen.«

»O Mami, wie märchenhaft!«, rief Emi und hüpfte mit Leon um die Wette.

Ungläubig betrachtete Hannah die Kutsche, den Kutscher und die Pferde, und kniff sich in den Arm. Geschah all das hier gerade wirklich? Der Kniff tat weh.

Lautes Hupen ertönte hinter der Kutsche. »Was soll das? Fahr weiter, Opa! Ich hab's eilig!«, schrie ein Mann durch das offene Seitenfenster seines dunklen Sportwagens. Der sah die Kutsche also auch. »Einen Moment, bitte, werter Herr!«, rief der Kutscher freundlich.

Eine Gruppe Jugendlicher, alle gebeugt über ihre Smartphones, lief auf der anderen Straßenseite vorbei. Eines der Mädchen sah auf und schlug ihre Freundin in die Seite. »Wie krass, guck mal, Kat, wird hier ein Film gedreht?«

»Ich google mal schnell. Ist das etwa eine Schauspielerin in dem roten Kleid?«

Lächelnd drückte Hannah die beiden Kleinen fest an sich. »Hört gut auf das, was Frieda zu euch sagt, versprochen?«

»Ja!«, riefen Emi und Leon im Chor.

»Du auch!«, wandte sie sich an ihren Großen und umarmte ihn inniglich.

Marco nickte.

»Wir werden es uns schon gemütlich machen!«, rief Frieda strahlend. »Ihre Engelchen sind gut bei mir aufgehoben, Frau Meyer, ich meine, Hannah.«

Hannah schmunzelte und drückte ihre Nachbarin an sich, die auflachte. Sie schaute ihre drei Kinder an, die sie seit Andreas' Tod nicht einen Tag in der Obhut eines Anderen gelassen hatte, und zögerte. Sollte sie das wirklich tun? In diese Kutsche steigen?

Der Kutscher hielt ihr die Hand entgegen, um ihr beim Einsteigen zu helfen, und Frieda stupste sie von hinten an. »Nun aber los, einen Prinzen lässt man nicht warten!«

Kapitel 6

er Kutscher lenkte die Pferde aus der betriebsamen Stadt hinaus und auf eine kleinere Seitenstraße. Hannah bemerkte sofort, dass sie die Großstadt und die Hauptstraße hinter sich ließen. Endlich hörten das lautstarke Gehupe und die waghalsigen Überholmanöver auf, die sie bis hierher begleitet hatten. Wie ungeduldig die Menschen heutzutage waren. Früher ging es auch nicht schneller.

Schon wenig später galoppierten sie über die kleine Straße, die direkt in das Waldgebiet führte, in dem sich die Ruine des Schlosses Lichtenberg befand. Es war ein idyllischer Wald, die Vöglein sangen und das Licht der sommerlichen Abendsonne warf einen goldenen Schimmer auf die Blätter und Nadeln der Bäume und Sträucher, die zu den Seiten in die Höhe schossen.

Hannah wurde mit jeder Minute, die verstrich, nervöser. Immer wieder sah sie aus den Fenstern der Kutsche nach draußen in den Wald. Sie versuchte, den Weg zu erkennen, den sie fuhren, doch das Kutschfenster war zu klein. Sie konnte nicht nach vorne blicken. Als der Weg eine Kurve machte, erhaschte sie einen Blick zurück auf die holprige Straße und erstarrte.

Bläulicher Nebel waberte über dem Pfad. Der Schleier legte sich über den Weg und zog sich durch den Wald zwischen den Bäumen und Sträuchern hindurch. Einen solchen

Nebelschleier hatte sie noch niemals zuvor gesehen! Markierte er eine Grenze? Was hatte das zu bedeuten? Sie blinzelte mehrmals.

Ein Schwindel erfasste sie, ihr Magen rumorte und drehte sich wie beim Frühlingsfest vor drei Monaten, nachdem sie mit Marco aus dem Breakdancer gestiegen war. Sie musste für einen Moment die Augen schließen. Endlich legte sich die Übelkeit und sie schaute wieder aus dem Kutschfenster. Als sie wieder zurück auf den Pfad blickte, war der Nebel nicht mehr zu sehen.

Gänsehaut wanderte ihre Arme entlang. Wie gut, dass der freundliche Kutscher bei ihr war. Er gab ihr ein wenig Sicherheit. Sie spähte erneut zurück, doch es war nichts Seltsames mehr zu erkennen. Gewiss hatte sie sich das nur eingebildet. Sie strich über den Stoff des Kleides, befühlte vorsichtig ihre Frisur und seufzte auf. Erneut blickte sie aus dem Fenster. Sie sah nichts als Bäume und Sträucher, dicht an dicht, nichts als Braun und Grün.

Sie lehnte sich auf dem Sitzpolster zurück und ihre Arme und Beine wurden leichter. Tief atmete sie durch und genoss die Stille. Niemand zerrte an ihrem Arm, keiner wollte etwas essen oder trinken, niemand beschwerte sich, weil irgendetwas nicht zu finden war oder jemand ein Spielzeug weggenommen hatte. Wann hatte sie das letzte Mal eine solche Ruhe genossen? Hatte sie überhaupt einen Moment Pause gehabt, seit sie alleinerziehend war? Was auch immer dieser Abend brachte, diese Minuten waren es wert.

Wie weit war es noch bis zu Schloss Lichtenberg? In wenigen Minuten mussten sie um die Ecke biegen und dann würde die alte Ruine vor ihnen auftauchen. Sie war ein paar Mal mit ihren Kindern vor Ort gewesen, das letzte Mal im vergangenen Herbst zu einer kleinen Wandertour. Sie fragte sich, wie dort ein Ball abgehalten werden konnte.

Vielleicht hatte man die Ranken zurückgeschnitten, die Trümmer zur Seite geräumt und eine Art Zeltplane über die noch stehenden Mauerabschnitte gespannt. Mit Deko und dem richtigen Licht ließe sich der Ort trotz seines verfallenen Zustandes gewiss in einen märchenhaften Veranstaltungsort verzaubern. Hannah hatte Erfahrung damit. Was hatte sie nicht bereits für bruchbudenartige Vereinshäuser und Ruderclubs in charmante Hochzeitslocations verwandelt!

Was hatte es mit der Einladung auf sich, die von einem König stammte, von dem sie noch niemals zuvor etwas gehört oder gelesen hatte? Nur noch wenige Minuten Geduld musste sie aufbringen und sie würde es erfahren. Aufgeregt blickte sie immer wieder aus dem Fenster. Gleich musste sie das Tal und die Ruine erblicken. Gleich. Da war bereits die Kurve, nach der der Weg seitlich an dem Tal entlang und dem Schloss vorbei bis zu der alten Brücke führte. Endlich würde sie die Ruine sehen können. Noch zwei Sekunden, eine.

Sie rückte ganz nah an das Fenster und hielt sich an dem zierlichen Rahmen fest, als ihr Atem stockte.

Auf dem Berg in dem Tal befand sich nicht die zugewucherte Ruine, die sie kannte. Nein. Auf dem Berg stand ein Schloss, wie sie es noch niemals zuvor gesehen hatte. Der helle, fast weiße Stein, aus dem es erbaut worden war, strahlte heller als die sommerliche Abendsonne und beleuchtete das Tal und die Bäume rings umher. Und dieser hohe, herrschaftliche Bau hatte nichts mehr mit der Ruine gemein, die sie mit ihren Kindern vor wenigen Monaten besichtigt hatte! Unzählige Türmchen und Erker sprossen aus dem großen

Grundbau, der über ein gewaltiges Schlossportal zu betreten war.

Verziert waren die Wände und der Torbogen mit zahlreichen Figuren, die aus der Ferne wie Engel und Frauen aussahen, dazwischen entdeckte sie ornamentale Reliefs, deren Bedeutung aus der Ferne nicht zu erahnen war. Auf dem weitläufigen Hof vor dem imposanten Prachtbau tummelten sich so viele Kutschen mitsamt davorgespannter Pferde, dass Hannah weiche Knie bekam.

Sie richtete ihre Augen wieder auf das herrschaftliche Gebäude. Welch ein Anblick! Wie konnte es sein, dass die Ruine in so kurzer Zeit derart restauriert worden war? Ohne dass irgendjemand davon etwas mitbekommen hatte? Nicht eine Meldung in der Lokalpresse, kein Getuschel der Nachbarn, nichts. All die Bräute, die zu Ines in den Blumenladen gekommen waren, sie hätten doch längst Wind davon bekommen müssen, dass sich ein solch prächtiges Anwesen in der Nachbarschaft befand!

Dieses Schloss konnte nicht in kurzer Zeit errichtet worden sein! Die Arbeiten hatten gewiss Jahre gedauert. Wie kam es, dass niemand darüber berichtet hatte? Dass niemand die Kräne und Materiallieferungen gesehen hatte? Kein Wanderer die lautstarken Baugeräusche vernommen und sich darüber beschwert hatte? Sie selbst mit ihren Kindern nichts bemerkt hatte?

Fassungslos schüttelte sie den Kopf, während sie in der Kutsche bis auf den Schlosshof rumpelte. Die Pferde kamen zum Stehen und der Kutscher stieg vom Kutschbock, um ihr die Tür zu öffnen.

Gleich ging sie in dieses Schloss und nahm an einem königlichen Ball teil – oder was auch immer dieses Event in

Wahrheit war. Lächelnd ergriff sie die dargebotene Hand des Kutschers und trat mit klopfendem Herzen auf das herrschaftliche Schlossportal zu.

Kapitel 7

Vor vielen, vielen Jahren

irabelle saß in der Kutsche, die ruckelnd über die Landstraße fuhr. Sie wurde hin- und hergeschüttelt, während sie starr aus dem Fenster blickte. Ihr gegenüber saß ihre Mutter, die Lippen zu schmalen Strichen gepresst. Seit sie von ihrem Landsitz losgefahren waren, hatten Mutter und Tochter kein Wort miteinander gesprochen.

Mirabelle trug das Gesicht hinter einem nachtblauen Schleier verborgen, dennoch fühlte sie sich nackt, entblößt und vor allem verletzlich. Sie wollte nicht auf diesen Ball gehen und riskieren, zur Spottfigur der Gäste zu werden. Sie wollte sich in ihrem Zimmer verstecken, am liebsten für den Rest ihres Lebens. Sie hatte abgeschlossen mit der Gesellschaft, wollte niemanden mehr sehen. Sie brauchte sie nicht.

Doch ihre Eltern waren unerbittlich gewesen. Nachdem sie geweint und gebettelt hatte, man möge eine Ausrede erfinden und in aller Freundlichkeit absagen, war ihr Vater in ihr Zimmer getreten. Sie wusste nicht, wie lange sie ihn nicht mehr gesehen hatte, als er plötzlich vor ihrem Bett stand. Er hatte sie direkt angesehen, was Mirabelle mehr erschrak als seine Anwesenheit und seine harten Worte.

»Mirabelle Madeleine Alice von Taustein, es handelt sich hierbei um die Einladung eines Königs und die Familie von Taustein hat noch nie und wird auch niemals eine solche Einladung ablehnen. Du gehst auf diesen Ball. Das ist mein letztes Wort!« Daraufhin hatte er kehrt gemacht und war grußlos hinausstolziert.

Mirabelle seufzte auf. Sie hatte ihre Eltern immer so sehr geliebt, war sich auch ihrer Liebe immer mehr als sicher gewesen. Doch seit die Dinge sich geändert hatten, fragte sie sich, ob es tatsächlich nur ihre außerordentliche Schönheit gewesen war, die sie so beliebt gemacht hatte. Wie hatte sich all das geändert! Weder ihre Eltern noch die Dienerschar oder Freunde schienen seit der Krankheit großes Interesse daran zu haben, mit ihr zu verkehren – und Mirabelle würde sie gewiss niemals dazu zwingen.

Annabelle hatte sich alle Mühe gegeben, dass Mirabelle sich auf den Ball freute. Ihrer kleinen Schwester zuliebe hatte sie gelächelt, während die Schneiderinnen an ihrem nachtblauen hochgeschlossenen Ballkleid Nadeln feststeckten und den Saum anpassten, während sie die neuen Spitzenhandschuhe anprobierte und ihre Haut gepudert wurde.

Sie schämte sich, dass ihre Mutter die Kammerzofen gezwungen hatte, ihr Gesicht zu überschminken. Sie wollte nicht von ihnen angefasst werden, wollte nicht, dass sie angeekelt zurückschreckten, wenn sie ihre Haut statt mit dem Pinsel mit ihren Fingern berührten. Und nach einem nicht einmal eine Sekunde andauernden Blick in den Spiegel war klar, dass all der Puder und die Cremes nichts halfen. Nein, sie verschlimmerten ihr Erscheinungsbild nur noch mehr und ihre Haut juckte und brannte. Erst als auch ihre Mutter bestätigt hatte, dass die Schminke nichts ausrichtete, durfte Mirabelle ihr Gesicht mit kaltem Wasser abwaschen gehen.

Das Brennen und das Jucken verschwanden, doch der Schmerz und die unbändige Angst blieben zurück. Gäbe es nur eine Möglichkeit, dieser Verpflichtung zu entkommen!

Ungeschminkt, dafür mit einem hauchdünnen nacht-blauen Spitzenschleier bedeckt, war Mirabelle hinter ihrer Mutter in die Kutsche eingestiegen und hatte seither kein Wort mehr gesprochen. Sie fuhren bereits seit Stunden, als der Kutscher in einen Weg einbog, der sie in einen dichten Wald führte. Eichen, Buchen und Tannen wechselten einander ab, auf denen eine Schar Meisen ihr Liedchen pfiff.

Mirabelle beachtete es kaum. Sie befand sich tief in Gedanken versunken bereits bei dem königlichen Ball, den sie gleich besuchen musste. Sie ertappte sich dabei, wie sie sich vorstellte, dass ein junger Mann sie im Tanz durch den Saal wirbelte, sie laut lachte wie früher und er sich in dieses Lachen verliebte. Doch schon einen Moment später erinnerte sie sich an ihre hässliche Haut und vergrub den Traum mit all den anderen Träumen und Sehnsüchten, die sie nie wieder hervorholen wollte.

Ein Leben in absoluter Einsamkeit, dazu hatte sie das Schicksal verdammt. Da halfen kein Selbstmitleid und kein Bedauern. Es war nun einmal so, wie es war.

»Wir sind gleich da!«, durchbrach die seltsam dünne Stimme ihrer Mutter die schwere Stille in der Kutsche und sie wies mit der Hand aus dem Kutschfenster.

Auf einem Berg in einem bewaldeten Tal erhob sich das herrschaftliche Gebäude, dessen Erker und Türme mit Engelsfiguren verziert waren. Der weiße Stein, aus dem der Palast errichtet worden war, schien heller als die Sonne, die ihre sommerlichen Strahlen in das Tal warf. Mirabelle staunte. Ein solch imposantes Schloss hatte sie noch nie zuvor gesehen.

Auf dem Hof vor dem gewaltigen Schlossportal reihte sich eine Kutsche neben die andere. Ein Kloß bildete sich in ihrem Hals, als sie sich vorstellte, dass sie gleich aussteigen und die abgekapselte Sicherheit der Kabine verlassen musste.

Die Kutsche schien schneller und schneller zu fahren und schon ein wenig später trabten die Pferde über die steinerne Brücke auf den Schlosshof. Als der Kutscher bremste und sie hörte, wie er vom Kutschbock stieg, um ihre Tür zu öffnen, brach ihr der kalte Schweiß am ganzen Körper aus. Unfähig sich zu bewegen verharrte sie auf ihrem Platz, obwohl der Kutscher bereits die Tür geöffnet hatte und ihr seine Hand entgegenstreckte.

»Komm, mein Schatz.« So sanft hatte ihre Mutter lange nicht mehr mit ihr gesprochen. Aber das erschreckte sie noch mehr. Ein Zittern wanderte durch ihre Glieder, bis ihre Mutter ihre Hand auf ihre legte und sie anlächelte. »Ich werde bei dir bleiben, die ganze Zeit.«

Tränen schossen ihr in die Augen. Sie nickte leicht, dankbar über den unerwarteten Beistand, und nahm die Hand des Dieners. Langsam stieg sie aus der Kutsche, direkt hinter sich ihre Mutter, die sogleich wieder ihre Hand ergriff und gemeinsam mit ihr auf das Schlossportal zuschritt.

Kapitel 8

it klopfendem Herzen trat Hannah durch das hohe Schlossportal und passierte die Wachen, die stramm geradeaus blickten, ihre Lanzen aufgestellt in der Rechten hielten und sich nicht einen Millimeter bewegten. Sie folgte dem Gang, dessen Fliesen nur so blitzten und auf dem ein breiter, roter Teppich ausgelegt worden war, der jeden ihrer Schritte verschluckte. Niemand sonst befand sich auf dem Teppich. War sie etwa zu spät?

Laute Stimmen drangen ihr bereits entgegen. Es mussten viele Gäste auf diesem Ball sein. Fröhliche Geigenmusik legte sich über die Gespräche und das Gelächter. Wurde etwa schon getanzt? Ihre Handflächen wurden feucht, während sie den hohen Ballsaal betrat, der von unzähligen Kerzen in ein wunderbar romantisches Licht getaucht wurde. Der Duft nach Rosen und Lavendel waberte ihr entgegen. Bunt schillernde Paare drehten sich bereits zu der Geigenmelodie auf der glänzenden Tanzfläche. Ein Meer aus bunten Farben und rauschenden Röcken wirbelte durch den Saal. Überwältigt trat sie einen Schritt zurück.

Mit ungläubigen Augen betrachtete sie die Paare, die in altmodische, aber märchenhafte Ballkleider und Uniformen gekleidet waren. Die hohen kunstvoll drapierten Frisuren der Frauen erinnerten sie an ihre eigene. Die Gäste tanzten und drehten durch den Saal in einer Tanzformation, die Hannah gänzlich unbekannt war. Sie hüpften und wechselten die

Partner, als wäre jeder ihrer Schritte einstudiert. Hatte es etwa Proben gegeben?

Ihr Blick wanderte nach oben und sie bestaunte die marmorne Kassettendecke, deren Rahmen in kleinteiligen Reliefs gearbeitet waren. Hannah erkannte Engel, Pferde und Ritter, dazwischen Efeuranken und Lorbeerkränze. An einer langen Kette hing ein riesiger Kronleuchter von der Decke herab, in dem rote Kerzen flackerten. Sie sah sich weiter in dem Ballsaal um und ihr Atem stockte, als sie mehrere goldene Statuetten entdeckte, die auf Halbsäulen aufgestellt waren. Ein feingliedriger Junge, der etwas eingoss, ein tanzendes Mädchen, das ihr Kleid mit spitzen Fingern anhob. Gehörte so etwas nicht in ein Museum? Auf anderen Halbsäulen standen kostbare Vasen, die förmlich überliefen von den üppigen Rosensträußen, in denen einzelne Lavendelhalme für lila Farbtupfer sorgten.

Ungläubig schwenkte Hannahs Blick wieder zu den fröhlichen Gästen, von denen ihr kein einziger vertraut erschien. Wer hatte sie eingeladen? Doch nicht wirklich ein König?! Wer war der Initiator dieses Events? Wer hatte all das geplant?

Während sie den Paaren zusah, die nicht länger eine altmodische Choreographie, sondern einen Walzer tanzten, verflogen diese Fragen und sie stellte sich vor, wie auch sie zum Tanz aufgefordert werden würde und so märchenhaft romantisch durch den Saal schwebte. Aber alleine die Tatsache, hier zu sein, in dieser rot schillernden Robe und so außerordentlich herausgeputzt, verlieh Hannah ein Gefühl von Lebendigkeit, wie sie es lange nicht mehr gefühlt hatte.

Sie schlenderte durch die Reihen von Frauen und Männern, die an den Seiten standen, den Tanzenden zusahen,

schwatzten und tranken, passierte altertümliche Polster-
möbel, auf denen die ersten sich eine Ruhepause gönnten,
und griff beherzt zu, als ihr ein Diener in einer schicken Liv-
ree ein Tablett mit Häppchen unter die Nase hielt. Es roch
lecker. So lecker, dass sie unverschämterweise das größte
Häppchen auswählte, das sie auf dem silbern glänzenden
Tablett entdeckte. Es musste etwas mit Tomaten und Thymi-
an sein in einer Blätterteigkruste oder etwas Ähnlichem.

Während sie die Leckerei in den Mund steckte, fiel ihr
Blick auf einen gutaussehenden Mann mitten auf der Tanzfläche. Das Häppchen auf ihrer Zunge vergessend musterte
sie ihn. Er war groß und breitschultrig, hatte kurzes blondes
Haar, trug eine Galauniform mit goldenen Verzierungen am
Kragen und glänzende Stiefel. Und er wirbelte eine Dame in
einem Traum aus fliederfarbener Seide über die Tanzfläche.

Hannah blinzelte mehrmals, verschluckte sich an der
Leckerei und bekam einen Hustenanfall, woraufhin sie der
Fremde mit weit aufgerissenen Augen ansah und für einen
Augenblick im Tanzen innehielt.

O nein, musste der ausgerechnet jetzt zu ihr schauen?

Der Diener konnte seinen missbilligenden Blick kaum
verbergen, während sie bei seinem Kollegen nach einem hohen Kristallglas griff und es in einem Zug leerte. Doch das
interessierte sie nicht. Der Hustenreiz war vergangen und sie
suchte nach dem fremden Mann, entdeckte ihn inmitten der
tanzenden Schar und folgte dem Paar mit den Augen. Sie
konnte ihren Blick nicht mehr von ihm abwenden, während
ihr Herz aufgeregt in ihrer Brust hüpfte. Jedes Mal, wenn er
sich im Tanz mit dem Gesicht zu ihr drehte, sah er zu ihr.

Hannah stieg die Röte in die Wangen. Wer war er? Sie
hatte ihn in der Stadt noch nie zuvor gesehen. Kam er von

weit weg? Zwischendurch schaute er immer wieder zu seiner Tanzpartnerin und lächelte, doch das Lachen erreichte nicht seine Augen. Als hätte er sein Leben lang nichts anderes getan, führte er sie durch den Saal und zog dabei viele bewundernde Blicke auf sich. Auch Hannah konnte die Augen nicht mehr von ihm abwenden. Alles um sie herum blendete sie aus.

Wieso sah er so unglücklich aus und tanzte zugleich mit einer Leidenschaft, als wäre es das schönste in seinem Leben? Und wer war die Frau, mit der er tanzte, die er immer wieder halbherzig anlächelte?

Erneut sah er auf und schaute in Hannahs Richtung. Ihre Blicke begegneten sich und erneut hielt er einen Moment im Tanzen inne. Er sah nicht wieder fort, hielt ihrem Blick stand und auch Hannah war nicht in der Lage, woanders hinzusehen, als würde sie irgendetwas zu ihm ziehen. Gänsehaut schoss über ihre Arme. Sie verharrte bewegungslos, während der Fremde langsam weitertanzte. Der Tanz hatte sich verändert und er führte seine Partnerin nicht sogleich wieder in eine Drehung, sondern bewegte sich ruhig auf der Stelle. Dabei blickte er Hannah an und ein Staunen trat in sein Gesicht, das seinen Augen eine Lebendigkeit verlieh, die zuvor nicht da gewesen war.

Seine Tanzpartnerin sagte etwas zu ihm, woraufhin er sie kurz ansah und ihr etwas antwortete, doch sogleich schaute er wieder zu Hannah. Nach drei weiteren Drehungen verstummte die Geigenmusik und der Unbekannte trat mit ein paar großen Schritten auf Hannah zu. Er verneigte sich galant und reichte ihr die Hand, während er sie unvermittelt anblickte. Seine Augen schimmerten grün und blau wie ein See in einem Wald.

»Darf ich bitten?« Seine tiefe Stimmlage klang entschlossen, als wäre es keine Frage.

Hannah räusperte sich, schaute nach links und rechts, und dann wieder zu dem Fremden. Er meinte tatsächlich sie. Sie nickte, unfähig, ein Wort zu sagen, und verneigte sich, als sei sie in eine altertümliche Rolle geschlüpft.

Er zog sie auf die Tanzfläche und sogleich begann das Geigenorchester wieder mit seinem Spiel. Er führte sie mit fester Hand, sodass sie problemlos den Schritten folgen konnte. Die anderen Paare wechselten ihre Partner, doch der Fremde ließ sie nicht los und tanzte nur mit ihr. »Ich habe bereits auf Euch gewartet.«

»Auf mich?« Ihr Herz schlug schneller, während der Fremde mit ihr durch den Saal glitt und sie dabei mit seinen seegrünen Augen fixierte. Hatte er etwa all dies organisiert und ihr die Einladung zugeschickt? Ihr Herz hüpfte in ihrer Brust. Das konnte doch nicht wahr sein!

Er führte sie in eine Drehung und zog sie wieder an sich heran, als befürchtete er, sie könne davonlaufen wie Aschenputtel. Hannah versank förmlich in seinen Augen, ihre Knie wurden weich. Wann war sie so schwach geworden?

»Ich muss unbedingt mit Euch sprechen! Ihr wisst natürlich, worum es geht. Ihr wartet doch auf mich, nicht wahr?«

Was meinte er? Wollte er ihr sagen, dass er ihr die Einladung zugeschickt hatte?

Unsicher nickte sie, während das Geigenorchester verstummte und dieser wunderbare Tanz zu Ende ging. Der Fremde verneigte sich vor ihr. Sogleich trat eine andere Frau vor Hannah und flüsterte ihm etwas ins Ohr. Irritiert blickte er sie an, dann verneigte er sich vor Hannah und schenkte der anderen den nächsten Tanz.

Hannah stand mitten auf der Tanzfläche, wie bestellt und nicht abgeholt. Endlich wurde sie sich ihres dämlichen Dastehens bewusst und blinzelte mehrmals. Doch bevor sie sich umdrehen und davongehen konnte, fixierte sie der Fremde erneut mit seinen seegrünen Augen. Er nickte ihr zu und anschließend zu einer großen Tür, als wolle er sie dort hinleiten. Hannah folgte seinem Blick.

Die Tür führte auf einen großen Balkon, von dem aus ein leuchtender Sonnenuntergang zu sehen war. Das Bild verzauberte sie. Sie drehte sich noch einmal zu dem Fremden um, der ihr aufmunternd zunickte, und ohne weiter darüber nachzudenken, verließ sie die Tanzfläche, drängte sich an den beleibten Herren und den kichernden Damen, die hinter ihren Fächern hervorlugten, vorbei und lief nach draußen und lehnte sich an die Balustrade.

Das Licht der Abendsonne sah wunderschön aus. Es hatte etwas Überirdisches und warf einen rosafarbenen Schimmer über den Wald, der sich rings um die Schlossruine, nun, von Ruine konnte keine Rede mehr sein, der sich rings um das Schloss Lichtenberg zog. Von dem Balkon aus gesehen wirkte der Wald unendlich weit, sagenhaft tief und unüberblickbar – dabei wusste Hannah doch, dass es sich eigentlich nur um ein kleines Waldgebiet handelte, das sich um die ehemalige Ruine erstreckte. Es musste an der Perspektive liegen, dass der Forst so groß erschien.

Lange Zeit lehnte Hannah an der Balustrade und verlor sich gänzlich in der Betrachtung dieser magischen Idylle, als eine tiefe Stimme hinter ihr sie aus ihren Gedanken riss. »Sieht es nicht atemberaubend aus?«

»Es ist einfach magisch.« Hannah drehte sich zu demjenigen um, der sie angesprochen hatte – und sah den Fremden neben sich stehen. Er war mehr als einen Kopf größer als sie und verneigte sich andeutungsweise in ihre Richtung.

Die Hände hinter dem Rücken verschränkt blickte er auf den fernen Horizont. »Ich stehe jeden Abend hier, schaue der Sonne beim Untergehen zu und frage mich, wie oft ich das schon gesehen habe.« Dabei drehte er sich zu ihr um und musterte sie aus seinen blaugrünen Augen. Wie ein geheimnisvoller Waldsee, schoss es Hannah durch den Kopf und wurde dabei knallrot. »Und all die Abende habe ich mich gefragt, wann Ihr endlich kommen würdet.«

Ihre Wangen brannten. Er hatte auf sie gewartet? Woher kannte er sie? »Ich bin zum ersten Mal hier. Dies ist mein erster Ball. Ich war noch niemals zuvor auf einer solchen Veranstaltung. Sagen Sie, wissen Sie, wer das alles organisiert hat?«

Der Fremde sah sie an, dabei legte sich seine hohe Stirn in Falten. »Das muss Euch doch bekannt sein. Selbstverständlich König Gustav von Lichtenberg!«

Hannah lachte unsicher. »Natürlich, aber ich meine, der König …« Sie lachte erneut. Der durchdringende Blick des Fremden ließ ihre Knie weich werden, während sie nach Worten suchte. »Sagen wir es so: Ich habe noch niemals zuvor von einem König Gustav von Lichtenberg gehört. Und gesehen habe ich ihn leider auch noch nicht. Ich würde ja zu gerne einmal einen echten König sehen – und den Prinzen natürlich auch.« Sie kicherte dümmlich. Seit wann schwätzte sie eigentlich so viel? Und das auch noch, ohne nachzudenken?!

»Ihr würdet gerne einmal den Prinzen sehen?« Er lachte ungläubig auf. Machte er sich etwa über sie lustig, weil sie einen Prinzen treffen wollte? Na, wozu ging man denn als junge Frau auf einen Ball? Oder lag es an ihrem Alter? Meinte er, sie sei nicht mehr jung genug dafür? Na, er schien ebenfalls Mitte oder Ende dreißig zu sein – und trotzdem war er auf diesem Ball.

»Wer seid Ihr?«, unterbrach er ihre Gedanken.

»Mein Name ist Hannah Meyer. Ich komme aus der Stadt. Und ich bin völlig überrascht, wie diese Ruine aussieht. Ich meine, ich war im vergangenen Herbst mit den Kindern zuletzt zum Wandern hier und wir haben nichts als überwucherte Mauern und Bruchteile gesehen – und jetzt? Schauen Sie sich diesen Prachtbau nur einmal an. Ich meine, im Winter wird doch eigentlich nicht gebaut. Und jetzt haben wir Sommer. Das alles kann doch nicht nur im Frühling …«

Er ignorierte ihre fortlaufende Rede, verneigte sich galant vor ihr, ergriff ihre Hand und küsste sie. »Es ist mir eine außerordentliche Freude, Euch kennenzulernen, Hannah Meyer. Und ich bin erleichtert, Euch endlich hier zu sehen. Es gab Tage, da befürchtete ich, Ihr würdet nicht kommen. Sagt mir, wer hat Euch hergebracht?«

Die Röte schoss Hannah in die Wangen. »Der Postbote hat mir die Einladung gebracht und …«

»Der Postbote? Das kann doch gar nicht sein. Sie muss euch doch die Einladung gegeben und …« Der Fremde runzelte die Stirn und betrachtete sie eingehend aus seinen blaugrünen Augen. Hannah wurde noch röter und blickte etwas verlegen auf ihr Ballkleid, ihre Hände, ihre Beuteltasche, bis sie den Blick wieder hob und sich erneut in den Augen des Fremden verlor. Was war nur mit ihr los?

»Wie seid Ihr hergekommen?«

»Mich hat eine Kutsche abgeholt. So wie es in der Einladung stand. Ist das zu fassen? Aber gut, so viele Kutschen, wie ich sie auf dem Schlosshof gesehen habe – da war das wohl doch nicht so einmalig, wie ich gedacht habe. Aber für mich war es die erste Fahrt in einer Kutsche – und dann auch noch mit sechs weißen Pferden davor. Wie im Märchen. Ich muss auf jeden Fall noch herausfinden, wer den König spielt, damit ich mich bei ihm bedanken kann.«

»Wer den König spielt?« Der Fremde fuhr sich mit der behandschuhten Hand über das glattrasierte Kinn. »Was sind das für törichte Fragen? Sollte das bedeuten, Euch ist nicht bekannt …?« Er schüttelte den Kopf, als müsse er seine Gedanken sammeln, wandte sich um und blickte erneut auf die sinkende Sonne. Hannah konnte die Sehnsucht, die in seinen Augen lag, deutlich erkennen. Und sie sah noch etwas anderes. Trauer? Wehmut? Sein Blick war schwer zu deuten, aber von einer Tiefe, die verriet, dass ihn schwere Gedanken plagten. »Wieso sind Sie hier, wenn Sie sich doch so offensichtlich woandershin wünschen?«, fragte sie.

»Wie Ihr wisst, habe ich keine Wahl …«

»Man hat doch immer eine Wahl. Das Leben ist kurz. Wir selbst entscheiden, was wir damit anstellen. Gut, manchmal entscheidet das Leben für uns und verweigert uns das Mitspracherecht, aber immer wieder kommen wir an einen Punkt, an dem wir etwas verändern können. Nichts bleibt für die Ewigkeit, man muss seine Chancen ergreifen!«

Wer war sie eigentlich, einem Fremden Ratschläge über seine Lebensführung zu erteilen? Ihr eigenes Leben war alles andere als selbstbestimmt und perfekt. Sie selbst war es doch, die der Zeit und dem Leben hinterherhechtete und für nichts Zeit fand außer für ihre Kinder und das Arbeiten. Wann hatte sie in den vergangenen Jahren einmal entschieden, etwas zu verändern und es auch wirklich getan? Sie konnte sich nicht daran erinnern. Seit dem Tod ihres Mannes funktionierte sie nur noch …

Der Fremde musterte sie, als ahnte er, dass sie wie ein Scharlatan etwas anpries, das sie selbst nicht beherrschte. »Ihr wart noch nie zuvor hier, dessen bin ich gewiss. Sie muss Euch geschickt haben und dennoch stellt Ihr solch seltsame Fragen. Wisst Ihr denn nicht, weshalb Ihr hier seid?«

Hannah sah ihn erstaunt an. Was war das für eine Frage? »Nein, also, wie gesagt, auf diesem Schloss war ich noch nie – daran könnte ich mich erinnern, da haben Sie recht! Ich war niemals zuvor hier, nur wandern mit meinen drei Kindern. Im vergangenen Herbst das letzte Mal …«

»Drei Kinder?« Er schielte auf ihre Hand, an der sich kein Ring befand.

Hannah verbot sich, erneut rot zu werden. Sie drückte den Rücken durch und stellte sich so aufrecht hin wie möglich. »Ich bin alleinerziehend.«

Er schüttelte verwirrt den Kopf und blickte erneut zu der untergehenden Sonne. »Das ergibt keinen Sinn …«

Hannah sah verwundert auf. Was hatte der Fremde nur? Er verhielt sich so, als wäre sie die große Unbekannte, dabei waren doch das Schloss und diese Gesellschaft das eigentlich Seltsame. Aber vielleicht war das alles Teil dieses Schauspiels, das gerade vorgeführt wurde. Wer wusste schon, ob sich nicht unzählige Kameras auf dem Gelände und in dem Ballsaal befanden!

Plötzlich ging der Fremde vor ihr auf die Knie und ergriff inbrünstig ihre Hände. Ihre Knie wurden weich, während er sie eindringlich ansah. »Bitte, sagt mir, dass Ihr wisst, was zu tun ist. Ich habe so lange auf Euch gewartet. Ihr seid doch hier, um mich zu retten?!«

»Sie zu retten? Was meinen …?«

Mehrere entsetzte Aufschreie drangen von der Tanzgesellschaft zu ihnen hinaus. Die Musik verstummte. »Um Himmels willen, der König!«, erklang eine schrille Frauenstimme. »Der König! Zu Hilfe!«

Der Fremde blickte noch ein letztes Mal auf die untergehende Sonne und eine Trauer lag in seinem Blick, die Hannah das Herz zuschnürte.

»Es ist soweit …«

Hatte er das gerade wirklich gesagt oder hatte sie es sich nur eingebildet? Doch er rannte bereits nach drinnen, bevor sie ihn fragen konnte, was er damit meinte. Kurzentschlossen hastete sie hinter ihm her. Sie drängten sich durch die Menge, die für den Fremden sogleich Platz machte, bis nach vorne, wo die Tanzenden einen großen Kreis gebildet hatten.

Hannah kam wenige Sekunden nach ihm am Ort des Geschehens an und entdeckte einen alten Mann mit weißem Bart auf dem Boden kauern. Sein roter Mantel, der mit Goldfäden bestickt war, hatte sich wie eine Decke unter ihm ausgebreitet, seine Arme und Beine erstreckten sich schlaff zu den Seiten, eine prächtige Krone lag einen guten Meter neben seinem Kopf achtlos auf dem Boden, während der Mann nach Luft japste.

Der König?!

»Vater!« Der Fremde hockte sich neben den nach Luft ringenden Mann, dessen blasse Gesichtsfarbe einen bläulichen Zug annahm, und ergriff seine Hand. »Entspanne dich, ruhig, Vater. Versuche, ruhig zu atmen.«

Vater? War der Fremde etwa …?

»Holt den Leibarzt des Königs!«, schrie ein älterer Herr, woraufhin sich zwei Pagen aus den Umstehenden lösten und aus dem Saal stürmten. Die übrige Menge beobachtete starr vor Schreck die beiden Männer. Kam denn niemand auf die Idee, den Rettungsdienst anzurufen?

»Wer hat ein Handy dabei?«, schrie Hannah, selbst vergessend, dass sie eines in ihrem Beutel hatte. »Jemand muss sofort den Notarzt rufen. Die müssen mit dem Rettungshubschrauber kommen!«

Die Gäste reagierten nicht auf Hannahs Rufe, sondern sahen einander erschrocken an und starrten auf den sterbenden Mann auf dem Boden. »Wo bleibt der Arzt?«, brüllte der ältere Herr zwei andere Dienstboten an, die sogleich davonstürzten.

Der Prinz blieb seltsam ruhig, starrte seinen Vater an und blieb still an seiner Seite knien. Der König schnaufte, versuchte etwas zu sagen, doch die Luft blieb ihm immer wieder weg. Er keuchte: »Nun … ist es … zu … spät! Es … es tut … tut mir so … so leid …, mein Sohn …«

»Ich verzeihe dir, Vater. Atme, bleibe ruhig.«

»Ruft die 112!«, rief Hannah, doch die Menge reagierte noch immer nicht auf sie. Die Gäste und Dienerschar blieben starr an den Seiten stehen, die Frauen klammerten sich an die Männer, während der Blick des Königs sich bereits veränderte, als sehe er etwas in einer anderen Welt. Einen Augenblick später wurde sein Blick leer. Schlaff sackte sein Kopf zur Seite. Der König war gestorben.

»Der König ist tot!«, rief jemand entsetzt und die Frauen schrien auf und weinten.

Eine schmale Seitentür schlug auf und ein grauhaariger Mann stürzte herbei. Er ließ seine Ledertasche auf den Boden fallen, hockte sich neben den König und befühlte seinen Puls. Nach einem Moment schüttelte er den Kopf und hob kaum den Blick, während er zum Prinzen gewandt murmelte: »Es tut mir leid.«

Hannah beobachtete die Szene und verstand nicht, was gerade geschah. War das Teil des Schauspiels? Waren all die Menschen Statisten? Und der König und der … Prinz … Schauspieler? Wo blieb die Kamera mit der Nahaufnahme? Weshalb schrie niemand »Schnitt«? Hannah blickte sich in der Menge um, doch niemand trat zwischen ihnen hervor, um all das aufzuklären, um dem Schrecken ein Ende zu bereiten.

Ein seltsamer Gedanke stahl sich in ihren Kopf. Passierte all das wahrhaftig? War der Gastgeber dieses Events soeben verstorben?

Aber das hieße, der Mann vor ihr, der fremde Prinz, der bei dem Toten auf dem Boden hockte, hatte soeben seinen Vater verloren …

Hannah hockte sich neben ihn. Sie verzichtete auf hohle Phrasen und Beileidsbekundungen. Sie schob die Beine des Toten zusammen, legte die Hand, die der Prinz nicht ergriffen hielt, auf des Königs Brust, strich sanft über seine Lider, damit sie sich schlossen, und drapierte den roten Umhang wie eine Decke ordentlich um ihn herum. »Ruhe in Frieden.«

Der Prinz sah auf, schaute sie ungläubig an und wandte den Blick wieder dem reglosen Körper seines Vaters zu. Tief traurig betrachtete er ihn – allerdings keineswegs überrascht oder schockiert. Hatte er den Tod seines Vaters erwartet? Hatte er deshalb eben auf dem Balkon gesagt: »Es ist soweit«? Nur wie konnte jemand den Tod vorhersehen – und dann nicht jede Sekunde an der Seite des zum Tode Verurteilten verbringen?

Ein starker Luftzug stürmte in den Raum und mit einem Mal erloschen alle Kerzen. Alle Stimmen verstummten und eine seltsame Ruhe machte sich in dem großen Ballsaal breit.

Der Prinz versteifte, blickte jedoch nicht auf. Ein Sturm brauste draußen vorbei, Türen und Fenster knallten auf und rote Rosenblätter flogen durch den Saal. Ein Wirbelwind fegte über den Balkon zu ihnen hinein und stürmte auf sie zu. Im rötlichen Licht der untergehenden Sonne sah er aus wie ein dunkler Tornado.

Die Gäste schrien und drückten sich an die Seiten. Hannah sprang erschrocken auf und wollte davonlaufen, als sie bemerkte, dass der fremde Prinz noch immer an der Seite seines Vaters hockte. Sie stürmte zu ihm und zog ihn am Arm. »Kommen Sie! Schnell!«

Doch er stand nicht auf.

»Ihr wisst wie ich, was nun kommt, und ich ergebe mich meinem Schicksal – wie immer.«

»Nein! Sehen Sie nicht, was da im Anflug ist?«, schrie Hannah über das Tosen des heftigen Windes hinweg. Die übrigen Gäste stürmten zur Seite, einige flohen schreiend zu den Türen, während Hannah noch fester am Arm des Prinzen zerrte.

»Es ist zu spät ...«, murmelte dieser ergeben und befreite sich mit einem Ruck aus Hannahs Griff, dass sie zurücktaumelte. Der Sturm kam näher, lockige Strähnen lösten sich aus ihrer Frisur und peitschten um ihr Gesicht. Kurz bevor der Wirbelsturm auf den Prinzen und seinen toten Vater traf, löste er sich auf und wurde zu einer nebelhaften Silhouette einer menschlichen Gestalt. War das eine Frau? Oder ein Mann? Etwas wirbelte umher wie ein weiter Umhang oder langes Haar.

Die Gestalt hob die Rechte und zeigte mit dem Finger auf den Prinzen. »Die Zeit ist gekommen. Der Fluch muss sich erfüllen.« In der Stimme lag eine Genugtuung, als habe das Wesen nur auf diesen Tag gewartet. Ein heller Strahl schoss aus den Fingerspitzen direkt auf die Brust des Prinzen zu.

»Nein!«, schrie Hannah und wollte sich dazwischenwerfen, doch es war zu spät. Der Strahl traf den Prinzen mitten auf die Brust. Sie zog ihn zur Seite und schirmte ihn ab, doch die nebulöse Gestalt senkte ihre Hand bereits wieder. Ein lautes, hässliches Lachen hallte durch den Ballsaal, als sich das Wesen zur Seite wandte, sich in einen Wirbelsturm verwandelte und davonrauschte, zurück auf den Balkon und fort über die Balustrade. Als wäre nichts geschehen, legte sich der Wind von jetzt auf gleich und erneut herrschte eine beängstigende Stille im Saal.

Mit offenem Mund starrte Hannah der Erscheinung hinterher, bis sie sich besann und sich dem Prinzen zuwandte, der auf dem Boden kauerte und zuckte. »Was hat es getan? Wer oder was war dieses Wesen?« Unsicher lachte sie auf. »Ist das etwa alles Teil des Theaters?« Sie drehte sich um und musterte die verbliebenen Gäste, die sich stocksteif an die Wände drückten. Doch als sie in ihre entsetzten Gesichter blickte, wusste Hannah eines ganz genau: Das war kein Schauspiel!

Eine rothaarige Dame löste sich von der Wand und klammerten sich an einen älteren Herrn mit grauem Schnurrbart, der blass und entsetzt auf den toten König und den Prinzen starrte. Die übrigen Leute traten näher und umringten Hannah und ihn, hielten sich die Hände vor den Mund und beobachteten ihn schockiert und fasziniert zugleich. Keiner von ihnen sprach ein Wort.

Hannah schaute wieder zu dem Prinzen am Boden, dessen blondes Haar wild zu den Seiten abstand, als hätte er einen Stromschlag verpasst bekommen. Er kauerte still auf der Seite. Sanft schüttelte sie ihn an der Schulter. »Geht es Ihnen gut? Sind Sie verletzt?«

Er regte sich nicht und gab keinen Laut von sich, als hätte er sie nicht gehört. War er tot? Hannah nahm seine Hand. Sie war warm. Sie legte ihre Hand auf seine Brust und spürte den kräftigen Herzschlag. Sie sah keine Eintrittswunde – womöglich hatte sie sich den Blitzstrahl nur eingebildet und der Prinz war gar nicht verletzt worden.

»AAAHHH!« Sein lauter Schrei durchbrach die Stille. Hannah taumelte erschrocken zurück. Von einem Moment zum nächsten kehrte das Leben in ihn zurück. Er warf sich von links nach rechts, schlug um sich, drehte sich auf den Bauch und wieder auf den Rücken, bäumte sich auf und schrie erneut, dass die Gäste entsetzt zurückwichen.

»Was haben Sie?« Hannah stand eine Armeslänge von ihm entfernt, tat einen unsicheren Schritt auf ihn zu, um ihn zu stützen, um sogleich wieder vor seinen unkontrollierten Bewegungen zurückzuweichen. Was ging hier vor sich?

Immer wilder gebärdete er sich, wand sich und schrie, dass es ihr eiskalt den Rücken hinunterlief. Hatte er einen epileptischen Anfall?

Sie trat näher an ihn heran und wollte seine Hand ergreifen, doch in dem Moment wuchs seine Hand und wuchs, Knochen brachen unter lautem Knacksen und der Prinz schrie auf. Sein blondes Haar verfärbte sich braun, seine Beine wurden länger und mächtiger, sein Bauch wurde dicker, sein Rücken breiter, seine gesamte Gestalt schoss in die Höhe. Seine Uniform riss mit einem lauten Ratsch, die Stiefel platzten auf und fielen von den wachsenden Füßen und Beinen, als wären sie aus dünnstem Faden. Die Haut, die darunter zum Vorschein kam, war hellbraun. Doch nur für einen Moment war sie zu sehen. Sofort breitete sich eine dunkelbraune Haarschicht darauf aus, die zu einem dichten, braunen Fell heranwuchs.

Der Schrei des Prinzen verwandelte sich in ein markerschütterndes Brüllen, während sein Kopf auf das dreifache seiner Größe anschwoll. Seine Augen wurden größer und dunkler, sein Mund mitsamt den vollen Lippen dehnte sich zu einem Maul, aus dem spitze Eckzähne lugten. Er brüllte erneut laut auf – es klang wie ein Tier – und er schlug mit seinen gewaltigen Pranken um sich. Er gebärdete sich so animalisch und unkontrolliert, dass Hannah kaum erkennen konnte, was gerade passierte, bis er scheinbar kraftlos zu Boden fiel.

Als er mit einem lauten Aufprall auf die Fliesen donnerte, konnte jeder im Ballsaal sehen, was soeben geschehen war: Der Prinz hatte sich in einen ausgewachsenen Braunbären verwandelt.

Kapitel 9

tille herrschte im Saal. Nur hier und da war ein verhaltener Schritt oder das Rascheln eines Kleides zu hören, doch niemand sprach ein Wort. Alle stierten mit großen Augen und entsetzt aufgerissenen Mündern auf das beängstigend große Tier, in das sich der Prinz verwandelt hatte.

Regungslos lag der Braunbär auf dem glänzenden Boden des Ballsaals. War er tot? Seine Pranken zuckten, ein leises, tiefes Brummen ertönte, die Gäste erstarrten. Doch nur wenige Sekunden später schrien sie entsetzt auf und gerieten in Panik. Sie stießen sich zur Seite, hetzten aus den Türen, manche sprangen sogar aus den Fenstern, um dem gefährlichen Raubtier schnellstmöglich zu entkommen. Kurz darauf drang das Donnern der Pferdehufe und der Kutschräder durch die weit geöffneten Fenster zu ihnen herein.

Hannah kauerte wenige Schritte von dem Braunbären entfernt. Der Schreck hatte sie gelähmt und sie war als einzige in dem Saal verblieben. Ihr Herz klopfte wild, während sie allmählich wieder die Kontrolle über ihren Körper zurückerlangte. Langsam richtete sie sich auf. Leise, ganz leise trat sie einen Schritt zurück. Der Bär durfte sie nicht entdecken. Wer wusste schon, ob er sie nicht in tausend Fetzen zerreißen würde?

Der Braunbär richtete sich brummend auf alle viere auf, er schwankte dabei ein wenig. Er stand so, dass er ihr die

Seite zugekehrt hatte, und sein gewaltiger Kopf war auf den am Boden liegenden toten König gerichtet. Langsam trat Hannah einen weiteren Schritt zurück und noch einen und noch einen. Verstohlen blickte sie hinter sich und wich gerade noch einem kleinen Tischlein aus, das vollgestellt war mit Kristallgläsern.

Doch sie hatte nicht das Volumen ihres Kleides bedacht. Ihr Rock streifte eines der hohen Gefäße, das sogleich ins Wanken geriet und umkippte. Die Augen weit aufgerissen sah sie wie in Zeitlupe dabei zu, wie das Glas fiel. Mit einem hellen Klirren fiel es auf den Steinboden und zersprang in hundert Scherben.

Der Bär drehte sich um. Hannah erstarrte, als das wilde Tier sie entdeckte. Für einen Moment sahen sie einander an und sie wurde eingefangen von dem tiefen Seegrün seiner Augen, den Augen des Prinzen.

Der Bär tapste mit seinen schweren Pranken auf sie zu, er torkelte, als sei er noch nicht vollends Herr seiner Glieder und Muskeln. Ihr Herz pochte schneller und schneller, doch bewegen konnte sie sich nicht. Innerlich schrie sie sich selbst zu: »Lauf, Hannah, lauf!«, doch ihre Beine gehorchten ihr nicht. Starr vor Schreck führte sie die Hände und Arme vor die Brust und das Gesicht – als könnte sie sich mit ihren nackten Armen vor den gewaltigen Pranken des Bären schützen.

»Du musst mir helfen!«, brüllte er sie an. Seine tiefe raue Stimme erschreckte sie mindestens so sehr wie die Tatsache, dass er sprechen konnte.

»Wie kann das sein? Wieso kannst du sprechen? Was ist geschehen?«

»Dasselbe wie seit bald hundert Jahren jeden Tag!«

»Dasselbe wie seit bald hundert Jahren jeden Tag? Was soll das heißen?«

Der Bär richtete sich vor ihr zu seiner vollen Größe auf. Sein breiter Kopf ragte beinahe bis zum Kronleuchter, in dem die roten Kerzen rauchten. Er setzte zum Sprechen an, doch erneut wankte er zur Seite und fiel zurück auf seine vier Pranken.

Hannah rang nach Fassung. Was war geschehen? Wo war sie hier gelandet? Träumte sie etwa? Wann war sie eingeschlafen?

»WER BIST DU?«, brüllte der Bär.

Hannah erschrak und jetzt spürte sie wieder ihre Glieder. Sie wartete keine Sekunde, drehte sich um und rannte auf dem schnellsten Wege davon. Sie hastete durch die nächste offen stehende Tür in einen endlosen Flur, an Ritterrüstungen vorbei, über dicke Teppiche und bog ab in einen helleren Gang, dessen Waldmalereien sie kaum wahrnahm. Wo war nur der Gang, der zum Schlosshof führte?

Dort hinten war ein Fenster. Keuchend sprang sie hin und erleichtert entdeckte sie den Schlosshof. Schon wollte sie es öffnen, um hinauszuspringen, als sie begriff, was sie dort draußen sah. Der Hof war leer. Keine einzige Kutsche stand mehr auf dem weitläufigen Platz, niemand hatte auf sie gewartet. Wo war ihr Kutscher? Wer hatte ihn dazu überredet, ohne sie fortzufahren?

Es nützte nichts. Sie brauchte eine andere Möglichkeit, diesem seltsamen Schloss zu entkommen. Ein lautes Brüllen ließ sie zusammenzucken.

»BLEIB HIER!«

Tische donnerten auf den Boden, Vasen und Gläser zerschellten in hunderte Scherben. Eine Tür schlug auf.

Kam er hinter ihr her? Schnell rannte sie weiter den Gang entlang, fort von dem Ballsaal und dem wilden Braunbären. Der Gang schien endlos, bis er um die Kurve führte und Hannah endlich eine Tür entdeckte. Sie eilte zu ihr, rüttelte am Knauf und sie sprang auf. Erleichtert hetzte sie aus dem Schloss hinaus und sah sich um.

Sie befand sich in einem unüberschaubar großen Garten, wahrscheinlich in dem Schlossgarten, auf den sie vorhin mit dem Prinzen geblickt hatte. Sie reckte den Kopf nach oben und entdeckte den großen Balkon. Wie lange war es her, dass sie mit dem Prinzen dort gestanden und gesprochen hatte? Zehn Minuten? Zwanzig? Er hatte sich so seltsam verhalten. Hatte er etwa gewusst, was geschehen würde?

Egal, Hannah musste fort von hier. So schnell wie möglich. Bevor der Bär sie erwischen konnte. Oder der Prinz. Der Prinzbär. Er konnte sprechen, aber sein Brüllen stand dem eines echten Bären in nichts nach – sie konnte nicht sicher sein, dass er ihr nichts antat. Ihre Anwesenheit brachte ihn aus dem Konzept, so viel stand fest. Besser, sie begegnete ihm nicht noch einmal. Sie packte ihren Beutel fester, in dem sich glücklicherweise ihr Handy befand. Nun brauchte sie nur noch einen versteckten Ort zu finden, damit sie zuhause anrufen konnte. Frieda würde ihr sofort ein Taxi herschicken und dann konnte sie diesem verwunschenen Schloss entkommen.

Sie vergewisserte sich mit einem letzten Blick auf den Balkon, dass der Bär dort nicht stand und beobachtete, wohin sie lief. Als sie niemanden entdeckte, huschte sie den kleinen gewundenen Pfad entlang, tiefer in den Schlossgarten hinein. Irgendwo würde es gewiss ein geeignetes Versteck geben! Sie rannte hinter einem großen Rosenbusch vorbei, eilte hinter eine Hecke, die in die Form eines Engels geschnitten worden war, und zwischen den großen Gewächsen hindurch, bis sie den Balkon nicht mehr sehen konnte. Nur die Spitzen und Türmchen des Schlosses ragten noch über den Hecken und Büschen empor.

Sie horchte, ob sie den Bären hören konnte, doch bis auf ein paar Vögel, die im Licht der Abendsonne zwitscherten, war nichts zu hören. Langsam lief sie weiter, sah sich um. Wenn sie in eine der Hecken kroch, würde sie gewiss keinen Empfang haben. Sie entdeckte einen runden Springbrunnen. Eine Engelsfigur thronte in der Mitte und goss aus einem Kelch Wasser aus, das in das runde Becken plätscherte.

Sie setzte sich auf die steinerne Einfassung, hielt sich die Hand an die Brust und blickte sich keuchend um. Es war niemand zu sehen. Sie öffnete die Schnürung ihres Beutels, holte ihr Handy hervor und betrachtete das Display. Es dauerte einen Moment, bis sie verstand, was dort geschrieben stand: kein Netz.

Sie sprang auf und hielt das Mobiltelefon in die Höhe, doch es nützte nichts. Sie stieg auf die Brunneneinfassung und hielt das Handy noch höher. Nichts. Kein einziger Balken erschien im Fenster, kein Telefonnetz war in diesem verfluchten Wald verfügbar – geschweige denn eine Internetverbindung. Verdammt! Was sollte sie nun tun? Ihr blieb keine Wahl. Sie musste zu Fuß den Wald durchqueren – sie musste fort von hier und zurück zu ihren Kindern.

»Mami?«

Hannah schreckte zusammen. Was war das? Hatte jemand ihren Namen gerufen? Emi?

»Mama, Mama!« Das war Leons hohes Stimmchen. Um Himmels willen. Waren die etwa hinter ihr hergefahren?

Hektisch sah sich Hannah zwischen den Rosenbüschen um. »Emi? Leon?«, flüsterte sie mehr, als dass sie es laut rief. Wer wusste schon, wo sich der Bär befand.

»Hier, Mama, hier unten!«

»Wo seid ihr?« Hannah blickte unter die Büsche und Sträucher, umrundete den Springbrunnen und suchte die Wiese ab, doch sie konnte ihre Kinder nirgends entdecken. Träumte sie?

»Hier! Im Brunnen!«

»Was?« Hannah hastete zurück zu dem Springbrunnen. Waren ihre Kinder etwa darin baden gegangen? »Was tut ihr hier? Wieso …?« Der Rest des Satzes verlor sich auf dem Weg zu ihren Lippen. Fassungslos starrte sie auf das Wasser. Sie sah darin Emi und Leon, die sie fröhlich anstrahlten, und Marcos Profil, als säßen ihre Kinder neben ihr auf dem Rand des Brunnens und spiegelten sich im Wasser. Hannah blickte hektisch auf. Niemand saß neben ihr! Ein weiterer Blick genügte ihr, um sich zu vergewissern, dass die Kinder auch nirgends hinter ihr oder sonst wo in der Nähe des Brunnens standen. »Was … was …?«

»Huhu«, flötete ihr Friedas Stimme aus dem Wasser entgegen. »Wie ist der Abend? Haben Sie sich schön amüsiert? Haben Sie mit dem Prinzen getanzt? Hat er sich schon verwandelt?«

Hannah setzte an, um Frieda zu antworten und zu erzählen, was Unglaubliches auf diesem Ball passiert war, als ihr die letzte Frage bewusst wurde: »Hat er sich schon verwandelt?« Mit kugelrunden Augen starrte sie Friedas Spiegelbild an. »Woher wissen Sie …?«

»Sie sollen doch Du zu mir sagen, Hannah!«, ermahnte Frieda und schürzte die Lippen.

»Woher wissen Sie, was hier geschehen ist?«, überging sie den Einwand empört. »Wieso haben Sie mich gedrängt herzugehen, wenn Sie wussten, was auf diesem Ball passieren würde? Was geht hier eigentlich vor?«

»Mami, Mami«, rief Emi fröhlich, »du wirst es nicht glauben. Wir schauen gerade durch einen Zauberspiegel!« Dann stieß sie ihren älteren Bruder an, der noch immer kaum reagierte. »Marco, guck doch mal, der Zauberspiegel funktioniert wirklich. Da ist Mami!«

Marco brummte etwas und schenkte Hannah einen kurzen Seitenblick, um im nächsten Moment erstaunt die Augen aufzureißen. »Mama?«

»Geht es euch gut, Marco? Seid ihr wohlauf?«

»Klar, Mama. Wieso bist du in dem Spiegel? Ist das eine Art Handy? Kann man mit dem Teil skypen, oder was?«

Friedas hohes Lachen hallte durch den Brunnen. »Aber nein, Marco!«

»Wer sind Sie? Wo haben Sie uns da reingezogen?«, brüllte Hannah in das Wasser hinein.

»Bitte beruhigen Sie sich doch, liebe Hannah, es ist alles halb so wild.«

»Halb so wild? Vor meinen Augen ist gerade der König gestorben und der Prinz hat sich in einen Braunbären verwandelt.«

»Wie aufregend!«, quiekte Leon.

»Hast du mit dem Prinzen getanzt, Mami?«

»Wer sind Sie?«, überging Hannah die Frage ihrer Tochter. »Wenn Sie meinen Kindern auch nur ein Haar krümmen, dann schwöre ich Ihnen, dass Sie es bitter bereuen werden!«

»Als könnte ich Ihren Engelchen etwas zuleide tun!« Frieda blickte ihr empört aus dem Wasser entgegen, um gleich darauf Emi und Leon sanft über die Köpfe zu streicheln. »Oder habe ich euch etwa was getan?«

»Wir haben Pizza gebacken. Und Popcorn gemacht!«

»Und wir haben Cinderella geguckt!«

»Marco, ist wirklich alles in Ordnung bei euch?«

»Ja, Mama, alles cool hier. Aber was ist denn bei dir los?«

Hannah blickte unsicher über die Schulter und lauschte. Sie hatte so laut gesprochen und dabei den Bärenprinzen völlig vergessen. Doch der Garten lag ruhig und verlassen. Kein Tapsen oder Brüllen, kein Rascheln und keine knackenden Zweige waren zu hören. Bis auf das Plätschern des Wassers und die Melodien der Vögel war alles still. Er musste sich noch im Schloss befinden.

»Vor meinen Augen hat sich gerade der Prinz in einen Bären verwandelt. Frieda, sagen Sie mir endlich, wer Sie sind und was hier geschehen ist! Und wenn Sie mir nicht augenblicklich antworten, rufe ich sofort die Polizei und lasse Sie wegen Kindesentführung verhaften!« Sie blickte so zornig und entschlossen wie möglich durch das Wasser ihrer Nachbarin in die Augen – die wusste ja nicht, dass Hannah kein Netz hier draußen hatte!

»Das ist wirklich nicht nötig, Hannah. Sehen Sie, ich bin schon ein wenig älter, als Sie es sich vorstellen können, und dieser Prinz ist mein Patensohn. Er hat diesen schrecklichen Fluch von seinem Vater geerbt, der ihn in einen Bären verwandelt hat. Und Sie wissen doch, wie das ist mit den Kindern – egal ob sie nun Patenkinder oder leibliche Kinder sind, wir haben geschworen, sie zu beschützen.«

Hannah schüttelte ungläubig den Kopf. Was erzählte ihre Nachbarin für seltsame Sachen? Wie alt war sie? Und wie kam sie dazu, die Patin eines Prinzen zu sein?

»Ich sehe schon die Fragen in Ihrem Kopfe explodieren, liebe Hannah, aber seien Sie sich gewiss, dass alles nur halb so schlimm ist.«

»Wie kommt es, dass Sie die Patin eines Prinzen sind?«

Frieda lächelte. »Können Sie sich das nicht allmählich denken?«

Hannahs Hirn ratterte. »Das Kleid, das Sie so schnell fertig hatten ... Die Kutsche, die die Form eines Kürbisses hatte – die nun mitsamt dem Kutscher verschwunden ist! Der Zauberspiegel ...«

Frieda lächelte breit, dabei beobachtete sie sie über die Halbmondgläser ihrer Brille, die im Wasser golden funkelte, und nickte ihr aufmunternd zu, als stupse sie sie damit an, den richtigen Schluss zu ziehen.

»Sind Sie eine ...?«

»Ja?« Frieda strahlte.

»Ja, Mami, genau, Frieda ist eine Zauberin!«

Hannahs Herz schlug schneller und schneller. Eine Zauberin? Das gab es doch gar nicht. Nur im Märchen. Klar, dass ihre Kinder schnell auf des Rätsels Lösung gekommen waren – sie glaubten noch an solche Kindergeschichten. Aber sie stand im richtigen Leben, hatte Probleme, war alleinerziehend, lebte nur noch, um zu arbeiten und ihre Kinder versorgt zu wissen. Für sie gab es doch gar keine Märchengeschichte mehr! Oder etwa doch?

Sie atmete tief ein und wieder aus. Und wieder ein und wieder aus. Sie hob den Blick und sah über den Rosen- und Hortensiensträuchern die Spitzen des Schlosses hervorragen, das bis vor kurzem nur eine Ruine gewesen war. Und in diesem Schloss lief ein Bär herum, unter dessen Pelz sich ein Prinz verbarg.

Bis auf dieses Glas, nachdem sie sich auf dem Ball an dem Häppchen verschluckt hatte, hatte sie keinen weiteren Alkohol an diesem Abend getrunken. War sie womöglich von den paar Schlückchen benebelt? Nein, sie fühlte sich völlig klar im Kopf und schwankte kein bisschen. Es konnte keine Sinnestäuschung oder Trunkenheit sein. Nur was war es dann? Sie sortierte ihre Gedanken und Fragen, um sie nach Prioritäten zu ordnen und Frieda zu stellen. »Was ist das für ein Fluch, den der Prinz getroffen hat?«

»Ich bin froh, dass Sie mir endlich glauben, liebe Hannah, und die richtige Frage stellen. Und nun erzähle ich Ihnen und den Kindern, was damals geschehen ist, damit Sie verstehen, weshalb der Fluch über die Königsfamilie verhängt wurde.«

»Aber beeilen Sie sich, der Bär darf mich nicht erwischen.«

Frieda lachte auf. »Der tut Ihnen doch nichts!«

Da war sich Hannah nicht so sicher. »Also, wieso wurde dieser Fluch ausgesprochen?«

Kapitel 10

Vor vielen, vielen Jahren

irabelle betrat an der Hand ihrer Mutter den prunkhaften Ballsaal. Ihr Herz schlug ihr bis zum Halse, ihre Hände schwitzten und juckten in den Spitzenhandschuhen, die ihre Hände und Arme bedeckten, und durch das hochgeschlossene Ballkleid drang nicht ein Stück ihrer entstellten Haut. Ihre Mutter hielt ihre Hand fest und entfernte sich nicht für einen Moment von ihrer Seite.

Diese Solidarität, diese Mutterliebe, rührte Mirabelle zu Tränen. Sie hatte nicht mehr gewusst, ob ihre Eltern noch etwas für sie empfanden. Doch nun war sie sich gewiss, dass es noch Liebe für sie gab. Erleichtert seufzte sie auf, schluckte die Tränen wieder hinunter und drückte die Hand ihrer Mutter, die sie gütig anlächelte. Diesen Ball musste sie besuchen, aber anschließend würde sie gewiss mit ihrer Mutter reden können und sich einen Plan ausdenken, wie ihr zukünftig solche gesellschaftlichen Verpflichtungen erspart blieben.

Sie flanierten durch die Reihen der Ritter, die beidseitig eines roten Teppichs standen, und stellten sich in die Reihe der Gäste, hauptsächlich aufwendig zurechtgemachte junge Frauen in Begleitung ihrer Eltern, die dem König und seinem Sohn vorgestellt wurden. Mirabelle zupfte unauffällig an den langen Ärmeln ihres Kleides, die bis über die Handschuhe reichten, und zog den Haarreif mit dem Schleier zurecht, damit niemand von der Seite auf ihr Gesicht schielen konnte.

Ihr Haar, das so golden glänzte wie die Sonne, reichte weit bis über ihre Schultern und fiel über ihren Rücken. Es war das letzte Überbleibsel ihrer einstigen Schönheit und vor dem Nachtblau ihres Kleides strahlte es wie die Gestirne. Die Kammerzofen hatten es zu einer kunstvollen Frisur geflochten und mit Satinbändern geschmückt.

Immer wieder spürte Mirabelle die neugierigen Augen der Gäste auf sich ruhen, die ihre Haarpracht bestaunten und versuchten, einen Blick auf ihr Gesicht zu erhaschen.

Mirabelle lächelte. Sie erinnerte sich, wer sie einst gewesen war, entsann sich ihrer Stärke und ihres Selbstbewusstseins und richtete sich in ihrem Ballkleid auf. Als sie an der Reihe war und gemeinsam mit ihrer Mutter vor den König und den Prinzen trat, war sie ein wenig stolz darauf, wie der Prinz sie interessiert musterte und die anderen Mädchen hinter vorgehaltener Hand tuschelten. Selbstsicher wie eine Prinzessin trat sie vor den König und den Prinzen des Landes und spürte die Blicke der anwesenden Herren auf sich. Sie knickste vor dem König und seinem Sohn, wie sie es gelernt hatte, und ein Raunen ging durch den Saal.

»Welch eine Anmut«, flüsterte jemand.

»Wer ist die zauberhafte Fremde? Weshalb verbirgt sie ihr Gesicht?«, raunte ein anderer.

Zufrieden schritt sie an dem Arm ihrer Mutter zur Seite und wartete, bis die Gäste hinter ihr vor den König getreten waren.

Kaum hatten sich alle Gäste der Herrscherfamilie vorgestellt, begann das Orchester zu spielen und der erste junge Mann trat an Mirabelle heran, um sie zum Tanz aufzufordern. Nach einem letzten unsicheren Seitenblick auf ihre Mutter, die ihr lächelnd zunickte, ergriff sie die Hand des

Fremden und folgte ihm auf die Tanzfläche. Bereits nach wenigen Schritten waren ihre eingerosteten Füße wie gelöst und anmutig glitt sie an der Seite des jungen Mannes durch den Saal. Sie tanzte und tanzte, vergaß all ihren Kummer und ihre Sorgen, dachte nicht einen Moment an ihr verunstaltetes Antlitz und genoss den Abend.

Immer wieder trat ein anderer junger Mann an sie heran, sodass sie zu jedem Musikstück von einem anderen Tanzpartner geführt wurde. Sie machte keine Pause, trank nicht, aß nicht, nein, Mirabelle lebte förmlich auf und tanzte, als wäre es ihre Erlösung. War es nicht wundervoll, so umschwärmt zu werden?

Wieder war ein Tanz zu Ende und ihr Partner verneigte sich galant vor ihr. Mirabelle fächelte sich Luft zu, die kaum durch den Schleier drang, und erneut trat ein Fremder an sie heran, um sie aufzufordern. Bevor er sie fragen konnte, machte er jedoch untertänig einen Schritt zur Seite und verneigte sich tief vor dem Prinzen, der direkt auf Mirabelle zugeschritten kam.

»Darf ich um diesen Tanz bitten, Mirabelle Madeleine Alice von Taustein?«

»Sehr gerne, Prinz Gustav von Lichtenberg.« Sie blickte nicht ein einziges Mal über die Schulter zu ihrer Mutter, sonst hätte sie deren nervösen Blick wahrscheinlich bemerkt und sich vielleicht etwas zurückgenommen. Doch sie dachte nicht einen Moment an ihre Mutter und ihre entstellte Gestalt, an ihre übliche Distanziertheit und ihr Schicksal, sondern lachte und tanzte mit dem Prinzen, als gäbe es nichts, worüber sie sich Gedanken zu machen brauchte.

Ihre Anmut und Eleganz übertrafen die der anderen jungen Frauen und auch ihr Haar und ihre Stimme waren so liebreizend und schön, dass der Prinz ihr bereits während des ersten Tanzes verfiel.

»Verehrte Mirabelle, ich bin hoch erfreut, dass Ihr zu unserem Ball erschienen seid. Ich habe bereits von Eurer Grazie und Eurer Schönheit gehört, und deshalb freut es mich umso mehr sagen zu dürfen, dass all diese Erzählungen Euch nicht gerecht werden.«

Ihr Herz klopfte ein wenig schneller. Doch sie ignorierte die ersten sorgenvollen Gedanken, die sich bei seinen Worten in ihren Kopf stehlen wollten, und genoss die Bewunderung des Prinzen. Er drehte sie weiter durch den glitzernden Ballsaal und ihr nachtblaues Kleid schwang mit ihrem goldenen Haar umher. Die Menge machte ihnen Platz und das Paar tanzte in der Mitte des Saales, im Zentrum aller Aufmerksamkeit.

»Liebe Mirabelle, Ihr wisst vielleicht, dass dies der Ball ist, auf dem ich mir eine Braut erwählen soll.«

Sie zuckte bei seinen Worten zusammen. War das eine Anspielung? Er gedachte doch nicht, sie zu erwählen?! Ein Kloß bildete sich in ihrem Hals, als ihr bewusst wurde, welches Geheimnis sie unter all den Kleiderhüllen verbarg.

Zitternd tanzte sie in seinen Armen weiter. O weh, wie hatte sie vergessen können, wer sie geworden war? Wie hatte sie sich derart in den Mittelpunkt drängen können? Wie hatte sie es riskieren können, dass der Prinz auf sie aufmerksam geworden war?

Oh, wie verachtete sie sich selbst in diesem Moment für ihren Stolz, der sie in die Mitte des Saales getrieben hatte. Ängstlich blickte sie zurück zu ihrer Mutter, die ihr sorgenvoll mit den Augen folgte.

Mutter, rettet mich! Bitte!

»Ich bin sehr froh, dass Ihr erschienen seid, werte Mirabelle.«

Sie musste ihm antworten. Er erwartete es, sie konnte es sehen. Doch was sollte sie erwidern? Sie durfte ihn nicht vor den Kopf stoßen. »Verehrter Prinz, es tut mir leid, Euch enttäuschen zu müssen, doch glaubt mir, ich gehöre gewiss nicht zu den Mädchen, die es wert sind, erwählt zu werden.«

Die Augen des Prinzen glühten. »So schüchtern hatte ich Euch nicht erwartet. Habt keine Sorge, ich weiß, wie ich meine Wahl zu treffen habe.«

Mirabelle wollte etwas erwidern, doch der Prinz legte seine Finger über dem Schleier auf ihre Lippen, deren sanfte Konturen er nur erahnen konnte. Sie erzitterte bei der Berührung, ihre Knie wurden weich und sie wünschte sich, ach, sie wünschte sich in diesem Moment so sehr, dass nicht sie diejenige gewesen wäre, welche das grausame Schicksal derart entstellt hatte. Wieso hatte es nicht jemanden treffen können, der ohnehin nicht sonderlich hübsch war? Wieso ausgerechnet sie? Was hatte sie getan?

Sie seufzte auf und der Prinz wertete dies als Bestätigung.

»Verehrte Mirabelle, wann werdet Ihr uns die Ehre erweisen und den Schleier ablegen?«

Mirabelle erstarrte mitten im Tanz. Sie versuchte, sich von dem Prinzen loszureißen, doch er hielt sie in einem eisernen Griff. Er zog sie näher zu sich und hob die Hand, um ihren Schleier zur Seite zu streichen, doch Mirabelle lehnte sich rechtzeitig zurück und er griff daneben.

»Bitte, lasst mich gehen. Ich muss zu meiner Mutter.«

»Weshalb ziert Ihr Euch so? Ich bin der Ansicht, Ihr habt uns lange genug auf die Folter gespannt. Lasst mich sehen, welch hübsches Gesicht Ihr unter diesem Schleier verbergt!«

»Verzeihung, edler Prinz Gustav von Lichtenberg«, vernahm Mirabelle die rettende Stimme ihrer Mutter hinter sich. »Meine Tochter fühlt sich nicht wohl. Sie war sehr lange Zeit krank und bedarf der Schonung. Ich geleite sie an die frische Luft.« Schon legten sich die schützenden Hände ihrer Mutter um ihre Taille und zogen sie sanft zurück.

Doch der Prinz ließ sich seinen Fang nicht entreißen. »Sehr wohl, Madame, macht euch keine Sorgen. Ich werde Eure Tochter wohlbehalten nach draußen führen. Welch ein Glück, dass Ihr wieder wohlauf seid, verehrte Mirabelle. Es wäre ein schwerer Verlust für uns gewesen, wenn Ihr uns heute nicht mit Eurer Anwesenheit beglückt hättet.« Er ließ ihre Hand nicht mehr frei, als ahnte er, dass sie ihm davonlaufen wollte.

Die anderen Gäste traten zur Seite und bildeten eine schmale Gasse, durch die der Prinz Mirabelle an seiner Hand nach draußen auf den großen Balkon lenkte. Nicht wenige folgten ihnen neugierig. Keiner wollte es verpassen, wenn der Thronerbe auf die Knie sank, um seine Zukünftige zu erwählen – gleichzeitig planten die anwesenden Damen sogleich zur Stelle zu sein, sollte der Prinz wieder Abstand nehmen von dieser geheimnisvollen Frau und Ausschau halten nach einer anderen.

Mirabelles Mutter eilte hinter ihnen her, doch sie wurde von der Menschenmenge abgedrängt und vermochte es nicht, sich bis zu ihrer Tochter vorzukämpfen. Sie wollte nicht mehr Aufmerksamkeit als nötig auf Mirabelle lenken und behielt die Ellenbogen bei sich. Doch sie gab nicht auf, sich freundlich und dezent nach vorne durchzuschlängeln.

An der Balustrade angelangt lehnte sich der Prinz an das verschnörkelte Geländer und beobachtete Mirabelle, die in gespieltem Unwohlsein tief ein- und ausatmete. Dabei gab er ihre Hand nicht einen Moment frei, wie ein Jäger, der befürchtete, seine Beute könne ihm doch noch entwischen.

»Weshalb tragt Ihr diesen Schleier?«, hakte er erneut nach. »Und wann darf ich endlich einen Blick auf Euer hübsches Gesicht werfen, werte Mirabelle von Taustein?«

»Niemals!«, hätte Mirabelle am liebsten geschrien. Was konnte sie dem Prinzen antworten, dass er abließe von ihr? Weshalb hatte sie mit ihrer Mutter nicht darüber gesprochen, welchen Grund sie als Erklärung dafür angeben sollte, dass sie ihr Gesicht verborgen hielt? Ob sie es mit der Wahrheit versuchen sollte? Nein, das war undenkbar! »Bitte entschuldigt, Prinz von Lichtenberg, es war nicht meine Absicht, Euch zu kränken, aber ich kann es Euch nicht verraten. Bitte, lasst mich gehen.«

Doch das Jagdfieber brannte bereits in den dunklen Augen des Prinzen, der noch niemals um eine Frau hatte kämpfen müssen. Er trat einen Schritt näher an sie heran. »Was muss ich tun, damit ich Euer Gesicht sehen darf, werte Mirabelle?«

»Nichts, gar nichts! Ich kann nicht! Bitte …«

Er trat noch einen Schritt näher. Mit der einen Hand hielt er ihr Handgelenk fest umklammert, die andere hob er, um ihren Schleier zur Seite zu ziehen. Mirabelle wich entsetzt zurück.

»Bitte, ich fühle mich nicht wohl. Lasst mich gehen.«

»Und wenn ich gelobe, Euch zu heiraten? Darf ich dann einen Blick auf Euer Antlitz werfen?«

»Ihr seid verrückt!« Mirabelle fuhr sich erschrocken über den Mund. »Verzeiht, Prinz Gustav von Lichtenberg, das war nicht meine Absicht.«

Prinz Gustav lachte laut. Dann ging er auf die Knie, setzte einen Fuß auf und ergriff ihre Rechte mit beiden Händen. Er hob seine Stimme, dass es alle Umstehenden hören konnten: »Ich gelobe, Euch zu heiraten, Mirabelle Madeleine Alice von Taustein, und nun befehle ich Euch, zeigt mir Euer Gesicht.«

Eine Hand lag plötzlich auf Mirabelles Schulter. Sie drehte sich halb um und blickte in das entsetzte Gesicht ihrer Mutter. »Das habe ich nicht gewollt, mein Kind.« Doch sogleich forderte sie der Prinz mit einer herrischen Geste auf zurückzutreten, und mit gesenktem Haupte tat sie einen ehrfürchtigen Schritt nach hinten.

»Ich kann nicht!«, flüsterte Mirabelle ihrer Mutter zu, die sie in ihrem Rücken hoffte.

»Mein Schatz, du hast keine Wahl …«

Der Prinz kniete vor ihr, die Gäste umringten sie und der Mond warf seinen silbrig weißen Schimmer auf den Balkon.

Ihr alle werdet nun Zeugen meiner beispiellosen Demütigung. Mirabelle schluckte und atmete tief ein. Langsam zog sie den Schleier zur Seite.

Niemand sprach ein Wort. Das breite Grinsen auf dem Gesicht des Prinzen war wie erstarrt, die Gäste bewegten sich nicht, selbst die Dienerschar schien einen Moment innezuhalten. Ein Raunen folgte, die ersten Gäste tuschelten etwas, die Diener fuhren in ihren Arbeiten fort und erst dann erhob sich der Prinz zu seiner vollen Größe und sah auf sie herab. »Das war eine gemeine Täuschung!«

»Ich wollte nicht …«

»Ihr habt mich verzaubert! Ihr habt mich verführt! Ihr habt mich glauben lassen, dass ich nur Euch wolle. Nun habt Ihr Euren Zauberschleier abgelegt und ich sehe die Wahrheit.«

»Nein, ich bin nicht …«

»Gebt es zu, Ihr wolltet Euch mit einem hinterhältigen Trick in mein Bett stehlen! Ihr habt bewusst versucht, mich zu einer Ehe zu verführen, damit ich das heilige Band nicht mehr brechen kann und Euch auf ewig an meiner Seite erdulden muss. Damit Ihr die Königin dieses Landes werdet, die Herrscherin dieses unschuldigen Volkes!«

Mirabelle schnappte empört nach Luft. Sie vergaß, wer sie war, und sie vergaß, wer der Prinz war. »Ihr wart es, der nicht abließ von mir.«

»Seht sie Euch an, verehrte Gäste«, und er drehte Mirabelle so, dass ihr Gesicht von allen Anwesenden frontal zu sehen war. »Glaubt Ihr, ich könnte einem solchen Mädchen verfallen? Eine solche Frau heiraten wollen? Schaut sie Euch an!«

Das taten die Leute. Und nun kannten sie kein Halten mehr. Sie zeigten mit den Fingern auf sie und lachten und verzogen angewidert ihre Gesichter. Mirabelle wollte vor Scham im Erdboden versinken. Sie wollte den Schleier wieder vor ihr Gesicht ziehen, doch der Prinz riss ihn mit einem Ruck von ihrem Haarreif ab und schmiss ihn zu Boden.

»Niemanden mehr sollt Ihr täuschen können, elendige Lügnerin! Hässliche Hexe!«

Mirabelle presste die Hände vor ihr Gesicht und versuchte es vor den Blicken der Anwesenden zu verbergen, doch sie alle hatten längst gesehen, wie das Leben sie entstellt hatte.

Rot vor Scham drehte sie sich um und linste zwischen ihren Fingern hindurch. Sie warf einen Blick über die Balustrade. Es war nicht sehr tief.

Sie wollte nur noch eines: fort von hier! Sie packte das Balkongeländer mit beiden Händen und sprang darüber. Mit einem Absatz blieb sie daran hängen und der rot glänzende Ballschuh fiel mit einem dumpfen Aufprall auf den Fliesenboden.

Mirabelle flog förmlich über das Geländer und landete in den königlichen Gärten. Die Hände im Gras spürte sie das wohltuende Gefühl der frischen Pflanzen und der Natur. Sie streifte den verbliebenen Schuh vom Fuß und er fiel lautlos ins Gras. Unter dem Gelächter der anwesenden Gäste rannte sie barfuß zwischen den Rosenstöcken und den Hortensienbüschen davon. Neben den durchdringenden Hohnrufen des Prinzen und den keifenden Lachern der Tanzgesellschaft vernahm sie nicht die vertraute Stimme ihrer Mutter, die verzweifelt nach ihr rief.

Kapitel 11

ein Gott. Und das ist vor vielen, vielen Jahren auf Schloss Lichtenberg passiert?« Hannah blickte hinüber zu dem Schloss, dessen Turmspitzen über die Rosensträucher ragten. »Es klingt beinahe wie ein Märchen … nur, dass es vergessen wurde.« Sie schüttelte ungläubig den Kopf.

Frieda nickte. »Es hätte gut in die Sammlung der Gebrüder Grimm gepasst – doch ob es verloren ist für alle Zeit, wird sich noch zeigen.«

»Was ist damals mit dieser Mirabelle geschehen? Hat sie den Fluch über den Prinzen verhängt?«, fragte sie durch das Wasser des Brunnens hindurch und sah das Spiegelbild ihrer alten Nachbarin an.

»Das müssen Sie herausfinden, liebe Hannah, damit der Prinz wieder erlöst werden kann!«

»Aber was habe ich mit all dem zu tun? Wieso soll ich ihm helfen? Im Übrigen glaube ich kaum, dass ich ihm behilflich sein kann. Außerdem hat er mich angebrüllt und ich bin vor ihm davongelaufen!«

Emi und Leon kicherten, als handele es sich nur um einen weiteren Märchenfilm – und nicht um das Leben ihrer Mutter.

»Mami, wie aufregend. Du musst dem Prinzen helfen. Er kann doch nicht für den Rest seines Lebens als Bär herumlaufen!«

»Marco«, rief Hannah in den Brunnen hinein. »Nimm deine beiden Geschwister und lies ihnen im Kinderzimmer etwas vor!«

»Nein, Mami, wir wollen zuhören …«

»Nein, Emi! Marco, bitte! Jetzt!«

»Na gut, aber nichts mit Prinzessinnen.«

Hannah beobachtete, wie die drei aus der Wasserspiegelung verschwanden. »Sind meine Kinder außer Hörweite?«

»Ja, Hannah, das sind sie.«

»Dann sag ich dir jetzt mal was, Frieda. Dieser Bär ist lebensgefährlich. Er hat mich angebrüllt, er ist riesig und mit einem Prankenhieb könnte er mich töten. Es tut mir ja leid, was ihm passiert ist, aber ich bin alles, was meine Kinder noch haben. Jemand anderes muss dem Prinzen helfen. Freunde, Geschwister oder seine Eltern!«

»Der Prinz ist ein Einzelkind und seine Eltern sind bereits tot, sein Vater ist soeben gestorben. Sie waren doch dabei!«, erinnerte Frieda sie.

Hannah schlug mit der Faust auf den Brunnenrand und spürte nicht, wie der Stein ihre Haut aufschürfte. »Natürlich war ich dabei – dank Ihnen! Dann eben seine Freunde, die müssen ihm helfen. Ich kann das nicht. Frieda, bestell mir jetzt sofort ein Taxi her! Ich will zurück zu meinen Kindern!«

Frieda schwieg für einen Moment still und starrte sie aus ihren mausgrauen Augen an. »Das geht leider nicht, Hannah.«

»Wie, das geht nicht? Was soll das heißen? Du nimmst jetzt mein Telefon und rufst die 604011 an und schickst einen Wagen zu der alten Ruine Lichtenberg, oder besser gesagt zu dem Schloss Lichtenberg. Es ist ja keine Ruine mehr. Und zwar pronto, sonst lernst du mich kennen!«

Frieda schüttelte den Kopf, ein leichtes Bedauern im Gesicht. »Ich kann niemanden zu Ihnen schicken. Die Pforte ist geschlossen.«

Hannah wollte mit der Faust ins Wasser schlagen. Mit Mühe hielt sie sich zurück, aus Angst, die Verbindung könnte kappen. »Welche Pforte? Wovon redest du? Was soll das?«

»Die Geschehnisse, an denen Sie teilnehmen, liebe Hannah, liegen in einer anderen Zeit!«

Hannahs Knie wurden weich. Säße sie nicht bereits auf der Brunnenmauer – sie wäre zu Boden gestürzt. Nach Halt suchend klammerte sie sich an den alten Steinen fest. »Was bedeutet das? Hast du mich etwa durch die Zeit geschickt?«

Frieda nickte stumm.

»Du hast mich durch die Zeit geschickt? Ich befinde mich in der Vergangenheit?«

»Ja, Hannah.«

»Deshalb ist das Schloss keine Ruine mehr!« Entgeistert sah sie auf. »Wie konntest du das nur tun? Hol mich sofort zurück! Du bist doch angeblich eine Zauberin. Zaubere mich einfach wieder zu euch – am besten direkt in die Wohnung!«

»Das kann ich nicht.«

An Hannahs Fäusten traten die Knöchel weiß hervor. »Wie, das kannst du nicht? Hast du plötzlich keine Kräfte mehr? Das ist doch bestimmt nur ein Trick, damit ich deinem Patenkind helfe!«

»Nein, liebe Hannah. Das ist es nicht. Meine Magie ist nicht unendlich. Es bedarf enormer Zauberkräfte, um jemanden durch die Zeit zu schicken. Und …«

»Dann lade deine Kräfte wieder auf!«

»Das geht nicht so einfach. Hören Sie mir zu, Hannah. Auch ich kann nicht jeden beliebig durch die Zeit schicken.

Es bedarf eines anspruchsvollen Zaubers, enormer Kräfte und gewisser Dinge, die aus der Zeit stammen, wohin man denjenigen schicken will und …«

»Dinge aus der Zeit?« Hannah blickte auf ihr rotes Festkleid und die feinen Schuhe. »Sind diese Dinge …?«

Frieda nickte. »Sie tragen ein Kleid, das aus der Zeit des Prinzen stammt und das ich für Sie angepasst habe.«

»Und die Schuhe …?«

»… und die Schuhe, die Mirabelle an dem Abend getragen hat.«

Hannah erstarrte. War das ein schlechter Scherz? Wie makaber konnte man sein?

»Du gibst mir die Schuhe des Mädchens, das hier so einen furchtbaren Abend durchleben musste? Das ist jetzt nicht wahr, oder?«

Frieda zuckte mit den Schultern. »Ohne die Schuhe und das Kleid hätte mein Zauber nicht funktioniert.«

Hannah wollte die roten Pantoffeln von ihren Füßen streifen und auf die Wasserspiegelung ihrer Nachbarin schmeißen, doch Frieda schrie auf: »Nein, Hannah! Sie müssen die Schuhe unter allen Umständen anbehalten! Ich kann sonst nicht garantieren, dass ich Sie zurückzaubern kann!«

Hannah schüttelte fassungslos den Kopf und beließ die Pantoffeln an ihren Füßen. Sie wusste nicht, was von all dem wahr war und was sich ihre schrullige Nachbarin ausdachte. Nur zur Sicherheit würde sie die Schuhe anbehalten.

Wütend starrte sie ins Wasser des Brunnens. »Darüber reden wir später, Frieda. Aber schau, ich trage den Schmuck, der aus meiner, aus unserer Zeit stammt. Und meine Unterhose wurde ebenfalls in unserer Zeit produziert – wenn auch vielleicht nicht in unserem Land. Also sehe ich das Problem dabei nicht, wieso du mich nicht einfach wieder zurückholen kannst.«

»Die Reise durch die Zeit ist kein beliebiger Tunnel, den man spontan auf- und zumachen kann. Man muss die Reise begründen, der Reisende muss eine Aufgabe erfüllen, um wieder zurückkommen zu können.«

»Eine Aufgabe erfüllen? Ich muss eine Aufgabe erfüllen, bevor ich zu meinen Kindern zurückkann? Was hast du mir angetan?«

»Nun beruhigen Sie sich einmal wieder. So schlimm ist das Ganze nicht. Sie können das …«

»So schlimm ist das Ganze nicht??? Du hast mich von meinen Kindern weggezaubert! Sie brauchen mich! Sie sind klein und haben keinen Vater mehr! Es gibt nur noch mich! Wie konntest du das tun?«

»Ich verspreche Ihnen, liebe Hannah, dass ich auf Ihre Engelchen aufpasse! So wie Sie auf mein Patenkind aufpassen – abgemacht?«

»ABGEMACHT?« Hannah sprang auf. »Das ist Erpressung!«

Frieda gluckste. »Na, nun dramatisieren Sie das alles aber nicht. Sie müssen nur den Prinzen erlösen und puff sind Sie wieder hier bei uns!«

»Aber …« Doch ihr blieb keine Zeit zu widersprechen. Das Spiegelbild von Frieda verblasste und verschwamm, ihre Nachbarin war immer weniger zu erkennen, bis nicht einmal mehr das Funkeln ihrer Halbmondbrillengläser zu sehen war. Die Zauberin hatte die Verbindung gekappt!

Hannah sank in sich zusammen. Eine Träne stahl sich in ihre Augen, und noch eine und noch eine, bis sie überschwappten und über ihre Wangen kullerten. Wie hatte all das nur geschehen können? Wie hatte sie so gutgläubig sein können? Ihre Nachbarin war eine Zauberin, die sie schamlos für ihre Zwecke benutzte – völlig egal, wie es ihren Kindern dabei erging.

Weitere Tränen rannen über ihr Gesicht, immer mehr, bis sie sich nicht mehr halten konnte. Sie schluchzte laut auf, ließ sich mit dem Rücken an der Brunneneinfassung auf die Wiese gleiten und weinte, weinte all die Tränen, die sie seit dem Tode ihres Mannes zurückgehalten hatte. Es waren tausende. Sie weinte um ihn, weinte um ihre Kinder und weinte um sich. Bis endlich aller Kummer draußen und keine Träne mehr übrig war.

Sie wischte sich über die Wangen und hob den Blick. Es nützte nichts. Sie musste stark sein. Sie war immer stark. Sie hatte keine Schulter zum Anlehnen und war es gewohnt, sich ohne fremde Hilfe wiederaufzurichten und weiterzumachen.

Als erstes brauchte sie einen Plan. Welche Informationen hatte sie? Der Prinz hatte sich in einen Bären verwandelt wegen eines Fluches. Dieser Fluch wurde einst über seinen Vater verhängt und offensichtlich an ihn weitervererbt. Auslöser war eine junge Frau, die der Lächerlichkeit preisgegeben und ausgelacht worden war auf einem Ball, der vor vielen, vielen Jahren auf diesem Schloss stattgefunden hatte. Daraufhin war die junge Frau fortgerannt. Wo war sie hingegangen? Was hatte sie getan? Wann hatte sie den Fluch ausgesprochen? Wie genau lautete er? All diese Informationen benötigte Hannah, um diesem Bärenprinzen helfen zu können. Sobald er erlöst war, würde sie in der Zeit zurück-, nein, vorreisen und zurück, oder nein, hin zu ihren Kindern. Der Gedanke an ihre Mäuse legte sich wie eine schwere Last auf ihre Brust. Ob Frieda wirklich gut mit ihnen umging?

Frieda … sie hatte ihr nicht die Wahrheit gesagt! Hannah grübelte. Vielleicht hatte sie ihr eben auch nicht die Wahrheit gesagt. Sie sollte in der Zeit gereist sein? Pah! So ein Blödsinn! Sie atmete tief durch und fasste einen Entschluss. Sie brauchte kein Taxi, um zurückzukommen zu ihren Kindern. Sie würde laufen! Die Schuhe waren bequem – auch wenn sie Teil einer furchtbaren Geschichte gewesen waren.

Entschieden stand sie auf und sah sich um. Wie gelangte sie aus diesem Garten, ohne erneut durch das Schloss gehen zu müssen? Dort hinten war eine Pforte. Sie musste an dem Balkon vorbeilaufen. Wenn sie schnell genug rannte, würde der Bärenprinz sie gewiss nicht entdecken!

Sie schloss für einen Moment die Augen, um sich zu sammeln. Sogleich stürmten die Gedanken an ihre Kinder wieder in ihren Kopf. Wie es ihnen wohl erging? Tat Frieda ihnen auch nichts an? Die drei waren fröhlich gewesen. Sie musste darauf vertrauen, dass diese Frau zwar sie benutzte, um ihren Patensohn zu retten, ihren Kindern aber nichts antat. Bestimmt nicht. Und wenn, dann Zauberkräfte hin oder her! Die würde ihr blaues Wunder erleben. Wobei – das würde diese verflixte Zauberin ohnehin!

Kapitel 12

hne einen weiteren Moment zu zögern, rannte Hannah los, an dem Balkon vorbei, hin zu der kleinen Pforte, die – sie sandte ein Stoßgebet gen Himmel – unverschlossen war. Sie drückte sie auf und huschte hinaus, ohne dem Schloss und dem verzauberten Prinzen einen letzten Blick zu gönnen.

Außerhalb der gewaltigen Schlossmauern befand sich ein schmaler Trampelpfad, dem sie folgte, um zurück auf die kleine Straße zu gelangen, über die sie in der Kutsche her-gefahren war. Sie würde einfach diesem Weg zurück folgen.

Zum Glück war es Hochsommer und der Abend noch nicht sehr weit fortgeschritten. Zwei, drei Stunden dauerte es gewiss noch, bis die Sonne unterging. Bis dahin würde sie aus dem Wald draußen und nicht mehr weit von der Stadt entfernt sein – wenn sie nicht sogar bereits zuhause war!

Sie raffte ihren schwingenden Rock und verfiel in einen Dauerlauf. Sie wollte das Schloss schnellstmöglich hinter sich lassen. Und diesen Abend. Sie wollte heim zu ihren Zucker-mäusen. Wenn all dies für eines gut war, dann dafür, dass sie wieder spürte, wie sehr sie ihre Kinder vermisste, wie sehr sie es genoss, Abend für Abend bei ihnen zu sitzen, ihnen Geschichten vorzulesen und über den Kopf zu streichen, soll-te die Kleinen ein Alptraum plagen.

Es schepperte und klirrte. Wütete der Bär in dem Schloss und demolierte aus Wut die komplette Inneneinrichtung und sämtliches Tafelgeschirr? Türen knallten, der Bär brüllte und rief etwas. War das ihr Name? Es war ihr einerlei. Sie erreichte das große Tor, das in den Schlosshof führte, und rannte schnell daran vorbei. Wartete in dem Schatten jemand, um sie wieder hineinzuziehen in dieses seltsame Geschehen. Doch niemand lauerte hinter dem Tor, keine Menschenseele befand sich auf dem Schlossplatz und niemand kam aus dem großen Schlossportal gestürmt, um sie aufzuhalten – nicht einmal der Bär.

Sie folgte der kleinen Straße, die den Namen kaum verdiente, war sie doch weder geteert noch gepflastert oder auf irgendeine Weise befestigt. Es handelte sich vielmehr um festgetretenen Erdboden, zu dessen Seiten ein paar Grashalme und Löwenzahnpflanzen wuchsen. Hannah rannte weiter, ihr Herz schlug heftig, Seitenstechen begann sie zu quälen, doch sie wollte erst langsamer werden, wenn der Weg in den Wald mündete und das Schloss nicht mehr zu sehen war. Sie biss die Zähne zusammen, raffte ihr Kleid höher und ein wenig später hastete sie in den Wald hinein. Noch vier Schritte, drei, zwei, einer.

Endlich hielt sie an, drehte sich um und atmete erleichtert auf. Das Schloss war nicht mehr zu sehen und der Bärenprinz war ihr nicht gefolgt. Sie stützte eine Hand in die Seite, mit der anderen zog sie den Rock ihres Kleides hoch und lief weiter. Sie schnaufte laut, doch das hörte ohnehin niemand. Die wenigen Rehe und Hasen, die so nah an der Großstadt im Wald lebten, hatten gewiss längst vor ihr Reißaus genommen.

Sie folgte der holprigen kleinen Straße und war froh, wie bequem die roten Pantoffeln saßen. Egal welche ihrer Schuhe sie angezogen hätte, mit Sicherheit würden sie längst die ersten Reibestellen quälen. Hätte das arme Mädchen sie damals nur anbehalten – sie hätten ihr auf der Flucht in den Wald gute Dienste geleistet.

Ihr Puls beruhigte sich allmählich und Hannah marschierte beherzt durch den Forst. Wie lange brauchte sie, ihn zu durchqueren? Mit der Kutsche war sie vielleicht eine halbe Stunde durch ihn gefahren, höchstens. Und sehr schnell waren sie nicht unterwegs gewesen, bei all den Steinen und Hubbeln auf dem Weg, und den großen Wurzeln, die weit auf den Weg reichten …

Ihr Mund war trocken und ihre Zunge klebte am Gaumen. Etwas zu trinken wäre toll. Aber sie war es gewohnt, all ihre Bedürfnisse zu vergessen. Wie oft war sie auf dem Weg zur Toilette ins Kinderzimmer gerannt, weil mal wieder irgendein Notfall vorherrschte, um sich Stunden später daran zu erinnern, dass ihre Blase drückte. Sie war eine Mutter, und dann auch noch alleinerziehend. Wenn jemand die Zähne zusammenbeißen konnte, dann sie!

Die Zeit verrann und sie lief noch immer über den staubigen Weg durch den Wald. Der Saum ihres Kleides war bedeckt mit Erde und Staub, und ein paar lose Fäden schleiften über den Erdboden. Ihre Schritte wurden langsamer, auch wenn ihr Wille noch ebenso stark war wie zuvor. Die Sonne stand bereits tief hinter ihr am Himmel. Lange dauerte es nicht mehr, bis sie hinter den höchsten Baumkronen verschwunden war.

Das Licht im Wald veränderte sich. Hannah blieb stehen, nur für einen Moment, und sah sich um. Bäume und Sträucher, Moos, herumliegende Bucheckern und Eicheln, getaucht in das warme Licht der letzten Sonnenstrahlen – sonst sah sie nichts.

Der Wald um die Schlussruine war nicht sonderlich tief. Das wusste sie! Mit ihren Kindern war sie damals zu einem nahegelegenen Parkplatz gefahren und von dort aus zu der Ruine gelaufen – und das nur, weil Leon und Emi noch viel zu klein für lange Märsche gewesen waren. Aber sie und Marco hätten die Strecke locker auch zu Fuß geschafft – von ihrem Zuhause bis zur Ruine. Und nun war Hannah schon bestimmt über zwei Stunden unterwegs und noch immer lichtete sich der Wald nicht. Sie hörte kein einziges Auto und sah nicht die Lichter, in der die Stadt in der Dämmerung längst erstrahlen musste. Wie konnte das sein?

Mit klopfendem Herzen lief sie weiter. Verirrt konnte sie sich nicht haben! Es hatte keine einzige Kreuzung gegeben und sie lief den exakt selben Weg entlang, auf dem sie auch gekommen war. Ihr Herz pochte etwas schneller. Wieso war sie nicht längst aus diesem verfluchten Wald draußen? Sie musste doch heim! Zu Marco, Emi und Leon!

Jede Minute wurde es dunkler. Die Sonne verschwand allmählich hinter den Wipfeln und zurück blieb ein letzter rosafarbener Streifen am Horizont, der kaum die Dunkelheit zwischen den Bäumen zu verdrängen vermochte. Zum wiederholten Male holte sie ihr Handy aus dem roten Beutel hervor und schaltete es an. Kein Netz. Aber das Licht des Displays beruhigte sie ein wenig. Es gaukelte ihr vor, die Zivilisation sei in greifbarer Nähe.

In der Ferne ertönte ein lautes Jaulen. War das ein ... Wolf?

Ihr Herz schlug schneller. Es gab keine Wölfe in diesem Wald. Es gab keine Wölfe in der ganzen Region, im ganzen verdammten Bundesland! Sie beschleunigte ihre Schritte, raffte den Rock höher, doch sehr schnell konnte sie in dem schwachen Licht nicht laufen. Sie konnte kaum mehr den Weg erkennen, sah nur noch die Umrisse der Bäume und Sträucher.

Sie durfte nicht von der kleinen Straße abkommen. Was auch immer geschah, sie durfte sich nicht in diesem Wald verirren! Wieso auch immer der plötzlich so gewaltig war, dass man sich in ihm verlaufen konnte …

Erneut jaulte ein Tier in der Ferne auf. Es klang verflixt noch eins wie ein Wolf. Aber woher wollte sie schon wissen, wie die genau klangen? Alle Wölfe, die sie hatte heulen hören, hatten in Filmen gejault oder in Hörspielen oder … wer weiß, ob die sich in Wirklichkeit nicht ganz anders anhörten!

Beim dritten Jaulen hörte sie zwei weitere Tiere. Sie antworteten. Gab es nicht auch andere Tiere, die so reagierten? Vielleicht streunende Hunde! Ja, es mussten wilde Hunde sein. Die gab es doch bestimmt. Und sie waren weit weg!

»Autsch! Verdammt!« Sie war in einen Busch gelaufen. Sie leuchtete mit ihrem Handydisplay, doch es nützte kaum etwas. Der Akku war zu weniger als zwanzig Prozent geladen und das Licht wurde schwächer und schwächer. Das einzige, das sie in dem künstlichen Lichtschimmer erkennen konnte, waren die zahlreichen Dornen, die an dem Gestrüpp wuchsen und in denen sich ihr Kleid verfangen hatte. Wenn sie nicht wollte, dass ihr Handy völlig den Geist aufgab, musste sie es ausschalten. Oder zumindest im Beutel verwahren.

Seufzend ließ sie es in ihr Täschchen gleiten und tat zwei Schritte rückwärts, um aus dem Busch rauszukommen, doch die Dornen wollten sie nicht freigeben. Erneut heulte ein Tier auf. So fern klang das eigentlich gar nicht. Mit einem kräftigen Ruck zog sie ihr Kleid aus dem Strauch und das laute Ratschen durchdrang die Nacht.

Nur mit Mühe konnte sie die kleine Straße noch erkennen. »Frieda, ich vierteile dich, wenn ich dich in die Finger kriege!« Die Wut verlieh ihr Kraft und sie lief weiter.

Fünf Tiere heulten auf. Hannah blieb stehen und blickte sich um. Waren die Tiere in ihrer Nähe? Ihr Herz schlug schneller und sie legte eine Hand auf die Brust, um sich selbst zur Ruhe zu ermahnen. Panik nutzte ihr jetzt gar nichts! Sie musste das verbliebene Licht nutzen, um endlich diesen Wald hinter sich zu lassen. Sie verfiel in einen langsamen Dauerlauf, gerade in dem Tempo, mit dem sie dem Weg zu folgen vermochte.

Rechts von ihr raschelte etwas. Etwas huschte durch das Unterholz. Bestimmt eine Maus! Oder ein Eichhörnchen! Die gab es hier auch. Kein Grund zur Panik! Hannah lief weiter, unbeirrt, doch als ein erneutes Rascheln von der Seite ertönte, drehte sie nur für einen Augenblick den Kopf nach rechts – und sah gelbe Augen in viel zu geringer Entfernung auf einer Anhöhe aufleuchten. Mindestens drei Paare.

Ihr Herz sank. Sie raffte ihren Rock und rannte los, immer weiter die kleine Straße entlang, und suchte zwischen den Bäumen nach den rettenden Lichtern der Großstadt. Doch nirgends war irgendeine Form von künstlicher Beleuchtung auszumachen. Sie hörte die Tiere näher schleichen, ihre Pfoten raschelten durch das Laub, Zweige knackten …

Was blieb ihr zu tun? Wie konnte sie sich wehren? Wegrennen war ihre einzige Chance! Sie hastete weiter, so schnell es in dem dämmrigen Licht möglich war. Mehrmals stieß sie mit der Schulter gegen einen Baum oder streifte mit dem Rock ein Gebüsch, doch sie hetzte weiter vorwärts, blieb nicht stehen. Die Tiere zu ihrer Seite folgten ihr. Ein weiterer Blick und Hannah wusste, es wurden mehr.

O Gott im Himmel oder Andreas im Himmel, tut etwas! Die Kinder dürfen nicht zu Waisen werden! Sie wollte noch schneller rennen, doch es war zu dunkel. In dem Moment setzten die Wölfe zum Angriff an. Sie sprangen den Abhang hinunter direkt auf sie zu. Hannah schrie laut auf und hetzte fort von dem Weg quer durch den Wald. Sie musste den Tieren entfliehen! Die Wölfe durften sie nicht kriegen! Im nächsten Augenblick erschienen in ihrer Laufrichtung weitere gelbe Augen.

Die Tiere hatten sie eingekreist.

Hannah blieb sofort stehen und sah sich hektisch um. Mindestens sieben Tiere näherten sich von den Seiten. Es gab kein Entkommen. Hannah bückte sich und suchte nach einem Ast. Den ersten, den sie zu greifen bekam, packte sie und schlug mit ihm durch die Luft. Dabei schrie sie, so laut sie konnte: »Fort mit euch, fort! Haut ab!«

Die Wölfe umkreisten sie und kamen dabei stetig näher. Sie wendeten nicht einen Moment ihren Blick von ihr ab. Hannah drehte sich langsam im Kreis. Sie sah jedem der Tiere in die Augen. Sie durfte keine Angst zeigen! Keine Schwäche! Sie musste wieder heim! Sie baute sich zu ihrer vollen Größe von knapp einem Meter und Siebzig auf. »Haut ab, ihr verfluchten Viecher, geht weg! Fort mit euch!«

Der erste Wolf sprang auf sie zu. Hannah wehrte ihn mit einem gezielten Schlag ab. Es war mehr Glück, denn selbst die Umrisse der Tiere konnte sie kaum noch sehen. Nur die gelben Augen der Wölfe strahlten in der Dunkelheit, als wären sie das rettende Licht in der Nacht. Jaulend ging das Tier zu Boden. Die anderen knurrten, fletschten die Zähne und einer biss in ihr Kleid. Das Reißen des Stoffes durchdrang die Nacht. Hannah schrie auf und schlug mit aller Kraft den Ast auf seinen Kopf. Doch im selben Moment packte ein anderer Wolf von hinten ihr Kleid und zerrte wild daran herum.

»Hilfe!«, schrie sie, auch wenn niemand sie hören konnte. »HIIILFEEE!«

Sie schlug mit dem Ast nach den wilden Tieren, die immer aggressiver wurden. Als einer der Wölfe nach ihrem Bein schnappte und gleichzeitig ein anderer zum Sprung ansetzte, rauschte eine große Gestalt auf sie zu, packte das Tier im Genick und stieß es gegen einen Baum. Hannah blickte neben sich und sah einen Braunbären. Er erwischte einen Wolf nach dem anderen und schleuderte sie zur Seite. Dabei brüllte er so laut, dass Hannah Gänsehaut über die Arme schoss.

Einer der Wölfe versuchte, ihren Fuß zu packen. Sie trat zurück und schlug mit dem Ast nach dem Tier, während der Bär zwei weitere Wölfe in die Finsternis schleuderte. Die Tiere jaulten auf und knurrten. Dabei umkreisten sie Hannah und den Bären, als gehörten sie beide zusammen. War das der Prinz? Hannah sah nur kurz zu ihm, doch sie konnte in der Dunkelheit kaum etwas erkennen. Es musste der Prinz sein. War er gekommen, um sie zu retten?

Der Bär brüllte laut auf und richtete sich zu seiner vollen Größe auf. Dabei stampfte er auf die Wölfe zu, die den Schwanz einzogen und davonrannten.

Ungläubig blickte Hannah den flüchtenden Tieren hinterher und spähte zu den Seiten. War wirklich kein einziger Wolf zurückgeblieben? Oder lauerte womöglich einer hinter einem Baum auf sie?

»Was tust du nachts im Wald?«, brüllte der Bär. Spätestens jetzt stand außer Frage, dass er der verwandelte Prinz war.

»Ich will nach Hause laufen!«

Ein Zittern überkam sie, ihre Zähne klapperten laut aufeinander, als ihr bewusst wurde, dass sie dem Tod nur knapp entronnen war.

»Und da marschierst du nachts durch diesen gefährlichen Forst? Bist du von Sinnen?«

»Ganz bestimmt nicht! Ich hätte längst vor Sonnenuntergang aus dem Wald draußen sein müssen.«

Der Bär sah sie an. Vor dem wenigen Licht der Sterne, das durch die Baumkronen drang, thronte seine massige Gestalt halb über ihr. »Es gibt kein Entkommen aus diesem Wald!«

Hannah trat von einem Fuß auf den anderen. »Das kann gar nicht sein! Ich bin ja schließlich auch vor weniger als fünf Stunden mit der Kutsche aus meiner Stadt hergefahren. Also muss ich nur demselben Weg folgen, um wieder heimzukommen!«

»Hast du es noch nicht verstanden? Dieser Wald ist verflucht – sonst hätten dich die Wölfe niemals angegriffen! Alles hier ist verflucht – ebenso wie ich!«

»Verflucht? Ein ganzer Wald? So ein Blödsinn. Das kann überhaupt nicht sein. Ich weiß nicht, was hier gespielt wird. Ich glaube weder dir noch Frieda ein Wort.«

»Frieda?« Der Bär horchte auf. »Wer ist Frieda? Hat sie dich zu mir geschickt?«

»Frieda ist meine alte Nachbarin. Und ja, sie hat mir den ganzen Schlamassel eingebrockt. Offenbar ist sie nicht die graue Maus, für die sie sich ausgegeben hat. Angeblich ist sie eine Zauberin – und deine Patin!« Hannah lachte zornig auf.

»Zauberin Friederike? Gott sei Dank.« Der Bär packte sie an den Armen. »Wann hast du mit ihr gesprochen? Wie hast du mit ihr gesprochen?«

»Durch den Brunnen im Schlossgarten!«

»Wir müssen sofort zurück. Ich will mit ihr reden!«

»Ich gehe nicht wieder zurück. Ich bin eine Mutter. Meine Kinder warten daheim. Lass mich los! Ich …«

Der Bär nahm seine Pranken von ihr und sah sie an, und obwohl sie seine Augen kaum erkennen konnte, bekam sie Gänsehaut unter seinem Blick. »Du kannst nicht zurück. Glaube mir, ich habe den ganzen Wald nach einem Ausweg abgesucht. Nächtelang, jahrzehntelang. Es gibt keinen. Und nun komm. Es gibt weitaus gefährlichere Dinge in diesem Wald als ein Rudel Wölfe.«

»Ich gehe nicht mit! Ich … Nein!«

»Ich verstehe deine Sorge um deine Kinder, aber du hast keine Wahl. Du wirst keinen Weg zu deinem Zuhause finden. Und morgen früh wärst du tot.«

Hannah verschränkte die Arme vor der Brust. Das durfte doch alles nicht wahr sein. Hatte Frieda etwa doch die Wahrheit gesagt? War sie in einer anderen Zeit, aus der es kein Entrinnen gab?

Sie atmete tief ein. Alleine im Wald wollte sie bei der Dunkelheit nun wirklich nicht bleiben. »Na gut, ich komme mit, aber beim ersten Sonnenstrahl werde ich weitersuchen, bis ich zuhause bin!« Der Bär stapfte los und sie hatte Mühe, mit ihm Schritt zu halten. »Wie hast du mich eigentlich finden können? Warst du gerade selbst auf Raubzug?«

Er brummte. »Nein, man hat deine Schreie durch den ganzen Wald gehört!«

Hannah zog empört die Luft ein. Wer hätte nicht geschrien im Angesicht eines Wolfsrudels?

Der Bär seufzte auf. »Sonst ist der Wald still. Nichts ist zu hören. Jede Nacht ist gleich. Seit vielen, vielen Jahren schon. Du durchbrichst das Gewohnte, deine Anwesenheit bringt alles durcheinander. Es ist wie ein Theaterstück, das man schon hundertmal gesehen hat, und plötzlich taucht ein weiterer Schauspieler auf der Bühne auf und springt durch die Reihen. Jedes seiner Geräusche, jede seiner Bewegungen nimmst du sofort wahr. In dem Moment, als ich dich auf dem Ball gesehen habe, wusste ich, etwas war anders.«

»Wie meinst du das?«

»Ich erlebe diese Nacht seit vielen, vielen Jahren schon. Egal wo ich abends einschlafe, ich wache jeden Morgen zur selben Zeit in meinem Gemach und als Mensch auf. Egal ob ich tagsüber auf dem Ball tanze oder durch diesen Wald streife, jeden Tag zur selben Uhrzeit stirbt mein Vater und ich verwandele mich in einen Bären. Mich hat der Fluch getroffen, der einst über meinen Vater verhängt wurde.«

»Eine Art Zeitschleife? So etwas ist nicht möglich!«

Der Bär blieb stehen, drehte sich zu ihr und breitete die Pranken aus. »Ist das vielleicht möglich?«

»Nein.« Ihre Wut auf ihn verflog. Der Prinz konnte wahrscheinlich wirklich nichts für diese Katastrophe! »Wenn ich Frieda in die Finger kriege …«, murmelte sie mehr zu sich selbst, während die beiden weiter durch den Wald stapften. Sie hatten die kleine Straße erreicht und folgten ihr durch den Wald zurück zum Schloss.

»Wieso weißt du all das nicht? Ich dachte, meine Patin hätte dir alles erklärt. Wo kommst du her?«

»Frieda hat mich hergezaubert, durch die Zeit, hat sie gesagt. Ich komme aus der Zukunft!« Wie bescheuert klang das denn?

»Aus der Zukunft?«

»Ja. Ich habe eine Einladung zu diesem Ball bekommen – offensichtlich hat Frieda das arrangiert! Dann hat sie mich in dieses Kleid gesteckt, mir diese Schuhe angezogen und eine Kutsche hergezaubert, die mich zu deinem Schloss gebracht hat. Und irgendwann zwischendurch hat sie einen Zauber gemurmelt und ich bin durch die Zeit gereist.«

»Was hat sie dir gesagt, wie du den Fluch brechen kannst? Über welche Kräfte verfügst du? Wieso hat sie gerade dich geschickt?«

»Das weiß ich nicht. Ich habe keine Zauberkräfte, falls du das denkst.« Sie lachte halbherzig auf, um im nächsten Moment erstaunt innezuhalten. Vor ihr lag das Tal zum Schloss. Die Sterne leuchteten am Firmament und mit dem Mond beleuchteten sie den Weg, über den sie vor Stunden davongerannt war. »Wie kann das möglich sein …? Wir sind doch keine zehn Minuten gelaufen!«

»Der Wald ist verzaubert, das habe ich dir doch erklärt.«

Und in diesem Moment glaubte sie es. Sie war in einem verzauberten Wald, sie war in einer anderen Zeit oder einer anderen Dimension. Und sie kam durch diesen seltsam verwunschenen Wald nicht wieder zu ihren Kindern zurück.

Ein Lufthauch blies an ihre Waden und sie blickte an sich hinab. Der Rockteil ihres Kleides war zerfetzt und bedeckte ihre zerkratzten Beine nur noch bis zu den Knien. Der Bär starrte sie an, doch sogleich sah er schicklich in eine andere Richtung. In seiner Zeit trugen Frauen stets lange Röcke, schoss es ihr durch den Kopf. Wie unwirklich war das?

»Nun komm … bitte«, brummte er. »Ich will selbst mit meiner Patin reden. Sie muss sich etwas dabei gedacht haben, dich zu mir zu schicken. Seit sich der Fluch zum ersten Mal erfüllt hat, habe ich sie nicht mehr gesehen!«

Hannah horchte auf. »Hat sich dein Vater auch schon mal verwandelt?«

»Nein, ich meine den Abend, an dem ich diesen Tag zum ersten Mal erlebt habe! An dem mein Vater das erste Mal starb und ich mich zum ersten Mal verwandelt habe. Eigentlich hätte der Fluch meinen Vater treffen sollen. Er war derjenige, der damals das Mädchen kränkte. Und dennoch bin ich es, der tagtäglich sein qualvolles Ableben mitansehen muss.«

Den Tod eines geliebten Menschen mehrmals erleben zu müssen – was für eine furchtbare Vorstellung. »Das tut mir wirklich leid. Es reicht, wenn man einmal den Tod eines geliebten Menschen mitansehen muss.«

Der Bär schien etwas aus ihrer Stimme herauszuhören, denn er schwieg still und betrachtete sie auf eine Weise, dass seine Mimik für einen Moment menschlich aussah, doch kurz darauf verschwand dieser Zug wieder. »Ich weiß nicht, wie oft ich es bereits erlebt habe. Ich habe die Zeit wahrhaftig genutzt. Viele Jahre habe ich damit verbracht, jeden Morgen loszuwandern, jedes Mal in eine andere Richtung, durch den gesamten Wald. Ich habe nach Lösungen gesucht, nach Hinweisen, nach Mirabelle oder meiner Patin. Aber ich habe nichts gefunden. Und egal wie weit ich durch den Wald gelaufen bin, er nahm kein Ende.«

Der Prinz war fortgelaufen, obwohl er wusste, dass sein Vater starb? Wie konnte das sein? Wenn jemand, den man liebte, starb, verblieb man an seiner Seite. Das war nur zu normal – das wusste sie aus eigener Erfahrung. Wie lange hatte es gedauert, bis sie damals das Krankenhausbett ihres Mannes verlassen hatte, obwohl er längst tot gewesen war. Hätten die Schwestern und zuletzt der Arzt sie nicht genötigt, den Raum zu verlassen, sie wäre noch länger geblieben. Den Toten zu verlassen bedeutete, seinen Tod zu akzeptieren und weiterzumachen. Zumindest hatte Hannah das damals so empfunden.

Sobald sie nicht mehr an Andreas' Seite geweint hatte, hatte sie alle Tränen in sich verschlossen und war zu ihren Kindern gegangen, die bei einer netten Krankenschwester gewartet hatten. Sie hatte ihr Leben als Alleinerziehende begonnen ... und nicht ein einziges Mal mehr an die Seite ihres Mannes zurückkehren können.

Andererseits, wie grausam war es, den eigenen Vater mehrmals sterben zu sehen? Und jeden Abend in einen Braunbären verwandelt zu werden? Wahrscheinlich hätte sie an seiner Stelle das Gleiche getan. Auch sie wäre durch den Wald gestreift auf der Suche nach Antworten. »Wie haben die anderen Gäste reagiert, als sie bemerkten, dass ihr in einer Zeitschleife feststeckt? Und was hat dein Vater gesagt?«

»Außer mir kann sich niemand erinnern ...«

Hannah sah erstaunt auf. Er musste all das ganz alleine durchstehen? »Was ist an dem Abend geschehen, an dem du zum ersten Mal verwandelt wurdest?«

»An dem Abend kam meine Patin, Zauberin Friederike, während meiner Verwandlung hereingeflogen.«

Ein Schmunzeln huschte über Hannahs Lippen. Ihre alte Nachbarin konnte fliegen?

»Sie stellte sich vor mich und sprach einen Zauber, um den Fluch aufzuhalten. Sie sagte, sie habe nicht die Macht, den Fluch zu brechen. Aber sie werde jemanden suchen und ihn zu mir schicken. Damit sie mehr Zeit dafür hatte, zauberte sie den Tag meiner Verwandlung in eine Zeitschleife.

Einhundert Jahre lang, erklärte sie mir, würde ich den Tag wieder und wieder erleben. Ich müsste den Abend als Bär verleben, erwachte jedoch des Morgens wieder als Mensch.

Und beim letzten Mal, am letzten Tag dieser einhundert Jahre, würde sie mir jemanden an meine Seite stellen, der in der Lage wäre, den Fluch zu brechen und mich zu erlösen.«

»Weshalb hat sie eine Zeitschleife gezaubert? Sie hätte doch auch nach jemandem suchen können, der den Fluch bricht, während du ein Bär bist.«

»Hast du nicht gehört, was ich gesagt habe? Sie hat versprochen, sie schickt mir beim letzten Mal jemanden, der in der Lage ist, den Fluch zu brechen! Das bist du!«

»Ich?« Sie fuhr sich mit den Händen an die Brust. »Aber ich habe keine Zauberkräfte. Und ich weiß auch nicht, wie man einen Trank braut oder in den Sternen liest oder sonst etwas Magisches macht. Ich habe mit Zauberei nichts am Hut!«

»Wieso hat sie dich dann geschickt? Was ist an dir besonders?«

Was war das für eine Frage?! So etwas fragte ein Mann nicht! »Ich …«

»Und wenn du nun hier bist, bedeutet das«, überging er ihr Stammeln und sah auf zum Sternenhimmel, »dies war das letzte Mal. Wenn ich den Fluch jetzt nicht breche, bleibe ich für immer ein Bär!« Bei seinen Worten wanderte eine eisige Kälte über Hannahs Rücken. »Ich muss mit meiner Patin sprechen. Sie muss mir all das erklären!« Mit all das meinte er vermutlich ihre Anwesenheit – und Hannah war mit ihm einer Meinung. »Und wenn du tatsächlich nichts zu meiner Erlösung beitragen kannst, so werde ich von ihr verlangen, dich zurückzuzaubern! Das verspreche ich dir!«

Sie schielte zu ihm hinüber. Lächelte er, während er entschlossen weiterstapfte? Konnten Bären lächeln? Oder hatte sie sich das nur eingebildet?

Ihre Angst vor ihm war vergangen. Er war gekommen, um sie vor den Wölfen zu beschützen – auch wenn er das vielleicht nur getan hatte, damit sie ihn retten konnte. Wie seltsam. Da begegnete sie einem Prinzen – und dann war sie diejenige, die ihm helfen musste. Wo war nur der klassische Prinz auf seinem schillernden Ross, der die Frau in dem hübschen Kleid errettete? Sie schmunzelte halbherzig und marschierte neben ihm her.

Wenig später gelangten sie an die Pforte, durch die Hannah nur wenige Stunden zuvor entwischt war. Mit wenigen Schritten waren sie bei dem Springbrunnen angelangt und der Bär beugte sich sogleich über die Einfassungsmauer und brüllte in das plätschernde Wasser: »Patin Friederike! Wieso hast du mir Hannah geschickt? Wie kann sie mich retten?«

Es folgte keine Antwort.

Hannah stürzte zum Brunnen und streifte dabei einen der Rosensträucher. Während einzelne Rosenblütenblätter auf das Wasser herabsegelten, blickte sie auf die Wasseroberfläche. Wo waren ihre Kinder? Doch sie fand darin nichts als ihre Spiegelungen, die der Sterne am nächtlichen Himmel und die roten Rosenblütenblätter, die sachte hin- und herschwammen.

»Wo bist du? Patin Friederike? Zeig dich mir!«, brüllte der Bär so laut und animalisch, dass Hannah das Herz in die Hose rutschte. Doch sie besann sich, wer sich unter dem Pelz verbarg, und wich nicht einen Zentimeter von seiner Seite.

»Frieda! Komm auf der Stelle her und zeig dich uns! Wir müssen mit dir reden! Und ich will meine Kinder sehen! Sofort!«

Doch das Wasser blieb, was es war. Kein Zauber durchdrang das Element. Keine Stimme schlüpfte daraus zu ihnen empor und kein Gesicht tauchte auf der Wasseroberfläche auf.

Ihre Brust schnürte sich zusammen. Wieso kam Frieda nicht? War etwas mit den Kindern? Tat sie ihnen doch etwas an? Wieso nur hatte Hannah ihre goldene Regel gebrochen und einem Fremden ihre Kinder anvertraut?!

»Emi? Leon? Marco? Seid ihr da? Hier ist Mami. Wenn ihr mich hören könnt, dann gebt gut acht. Ich werde zu euch zurückkommen! Habt keine Angst! Mami ist bald wieder bei euch!« Sie stierte auf das Wasser, doch es regte sich nichts, kein Kinderlaut drang an ihr Ohr – bis ein gewaltiger Platscher sie hochschrecken ließ und Wassertropfen auf ihr Kleid regneten. Der Bär hatte zornig mit seiner Pranke ins Wasser geschlagen.

»Verdammt! Wieso kommt sie nicht? Was hast du vorhin zu ihr gesagt, weshalb sie sich nicht zeigt, wenn ich nach ihr rufe?«

Hannah stemmte die Hände in die Seiten und baute sich vor dem Braunbären auf, als wäre er ein harmloses Kätzchen. »Es geht hier nicht nur um dich! Diese Frau hat meine Kinder in ihrer Gewalt!« Der Bär brummte laut, wie es nur ein echter Bär vermochte. »Jetzt hör auf zu brummen und konzentrier dich. Ohne deine Hilfe kommen wir nicht weiter. Ich weiß nur das, was mir Frieda von dem Abend erzählt hat, als das arme Mädchen Mirabelle von deinem Vater gedemütigt wurde. Frieda hat mir gesagt, ich muss herausfinden, was es mit dem Fluch auf sich hat! Weißt du, wer ihn wann und wo ausgesprochen hat?«

Der Bär verneigte sich vor ihr und Hannah entfuhr ein unfreiwilliges Lächeln. »Entschuldige meine Rage.« Er fixierte sie aus seinen dunklen Augen, in denen ein wenig Grün hervorblitzte, seufzte laut auf, wie es wohl kaum ein Bär je vor ihm getan hatte, und begann zu erzählen.

»Mein Vater hat niemals über den Fluch gesprochen. Er hat ihn totgeschwiegen. Ich denke, er hat sich geschämt für sein Verhalten in jener Ballnacht – oder für das Geschehen an sich. Jedenfalls wollte er durch nichts und niemanden daran erinnert werden. Aber eines Nachmittags, ich war gerade neun Jahre alt, da hörte ich meine Eltern miteinander streiten. Das war nichts Ungewöhnliches, meine Eltern waren nicht glücklich … aber das ist eine andere Geschichte. An jenem Nachmittag schrie ihn meine Mutter so laut an, wie ich es noch niemals zuvor gehört habe.

›Du musst es ihm endlich sagen. Er hat deinen Fluch geerbt!‹

Neugierig schlich ich mich näher an die Bibliothek, in der sich die beiden aufhielten, und spähte durch die angelehnte Tür zu ihnen hinein, als mein Vater meiner Mutter aufbrausend antwortete: ›Nein, das hat er nicht. Durch unsere Heirat wurde der Fluch abgewendet! Ich verlange, dass nie wieder auch nur ein Wort davon gesprochen wird! Ich verbiete dir, auch nur einen Ton zu ihm zu sagen, sonst wirst du es bitterlich bereuen!‹

Meine Mutter war der Verzweiflung nahe und schmiss sich ihm zu Füßen. Sie ergriff seinen roten Mantel und blickte flehend zu ihm auf.

›Wir dürfen ihn nicht im Ungewissen lassen. Seine Patin hat es mir bei seiner Geburt gesagt. Er trägt den Fluch auf sich, der einst über deinem Haupte schwebte!‹

›Genug!‹, schrie mein Vater, nahm eine Blumenvase vom Tisch und schmiss sie in seinem Zorn auf den Boden. Er stapfte zur Tür und ich schaffte es gerade noch rechtzeitig, mich hinter einer Säule zu verstecken, bevor er an mir vorbeistürmte.« Der Bär blickte in die Sterne, als erinnerte er sich an die Angst, die er damals empfunden hatte.

Hannah beobachtete ihn. »Der Fluch deines Vaters ging bei deiner Geburt auf dich über? Und was hast du von deiner Mutter erfahren?«

»Nichts, sie schwieg still. Sie hatte wirklich Angst vor meinem Vater.«

»Wie bitte? Das kann ich nicht glauben! Eine Mutter würde das nicht tun!«

Der Bär blickte zornig auf. »Meine Mutter war eine gute Frau – aber mein Vater war nun einmal der König und sie musste seinem Befehl Folge leisten.«

»Das heißt, du wusstest nicht, was dir geschieht, bis es soweit war? Bis dein Vater gestorben ist und du dich verwandelt hast?«

»Nein! Ich wusste von dem Fluch, denn meine Mutter war eine sehr schlaue Frau. Sie ersann eine List, wie sie den Befehl meines Vaters umgehen konnte. Ich hatte damals eine Erzieherin, Fräulein Siebenstein, die mich unterrichtete. Und dieser Frau hat sie die Wahrheit anvertraut.«

Hannah nickte anerkennend. »Sehr gut. Und was hat dir dieses Fräulein Siebenstein über den Fluch verraten?«

Kapitel 13

Vor vielen, vielen Jahren

s war eine weitere Ballnacht, zu der König Ludwig von Lichtenberg die Jungfrauen des Landes geladen hatte, damit sich sein Sohn, Prinz Gustav von Lichtenberg, eine Gemahlin erwählte.

Die Masse an angezündeten Kerzen übertraf die der letzten Ballnacht, die Anzahl der Diener, die sich um das Wohl der Gäste kümmerten, war aufgestockt worden, auch der Wein, der gereicht wurde, sowie die Speisen waren erlesener als das letzte Mal. Der König wollte um jeden Preis verhindern, dass sich der peinliche Vorfall der vergangenen Ballnacht in den Köpfen festsetzte. Die Erinnerung musste übertrumpft werden durch mehr Pomp und Herrlichkeit, mehr Tanz und Fröhlichkeit, sodass niemand mehr an das hässliche Ereignis dachte.

Prinz Gustav wollte sich am liebsten im Hintergrund aufhalten, doch sein Vater hatte ihn sich noch vor Beginn des Balls zur Brust genommen. »Mein Sohn, damit unsere Gäste nicht länger an das mehr als unglückliche Geschehen des vergangenen Monats denken, musst du dich unbedingt unter die Gäste mischen. Führe die Damen auf die Tanzfläche, lache, scherze, zeige dich von deiner Schokoladenseite. Sei großzügig und edel, schmücke den Ruf unseres Königshauses mit deiner galanten Art und deinem charmanten Lächeln.«

Einsichtig mischte sich Prinz Gustav unter die Damen und schon bald sprach keiner mehr von den unglückseligen Vorkommnissen des vergangenen Festes. Er blühte auf unter den bewundernden Blicken der jungen Frauen und führte eine nach der anderen auf die Tanzfläche. Die Stimmung wurde besser und besser, die Herren scherzten, die Damen kicherten und linsten verführerisch hinter ihren Fächern hervor – als ein Sturm losbrach.

Die Türen und Fenster sprangen auf, die Kerzen erloschen unter dem tosenden Wind. Die Damen schrien auf und sprangen hinter die Herren, die gebannt auf das dunkle Wesen starrten, dass über die Balkontür zu ihnen hereinstürmte. Es war nebulös und schwarz, niemand konnte ein Gesicht oder etwas anderes erkennen. War es ein Mensch? Etwas wehte um die Gestalt, ob langes Haar oder ein weiter Umhang ließ sich nicht beantworten. Sie machte ein paar drohende Schritte auf den Prinzen zu und hob die Hände.

Der Prinz wich unweigerlich einen Schritt vor der düsteren Figur zurück, die ihre Stimme erhob. Sie war kratzig und dunkel, düster und drohend, sodass den Gästen der Schrecken in die Glieder fuhr. »Ihr habt es gewagt, Mirabelle von Taustein zu beleidigen, nur weil sie Euch nicht schön genug war. Deshalb verfluche ich Euch, Prinz Gustav von Lichtenberg, auf dass Ihr und Eure arrogante Familie es niemals wieder wagen werdet, eine Frau zu verstoßen! In dem Moment, in dem Euer Vater stirbt und Ihr die Königswürde erlangt, sollt Ihr Euch in einen Bären verwandeln und Euer gesamtes Königreich wird der Vergessenheit anheimfallen!

Niemand mehr soll sich an Eure königliche Linie erinnern können, keinem wird der Namen von Lichtenberg im Gedächtnis bleiben und Euer prächtiges Schloss wird zu einer

Ruine verfallen. Dornenranken werden sie überwuchern und kein einziger Mensch wird wissen, welch herrschaftliches Königsgeschlecht einst seine Mauern erstrahlen ließ! Einzig und alleine eine Frau an Eurer Seite kann Euch vor meinem Fluch bewahren. Aber falls Ihr ohne eine Gemahlin an Eurer Seite den Thron besteigt, so wird sich mein Fluch erfüllen!«

»Was fällt Euch ein?! Wer seid Ihr?« König Ludwig von Lichtenberg erhob sich von seinem Throne und kam die Stufen zu ihnen heruntergeschritten. Der Fellbesatz seines roten Mantels schleifte hinter ihm über den Boden. Doch noch bevor er bei ihnen angelangte, hob das nebulöse Wesen seine Hände.

»Wozu warten? Ich selbst will Zeuge Eurer demütigenden Verwandlung sein!« Bei den Worten veränderte sich der Nebel, als zeige die Gestalt mit der Hand auf den König, den im nächsten Moment ein Strahl aus rotem Licht mitten auf die Brust traf. Er taumelte rückwärts und sackte auf die Knie. Dabei hielt er sich stöhnend die Hand an sein Herz.

»Was bist du? Was hast du getan? Wachen, ergreift das … Ding!«, brüllte Prinz Gustav, doch das Wesen lachte nur hässlich und erhob sich plötzlich in die Luft bis unter die hohe Decke.

Die Wachen stürmten zum Prinzen und seinem Vater, schauten unsicher zu dem fliegenden Zauberwesen empor und konnten doch nichts anderes tun, als ihre Schwerter zu ziehen und die Königsfamilie abzuschirmen.

»Sobald Euer Vater seinen letzten Atemzug getan hat, werden wir alle dabei zusehen, wie Ihr Euch in ein wildes Tier verwandelt! Denn, wie ich sehe«, die Gestalt wies auf seine Hand, an der kein Ehering prangte, »war noch immer keine Frau gut genug für Euch!«

Der Prinz spürte einen Ruck in sich, als setze die Verwandlung bereits ein, dabei japste sein Vater noch immer nach Luft. Panik drohte ihn zu übermannen. »Ruft den Hauskaplan!« Er überblickte die jungen Frauen, die sich ängstlich hinter den Männern verbargen, und seine Augen blieben an der hübschesten hängen. Mit vier großen Schritten war er bei ihr, packte sie am Handgelenk und zog sie mit sich nach vorne. »Sie werde ich heiraten!«

»Mich?«, rief die junge Frau überrascht und drehte sich ängstlich nach ihren Eltern um. »Vater …« Doch der nickte ihr nur aufmunternd zu.

Der Hauskaplan drängte sich durch die Gästeschar zu dem Prinzen vor, dicht gefolgt vom Leibarzt des Königs, der sich sogleich über den keuchenden alten Mann beugte und ihn abtastete.

»Ihr habt mich rufen lassen, Prinz Gustav?« Der Kaplan blickte auf den König, der zusammengekrümmt auf dem Boden kauerte und kaum noch Luft bekam. Der Arzt legte eine Hand auf seine Brust und sah ihn bedauernd an. Langsam schüttelte er den Kopf. Er konnte dem König nicht mehr helfen. Der Geistliche bückte sich zum Herrscher des Landes, war es für ihn doch eindeutig, dass er in seiner Aufgabe als Seelsorger dem Sterbenden an die Seite gerufen worden war. Er hob die Hände, um den Sterbenden mit der letzten Ölung auf den Tod vorzubereiten, als der Prinz forderte: »Um ihn könnt ihr euch später kümmern. Zuerst müsst ihr mich mit diesem Fräulein verheiraten!«

Der Kaplan blickte erstaunt auf. Sein Blick fiel auf das düstere Wesen, das in der Luft schwebte und zu dem die Menge immer wieder ängstlich emporblickte. »Was geht hier vor? Welch diabolisches Wesen ist in diese friedliche …«

»Schnell!«, befahl der Prinz. »Es muss sofort geschehen!«

Der Kaplan deutete auf den König. »Aber Euer Vater, er braucht ...«

»Ich befehle Euch, traut uns sofort!«

Der Geistliche drehte sich unsicher zum König, der bereits blau anlief. Er musste dem Befehl des Prinzen folgen. Wenn er sich beeilte, konnte er dem König noch die letzte Beichte abnehmen, damit seine Seele die ewige Ruhe fand. Doch in dem Moment, in dem er zu seiner Trauungsrede ansetzte, krümmte sich der Prinz und hielt sich die Hand an die Brust.

»Was habt Ihr?«

»Schnell, traut uns! Sofort!«

Der Geistliche murmelte ein Vaterunser und griff an das Kreuz, das an einer Kette um seinen Hals über seinem Herzen ruhte. Er wandte sich an die Gäste, die wie gebannt im Kreis um sie herumstanden und mit offenen Mündern dem Schauspiel zusahen. »Wir brauchen zwei Trauzeugen. Ihr und Ihr!«, winkte er willkürlich zwei Männer aus der vordersten Reihe zu sich, die sich sogleich an die Seite der unverhofften Braut und des Prinzen stellten. »Gemeinsam treten wir vor Gott zusammen, um den heiligen Bund der Ehe zu schließen. Der heilige Bund der Ehe soll ...«

»Schneller!«, ächzte der Prinz.

Das Zauberwesen lachte hässlich, als der Thronfolger sich erneut laut schreiend krümmte. Der Kaplan reagierte sofort.

»Wollt Ihr, Prinz Gustav von Lichtenberg, die hier vor Euch stehende ...« Er legte der verängstigten jungen Frau eine Hand auf ihre zitternden Hände. »Wie ist Euer Name, mein Kind?«

»Helena Angelika von Steinberg«, erklang die hohe, bebende Stimme der jungen Braut.

»Wollt Ihr, Prinz Gustav von Lichtenberg, die hier vor Euch stehende Helena Angelika von Steinberg zu Eurem Eheweib nehmen, sie lieben und ehren, bis dass der Tod Euch scheidet?«

»Ja, in Gottes Namen. Beeilt euch.« Der Prinz griff sich an den Kopf, der höllisch schmerzte. Erneut donnerte das höhnische Lachen des finsteren Wesens durch den Saal.

»Wollt Ihr, Helena Angelika von Steinberg, den hier vor Euch stehenden Prinz Gustav von Lichtenberg zu Eurem angetrauten Gemahl nehmen, ihn lieben und ehren, bis dass der Tod Euch scheidet?«

Ihre Stimme versagte, während sie eine stille Träne von ihrer Wange strich. Sie blickte sich nervös zu ihrem Vater um, der ihr aufmunternd zunickte. Kaum hörbar antwortete sie: »Ja, ich will!«

»Hiermit erkläre ich Euch zu Mann und Frau. Ihr dürft die Braut nun küssen!« Doch anstelle des Hochzeitskusses folgte ein letzter Japser des Königs, der kurz darauf erstarrte. Der letzte Atemzug entschwand seinen Lippen und er war tot. Prinz Gustav starrte seinen leblosen Vater an, befühlte seine eigene Gestalt und besah sich seine Hände, die noch immer menschlich waren. Dann sah er zu der nebulösen Gestalt, die bereits zurück zu der Balkontür wirbelte. »Ha! Es ist euch missglückt! Der Fluch hat sich nicht erfüllt!«

»So wird er auf Euer Kind übergehen!«, waren die letzten Worte, die so leise gesprochen wurden, dass kaum einer sie hören konnte, und die unheimlich zufrieden und gelassen klangen – beinahe so, als habe dieses Wesen alle Zeit der Welt, um auf seine Rache zu warten.

Kapitel 14

er war dieses Wesen, das den Fluch ausgesprochen hat?«, fragte Hannah, die wortlos den Erzählungen des Prinzen gelauscht hatte.

»Ist das nicht eindeutig?«, brummte der Bär. »Es war Mirabelle von Taustein!«

Hannah blickte zu dem Balkon, über den das Mädchen vor so vielen Jahren geflohen war und über den sie zurückgekehrt sein sollte, um ihre Rache zu bekommen. »Aber wie hat sie in vier Wochen das Zaubern gelernt? Und Fliegen?«

»Das ist die große Frage!« Der Bär seufzte auf. Es klang so menschlich, dass Hannah ihm am liebsten eine Hand auf die Pranke gelegt hätte.

»Wieso hat dir dein Vater nichts davon gesagt? Wie konnte er dich all dem unwissend aussetzen?«

»Er hat bis zum Zeitpunkt seines Todes nicht daran geglaubt, dass der Fluch auf mich übergegangen ist. Dessen bin ich mir gewiss.«

»Hast du auf anderem Wege mehr darüber erfahren? Hat deine Lehrerin gesagt, wie man den Fluch brechen kann?«

»Nein, sie hat mir nur immer wieder im Namen meiner Mutter eingetrichtert, ich solle mir zeitig eine Frau suchen und heiraten, damit ich von dem Fluch verschont bleibe.«

»Und wieso hast du das nicht getan?«

»Ich habe die furchtbare Ehe meiner Eltern miterlebt. Sie waren sehr unglücklich, haben überhaupt nicht zueinander gepasst. Sie haben sich nicht geliebt und waren nicht einmal freundschaftlich miteinander verbunden. Ich habe mir geschworen, ich würde nur aus Liebe heiraten! Und um ehrlich zu sein, habe auch ich nicht an den Fluch geglaubt, bis er sich zum ersten Mal erfüllt hat. Ich dachte, es sei ein Trick meiner Mutter, damit ich mich frühzeitig vermähle und den Fortbestand der Dynastie sichere.«

Hannah beobachtete ihn. Gewiss bereute er seine Entscheidung. Mitleid stieg in ihr auf. Jemand musste ihm helfen! Sie legte den Kopf in den Nacken und blickte hinauf in den endlosen Sternenhimmel. Es war nicht kalt, dennoch zog sie fröstelnd die Schultern hoch und rieb sich über die nackten Arme.

»Haben Sie sich endlich beruhigt, Hannah?«

Hannah und der Bär blickten auf, sahen einander verwundert an und blickten dann in den Springbrunnen. Auf der dunklen Wasseroberfläche sahen sie Friedas spitzes Gesicht.

Der Bär sprang auf, um sich sogleich mit seinen Pranken auf den Brunnenrand zu stützen und sich näher über die Wasseroberfläche zu beugen. »Patin Friederike, wieso seid Ihr nicht erschienen, als ich nach Euch rief?«

»Frieda, wie geht es meinen Kindern? Wenn du ihnen auch nur ein Haar krümmst …« Hannah ballte die Hände zu Fäusten.

Frieda schüttelte missbilligend den Kopf und schnalzte mit der Zunge. »Ich hatte den Eindruck, die Zeit der Vorwürfe sei vorüber und ihr wäret bereit, die notwendigen Auskünfte zu erhalten, um den Fluch brechen zu können. Aber wenn ihr immer noch zanken wollt …« Bei den Worten verschwamm ihr Antlitz.

»Nein, bleib hier!«, riefen Hannah und der Prinz im Chor.

Friedas Gesicht wurde wieder schärfer und lächelnd blickte sie ihnen entgegen. »So ist es richtig, ihr beiden. Immer schön an einem Strang. Und Ihre Kinder, liebe Hannah, liegen selig in ihren Betten und schlafen, wie es sich um diese Uhrzeit gehört. Damit Sie wieder rasch bei ihnen sein können, schlage ich vor, Sie verbeißen sich Ihre letzten Kommentare und Schimpfereien und hören mir zu.«

Hannah wollte ihrer alten Nachbarin drohen, ihr die übelsten Vorwürfe machen. Zahlreiche patzige Antworten lagen ihr auf der Zunge, doch sie schluckte ihren Groll hinunter und nickte mit zusammengebissenen Zähnen.

»Welche Antworten habt Ihr für uns, Patin Friederike?«, brummte der Bär. »Wer war das böse Zauberwesen, dass mich verflucht hat? Mirabelle?«

»Ihr müsst die Geschichte verstehen, sonst werdet ihr scheitern!« Sie sah ihnen abwechselnd prüfend in die Augen, bevor sie fortfuhr. »Der Böse oder auch der Schuldige, der Verantwortliche für den Fluch war dein Vater allein! Er hat durch seine Arroganz und seine Eitelkeit ein armes Mädchen derart verletzt, dass es beinahe daran zerbrochen wäre.«

Der Bär brummte wütend und wollte mit der Pranke in das Wasser schlagen, doch Hannah legte ihm ungeachtet seiner wilden Gebärden eine Hand auf den Arm. »Beruhig dich, sonst verschwindet sie wieder!« Der Bär schnaubte, doch er senkte die Tatze. »Was ist damals mit Mirabelle geschehen?«, fragte Hannah an Frieda gewandt.

»Sie ist in die Wälder geflohen. Sie war so verzweifelt und totunglücklich, dass sie sich am liebsten in einer tiefen Schlucht zu Tode gestürzt hätte. Doch gerade rechtzeitig hat jemand sie gefunden und gerettet.

Sie vertraute sich demjenigen an, der ihr versprach, für sie Rache zu nehmen an dem arroganten Prinzen.«

»Wem?«

»Einem mächtigen Wesen, älter noch als ich und mächtiger als alles, was es in diesem Wald gibt. Dieses Wesen flog bei der darauffolgenden Ballnacht in dieses Schloss, um den Fluch auszusprechen.«

»Woher weißt du all das? Und wie hilft uns das weiter?«, brüllte der Bär.

»Nur jemand, der über enorme Kräfte verfügt, kann den Fluch ausgesprochen haben! Es sind die grundlegenden Gesetze der Magie. Und zu den grundlegenden Gesetzen der Magie gehört auch folgendes: Es gibt ein Gegenmittel.«

Der Bär schaute auf. Für einen Moment leuchteten seine dunklen Augen in dem Seegrün seiner menschlichen Gestalt, und in diesen Augen lag Hoffnung. »Ein Gegenmittel? Was muss ich einnehmen?«

Frieda gluckste. »Du musst nichts einnehmen. Es ist ganz einfach. Du musst begreifen, dass das Zauberwesen nicht der Schuldige ist, sondern die Umstände zu dem Fluch geführt haben. Das Wesen wollte Gerechtigkeit für Mirabelle. Um den Fluch zu brechen, hätte sich dein Vater nur bei Mirabelle entschuldigen müssen – und sie ihm verzeihen.«

»So einfach?« Hannah und der Bär wechselten einen fassungslosen Blick. »Wieso hat er das nicht längst getan?«, fragte Hannah ungläubig.

»Stolz? Arroganz? Um ehrlich zu sein wollte dein Vater, lieber Maximilian, nicht eine Sekunde länger an den Fluch erinnert werden. Für ihn war er mit seiner Heirat abgewendet. Ich habe deine Mutter gewarnt, dass der unerfüllte Fluch bei deiner Geburt auf dich übergegangen ist. Aber er wollte mir nicht glauben. Er schwieg es tot und dabei hätte er die Verwünschung so leicht brechen können.«

»Lebt diese Mirabelle noch?«, stellte Hannah die in ihren Augen wichtigste Frage.

Frieda nickte. »Ja, sie lebt, tief verborgen im Wald.«

»Das kann nicht sein!«, brauste der Bärenprinz auf. »Ich habe all die Jahre nach ihr gesucht. Und mir ist niemand begegnet, ich habe keine menschliche Behausung gesehen. Du musst dich irren!«

»Gewiss nicht.« Frieda schüttelte den Kopf, als wäre das ein Ding der Unmöglichkeit. »Mein lieber Patensohn, ich habe dir versprochen, jemanden zu dir zu schicken, der dir helfen wird, den Fluch zu brechen. Alleine konntest du Mirabelle nicht finden. Mit Hannah an deiner Seite wirst du es schaffen.«

»Ich soll Hannah in den verzauberten Wald führen? Das ist viel zu gefährlich! Hol sie zu dir. Sie muss zurück zu ihren Kindern.«

Hannahs Herz tat einen Sprung, zugleich schossen ihr Tränen in die Augen, die sie sogleich zur Seite wischte. Fröhlich wollte sie aufspringen und jubeln, ja, sogar dem Bären um den Hals fallen, als ihr ein Stich ins Herz fuhr. Und wenn er es nicht alleine schaffte? Wenn er für immer ein wildes Tier bliebe, nur weil sie zu früh gegangen war? Frieda hatte sie aus einem bestimmten Grund an seine Seite gestellt.

Unsicher blickte sie zu ihrer alten Nachbarin, die mit erhobenem Zeigefinger tadelte: »Mein lieber Maximilian, ich hätte sie gewiss nicht zu dir geschickt, wenn du es ohne sie schaffen würdest. Du brauchst sie, sonst bist du verloren.«

Der Prinz sah kurz zu Hannah, ein Bedauern lag auf seinem Bärengesicht, dann wandte er sich erneut an Frieda.

»Der Wald ist zu gefährlich für sie. Ich weiß nicht, ob ich sie vor den magischen Wesen schützen kann.«

»Natürlich kannst du das, aber ihr braucht euch nicht zu sorgen. Folgt einfach dem Weg aus Ziegelsteinen. Solange ihr ihn nicht verlasst, wird euch kein Leid geschehen.«

»Ich bin dem Weg viele Tage gefolgt. Er führt nicht zu Mirabelle!«

»Wie gesagt, ohne Hannah konntest du sie nicht finden.«

»Aber was habe ich mit all dem zu tun?«, brauste Hannah auf.

»Das weiß ich selbst nicht so genau«, gluckste Frieda. »Die Zeit wird es zeigen.«

Hannah schnappte empört nach Luft, als Frieda wieder ihren Zeigefinger hob. »Konzentrieren wir uns lieber auf die wichtigen Fragen.«

Hannah presste ihre Lippen aufeinander. Diese alte Schachtel! »Wo im Wald können wir Mirabelle finden?«

»Folgt den Ziegelsteinen. Sie werden euch zu ihr führen. Aber eines müsst ihr noch wissen. Ihr habt nicht unendlich viel Zeit, den Fluch zu brechen.«

»Was bedeutet das?«, fragte Hannah.

»Wie viel Zeit bleibt mir?«, brummte der Bär.

»Einhundert Stunden.«

»Einhundert Stunden? Das sind nicht einmal fünf Tage?!«, überschlug Hannah im Kopfe.

»Wenn ihr nicht trödelt und nicht vom Weg abkommt, so ist es leicht zu schaffen!«

Hannah sah den Bärenprinzen an. »Und was geschieht, wenn wir es nicht schaffen?«

»Mit jedem Tag und mit jeder Stund wird die animalische Seite in dir stärker, Maximilian, und deine menschliche Seite verblasst. Nach einhundert Stunden ist die Verwandlung vollzogen und du bleibst für immer ein Bär.«

Der Bärenprinz sah auf und blickte zu den Sternen.

Hannah beugte sich näher über das Wasser. »Wieso hast du mich zu ihm geschickt, Frieda? Du musst doch einen Grund gehabt haben, gerade mich auszuwählen. Welche Rolle spiele ich?«

»Das werdet ihr zwei früh genug erfahren. Und nun geht. Blickt nicht zurück. Dann habt ihr den Fluch bald abgewendet.«

»Frieda, was werden meine Kinder sagen, wenn ich morgen früh nicht bei ihnen bin?!«

»Jedes Mal, wenn ihr an Wasser vorbeilauft, könnt ihr uns herbeirufen. Wir behalten den Zauberspiegel stets an unserer Seite.«

Hannah schaute den Braunbären an. Sie suchte den Blick seiner grünen Augen, damit sie den Prinzen sah und nicht das Tier. »Ich werde mit dir gehen und dir helfen.«

Der Bär brummte, dabei schimmerte ein wenig Grün in seinen dunklen Augen. Er verneigte sich vor ihr und beugte sich ein letztes Mal über den Brunnenrand. »Hast du noch weitere Hinweise für uns?«

Frieda gluckste. »Viel Glück«, und mit den Worten verschwamm ihr Gesicht auf der Wasseroberfläche.

»Lass uns am besten sofort aufbrechen. Je eher wir Mirabelle gefunden haben, desto früher bist du bei deinen Kindern.«

»Ich dachte, der Wald ist nachts zu gefährlich?«

»Das ist er auch bei Tage. Aber solange wir auf dem Ziegelsteinweg gehen, wird uns nichts geschehen.« Der Bär versuchte, auf seinen Hinterpfoten loszulaufen, doch es fiel ihm schwer, das Gleichgewicht zu halten. Er torkelte und schwang vor und zurück.

»Wieso läufst du nicht auf allen vieren?«

»Weil ich ein Mensch bin und kein Tier!«

»Ok. So kann ich wenigstens mit dir mithalten.« Hannah erhob sich vom Brunnen, blickte noch ein letztes Mal wehmütig auf das Wasser, als verberge sich darin die Pforte zu ihren Kinderlein, und als sie niemanden darin erkennen konnte, lief sie neben dem großen Bären her. »Gibt es einen Ausgang aus dem Schlossgarten, der direkt in den Wald führt?«

»Ja, wir müssen dort entlang.«

»Moment, willst du etwa direkt in den Wald?« Sie schüttelte entschieden den Kopf. »Wer weiß, wie lange wir unterwegs sind. Wir brauchen Verpflegung, eine Tasche, Pflaster und so weiter. Außerdem«, sie lachte auf, »sollten wir dir etwas zum Anziehen einpacken. Wenn du dich zurückverwandelst, dann …«

»Brrrmmmmm«, brummte der Bär. Das sollte wohl seine Zustimmung ausdrücken.

»Außerdem wäre es vernünftig, eine Taschenlampe einzustecken! Moment, die gibt es ja noch gar nicht. Was habt ihr? Laternen? Damit wir in dem dunklen Wald überhaupt etwas sehen können. Apropos, was ist in dem verzauberten Wald? Wieso ist er gefährlich? Wer lebt dort? Wer hat ihn verzaubert? Dasselbe Zauberwesen, dass deinen Vater verflucht hat? Bist du schon einmal dort gewesen?«

»Brm«, brummte er erneut.

»Ist das jetzt schon das Tier in dir, dass du mir nicht gescheit antwortest? Oder bist du ein Mann der wortkargen Sorte?«

»Ich überlege, auf welche deiner tausend Fragen ich zuerst antworten soll. Redest du immer so viel?«

Sie zuckte mit den Schultern. Seit Jahren hatte sie fast nur zugehört und getröstet, vorgelesen und gesungen. Sie wusste selbst nicht, wieso sie, seit sie hier auf dem Schloss war, so viel plapperte. Womöglich brach etwas aus ihr heraus.

Sie marschierten durch die Tür zurück in das Schloss, durch die Hannah vor Stunden vor ihm geflohen war. Kein Kerzenschein erleuchtete den langen Korridor, der so leise und dunkel ein wenig bedrohlich wirkte. Ohne es zu bemerken, lief Hannah etwas näher an der Seite des mächtigen Bären, der es ungläubig registrierte. Diese Frau hatte keine Angst vor ihm.

Er dachte an all die anderen Menschen, die Gäste des Balls, die allesamt schreiend vor ihm davongerannt waren – jeden einzelnen Abend. Selbst die Dienerschaft und sämtliche Wachen waren ausnahmslos davongelaufen, gab es doch in ihren Augen niemanden mehr, dessen Befehle sie befolgen mussten. Woher nahm sie ihren Mut? Und das Vertrauen? Maximilian nahm sich vor, sie zu beschützen. Und er würde sich erkenntlich zeigen für ihre Hilfe, wenn all dies hier vorbei war – aber konnte diese Geschichte überhaupt gut ausgehen?

Kapitel 15

In den frühen Morgenstunden des kommenden Tages machten sie sich auf den Weg. Neben einer Laterne trugen sie zwei Beutel mit sich. In dem einen befand sich etwas Wegzehrung, in dem anderen Tücher, ein Messer und Kleidung für den Prinzen sowie Hannahs roter Beutel, in dem sich das nutzlose Handy und ihr Schlüsselbund befanden.

Die beiden hatten vorgehabt, noch in der Nacht aufzubrechen – waren sie doch beide getrieben von Angst und Unruhe, weswegen sie die Aufgabe schnellstmöglich hinter sich bringen wollten. Der Bärenprinz hatte zuvor jedoch den Leichnam seines Vaters in dessen Gemach tragen wollen.

»Wenn dies heute wirklich das letzte Mal ist, dass dieser Tag geschieht, so kann er hier nicht liegenbleiben! Ich bette ihn auf seine Kissen zur letzten Ruhe, bis ich mich um eine ordentliche und standesgemäße Beerdigung kümmern kann. Anschließend können wir los.«

Er hatte Hannah noch gefragt, ob sie nicht lieber zwei, drei Stunden ruhen wollte, bevor sie aufbrachen. Sie sah blass aus und er wusste, der Weg, der vor ihnen lag, war lang und beschwerlich. Doch sie hatte entschieden abgelehnt und betont, dass sie erst wieder schlafen würde, wenn sie bei ihren Kindern war.

Als er seinen Vater abgelegt hatte und in die Schlossküche zurückgekehrt war, hatte Hannah schlafend auf der Eckbank gelegen. Er hatte ihr ein paar Kissen und Decken gebracht, damit sie es warm und bequem hatte, und sich anschließend zu ihren Füßen auf dem Küchenboden niedergelassen – bei seinem Gewicht wäre jedes Möbelstück unter ihm zerbrochen.

Nicht ein Auge hatte er zugetan, wäre er doch am liebsten sofort und alleine aufgebrochen. Doch er wusste nicht, wie der Zauber wirkte, der Hannah zu ihm gebracht hatte. Und seine Patin hatte betont, dass sie an seiner Seite bleiben und mit ihm gemeinsam den Fluch brechen musste, damit er erlöst werden und sie zurück zu ihren Kindern konnte. Und diesen Rückweg wollte er ihr gewiss nicht versperren.

Und nun befanden sie sich auf dem Weg durch den Garten zur Westpforte, über die sie den Wald betreten mussten, um zu dem Ziegelsteinweg zu gelangen. Maximilian trug die Beutel über eine seiner mächtigen Pranken geschlungen und sie baumelten an seinem pelzigen Arm wie Handtaschen. Dazu lief er wie ein Storch auf seinen Hinterbeinen, dass sich Hannah nur schwerlich ein Grinsen verkneifen konnte. Als sie bei dem Springbrunnen vorbeiliefen, bestand Hannah darauf, ihren Kindern Guten Morgen zu sagen.

»Die schlafen doch noch!«, brummte der Bär und wies auf die Sommersonne, die soeben über die Baumgrenze trat.

»Vielleicht ja auch nicht. Und dann wundern sie sich, dass ich noch nicht zuhause bin.« Sie beugte sich über den Rand des Springbrunnens und lugte ins Wasser. »Frieda, bist du da? Sind die Kinder schon wach?«

»Pssssst«, drang es aus dem Wasser zu ihnen empor, »Ihre Engelchen schlafen noch.«

»Hatte Leon einen Alptraum? Er wacht oft um Mitternacht auf und weint und …«

»Nein, meine Liebe, er hat durchgeschlafen wie ein Murmeltier. Aber wenn Sie weiter so laut zu uns hereinrufen, dann werden Sie ihn gleich aufwecken.«

Das wollte Hannah natürlich nicht. »Ok, ich rufe beim nächsten Bachlauf wieder an.«

»Anrufen?«, fragte der Bär verständnislos.

»Das sagt man bei uns so.«

»Ist gut, viel Erfolg.« Frieda gähnte und sprach keinen Ton mehr.

Hannah und der Bärenprinz marschierten weiter zur Westpforte. Die Sonne hinter ihnen wanderte höher und höher und mit ihr brach ein neuer Tag an. Sie gelangten an die hohe Schlossmauer, in der sich eine alte Holztür befand, neben der ein verschnörkelter Schlüssel an einem Haken hing. Der Bär versuchte, den Schlüssel zu greifen, doch seine Pranken waren zu groß.

»Ich mach schon!« Hannah stellte sich auf die Zehenspitzen, um an den Schlüssel zu gelangen. Ihr Herz schlug schneller, während sie ihn in das Schloss steckte. »Was war das nun mit dem verzauberten und gefährlichen Wald?«

»Du brauchst dich nicht zu fürchten. Ich werde dich beschützen.«

Sie sah überrascht auf und blickte in die seegrünen Augen des Prinzen. Hier war sie, die Schulter, der Fels, die Stütze, auf die sie seit fünf Jahren verzichten musste. Das Gesicht des Bären wurde ihr allmählich so vertraut, dass sie glaubte, ihn von anderen Bären unterscheiden zu können. Aber sein bäriger Gesichtsausdruck war schwer zu deuten. Wer konnte schon die Mimik eines Braunbären lesen?

Welche Gefahren mochten in dem verzauberten Wald auf sie warten? Welche Wesen würden ihnen auflauern? Sachte legte der Bär seine Pranke auf ihre Schulter. »Bereit für ein Abenteuer?«

Hannah nickte. Entschieden drehte sie den Schlüssel um, drückte die Tür auf und trat erhobenen Hauptes durch die Pforte.

Nebeneinander wanderten sie einen schmalen Trampelpfad den Berg, auf dem das Schloss stand, hinunter und blickten auf einen dichten Wald, dessen Boden mit lilafarbenen Blumen übersät war. Mächtige Baumstämme erhoben sich daraus empor, deren Wurzelansätze so hoch reichten, dass sie fast so groß waren wie Hannah selbst.

Die dicht belaubten Baumkronen waren so gewaltig, dass sie wie ein Dach über den Waldboden ragten. Orangegelbes Licht drängte sich durch die Blätter und ließ ihn so idyllisch erscheinen, dass Hannah sich unweigerlich fragte, was es hier zu fürchten geben sollte.

Sie tat ein paar Schritte auf den Wald zu und atmete tief ein. Der betörende Duft der Blumen stieg in ihre Nase und zauberte ihr ein Lächeln auf die Lippen. Der Geruch ließ sie sich leichter fühlen und all ihre Sorgen vergessen. Sie wollte nur noch eines: Sich auf diesen lilafarbenen Blütenteppich legen und entspannen.

Mit leichten Schritten sprang sie auf das Blütenmeer zu, jeder Schritt wurde unbekümmerter und sie kicherte wie ein junges Mädchen. Endlich gelangte sie bei den herrlichen Blumen an. Sie strich über die zarten Blütenkelche, beugte sich noch tiefer zu ihnen hin, sog ihren betörenden Duft tief in ihre Lungen – bis sie um die Taille gepackt und nach hinten gerissen wurde.

»Hey, was soll das? Ich wollte mich dort hinlegen! Es war gerade so behaglich und harmonisch, ich …«

»Die Blumen sind gefährlich!«, brauste der Bär auf und trug sie schnell fort von dem Blütenteppich. »Beinahe wärst du in ihre Falle getappt!«

»In ihre Falle getappt?« Hannah begann zu kichern, doch je weiter sie sich von den anziehenden Blumen entfernten, desto alberner kam sie sich dabei vor. »Lass mich runter!« Der Bär setzte sie auf der Wiese am Abhang ab. Ihr Kopf begann zu schmerzen. Sie schüttelte sich und es fühlte sich an, als löse sich eine Betäubung von ihr.

»Das ist Trunkenkraut.«

»Trunkenkraut?« Sie wollte kichern, aber irgendwie war ihr die Lust danach vergangen. »Was soll das sein?«

»Die leuchtenden Farben der Blütenkelche sondern einen betörenden Duft ab, der jedes Lebewesen, das nicht auf der Hut ist, in ihren Bann zieht. Hast du dich erst einmal auf sie gebettet und ihr Duft ist in all deine Fasern eingedrungen, kannst du dich nicht mehr aus der Betäubung lösen.«

Bei der Vorstellung kroch Hannah Gänsehaut den Rücken herauf. »Und dann?«

»Es ist eine Schlingpflanze, die sich um deinen Körper windet, bis du nicht mehr zu sehen bist. Anschließend verwendet dich die Pflanze als …«

Sie schluckte. »Ich kann es mir schon denken.«

»Du musst in diesem Wald auf der Hut sein. Bleib dicht bei mir, geh nicht vor und nicht zur Seite. Wir müssen als erstes auf den Ziegelsteinweg. Auf ihm können wir unbesorgt durch den Wald laufen.«

»Ist gut.«

Sie verbot sich, weiter darüber nachzudenken, was ihr hätte passieren können, und folgte dem Bären den Berghang entlang.

»Warte kurz auf mich. Ich sehe nach, wo wir den Weg gefahrlos betreten können.«

Hannah nickte. Erstaunt beobachtete sie, wie er sich auf alle viere niederließ und in den Wald hineinrannte. Wurde das Tier in ihm stärker? Oder hatte er lediglich eingesehen, dass er auf diese Weise schneller vorankam? Einen Moment später kehrte er zurück.

»Hier ist der Zugang. Aber auf dem Weg dorthin gibt es ein paar Schlingpflanzen, die nicht ungefährlich sind.« Er maß Hannahs Körpergröße und begutachtete die Länge ihrer zerkratzten Beine, als überlege er, wie hoch und wie weit sie springen konnte. Hannah wurde rot unter seinem direkten Blick. Wann hatte sie das letzte Mal ein Mann derart genau betrachtet? »Sie wachsen zu dicht. Du wirst nicht über sie gelangen. Am besten, du setzt dich auf meinen Rücken und ich trage dich zu dem Weg.«

Sie sollte auf seinen Rücken steigen? Auf den Rücken eines Braunbären?

»Ich werde dir nichts tun. Vertrau mir. Und jetzt komm.« Er legte sich flach auf den Boden, und zögerlich kletterte sie auf seinen Rücken. Sie wollte ihm nicht wehtun. Die Hacken ihrer roten Schuhe drückten so fest an sein Bein, dass sie befürchtete, sie habe ihn verletzt.

»Halt dich an meinem Fell fest. Und jetzt auf. Du brauchst nicht so vorsichtig zu sein!« Hannah griff in sein Fell, zog sich daran auf seinen Rücken und setzte sich wackelig auf ihn.

»Und jetzt festhalten!« Schon rannte er los. Er sprang über wild wuchernde Ranken, vorbei an betörend duftenden Blüten und appetitlich aussehenden Pilzen. Hannah klammerte sich an seine Zotteln und drückte die Beine an seinen Leib.

Sie hielt ihren Blick fest geradeaus auf den Wald gerichtet und entdeckte den Ziegelsteinweg zwischen den breiten Baumstämmen. Einen Augenblick später landete der Bär mit einem hohen Satz darauf. »Und jetzt runter von mir! Ich bin doch kein Tier!«

Hannah schmunzelte und rutschte von seinem Rücken auf die Ziegelsteine, deren Rot sich in starkem Kontrast von dem übrigen Waldboden abhob. Der Weg war zwei große Schritte breit und führte in den verzauberten Forst hinein. Der Bärenprinz stellte sich wieder auf seine Hinterbeine und gemeinsam marschierten sie tiefer in den Wald.

Staunend blickte Hannah sich zu den Seiten um. Der Forst leuchtete – so intensiv waren seine Farben. Das Grün der Blätter an den Bäumen erinnerte sie an frisch gewachsene Triebe im Frühjahr. Die mächtigen Kronen überragten sie so dicht, dass kein Stückchen des blauen Himmels dazwischen hervorblitzte. Vögelchen zwitscherten, doch sie sah kein einziges von ihnen. Wo hatten sie sich versteckt? Ihr Ruf kam von der Seite, doch Hannah würde sich hüten, den Weg zu verlassen, um nach ihnen zu suchen.

Sie passierten einen Teppich gelber Blüten, deren Duft Hannah nur ganz schwach wahrnahm. Er war verlockend, doch nicht so stark, dass sie von ihm eingehüllt wurde. Ob das auch solche Lockpflanzen waren?

Zum Glück gab es diesen Weg, sonst hätten sie es wohl keine zehn Meter weit in den Wald hineingeschafft, ohne einer der vielen Versuchungen zu erliegen.

Sie marschierten den Weg aus Ziegelsteinen entlang und nach einer Weile wuchsen immer weniger Schlingpflanzen und duftende Blumen zu ihren Seiten, bis sie gänzlich vom Waldboden verschwunden waren. Stattdessen wucherten

Farne, Gräser und Moos. »Ab hier scheint es ungefährlich zu werden«, überlegte Hannah laut. »Riech nur, diese Pflanzen sondern keinen Duft ab, der die Sinne benebelt. Es riecht gewöhnlich, so wie in jedem anderen Wald auch.«

»Wir haben den äußeren Ring des Forstes, der Wanderer daran hindern soll, ins Innere zu gelangen, hinter uns gebracht. Aber das bedeutet gewiss nicht, dass der Wald weniger gefährlich ist. Bleib weiterhin auf den Steinen, dann kann dir nichts geschehen!«

»Wieso ist der Wald gefährlich? Gibt es außer den Wölfen noch andere wilde Tiere? Braunbären vielleicht?« Sie zwinkerte dem Bärenprinzen zu.

»Waldgnome und Irrwichte …«

»Waldgnome? Das klingt putzig.«

»Das sind sie aber nicht, glaube mir. Sie fühlen sich sehr schnell angegriffen. Obwohl sie sehr klein sind, darfst du niemals den Fehler machen, sie zu unterschätzen.« Der Bär spähte zwischen den hohen Bäumen hindurch, hinter denen sich nichts regte, als wären sie alleine. »Wer alles in diesem Wald wohnt, kann ich dir nicht sagen, doch es sind keine harmlosen Wesen, wie du sie kennst. Aber solange wir auf dem Weg bleiben …«

»… kann uns nichts passieren, schon klar.« Neugierig folgte sie seinem Blick. Es war dunkler zu den Seiten, als wuchsen dort noch dichtere Bäume. »War dieser Wald schon immer gefährlich?«

Der Bär brummte und schüttelte den Kopf. Sie grinste. Es sah lustig aus, wenn dieses wilde Tier sich wie ein Mensch gebärdete.

»Nein, früher war es ein einfacher Wald. Meine Vorfahren waren oft auf der Jagd. Doch seit jener Ballnacht, als mein

Vater Mirabelle verstoßen hat und sie hierher geflüchtet ist, hat sich etwas verändert. Es war, als schlage sich der Wald auf ihre Seite. Anfangs gab es einige Tote, bis niemand mehr den Forst betreten hat. Mein Vater ließ eine breite Schneise hindurchschlagen und eine kleine Straße bauen, damit wir nicht abgeschlossen waren von der Welt. Außer über diese Straße hat niemand es je wieder gewagt, den Forst zu durchqueren.«

»Interessant«, grübelte Hannah. »Das war bestimmt die kleine Straße, über die ich mit der Kutsche zu dir gefahren bin, oder?«

Maximilian brummte zustimmend.

»Mama? Bist du da?«, erklang Leons hohes Stimmchen.

Hannah erstarrte. »Leon?« Sie blickte sich um, doch sie konnte keine Pfütze und keinen Bach sehen. »Leon? Wo bist du?«

»Ist das dein Kind?«, brummte der Bär.

»Ja, ja, mein Sohn!«

»Bist du dir sicher?«

»Ja!« Sie wollte den Weg verlassen, ihren kleinen Sohn suchen, doch der Bär hielt sie zurück.

»Bleib auf den Steinen.«

»Mami? Mami?«

»Das ist Emi! Emi, Leon, wo seid ihr?« Hektisch sah sie sich nach allen Seiten um. »Wo ist Wasser? Wo sind meine Kinder?« Wieder hob sie den Fuß von den Ziegelsteinen und war kurz davor, ihn auf den Waldboden zu setzen, doch der Bär sprang neben sie.

»Bleib, wo du bist!«

»Aber meine Kinder!«

»Das sind nicht deine Kinder!«

»So ein Quatsch, natürlich sind sie das! Ich erkenne ihre Stimmen!«

»Nein, glaube mir, das sind sie nicht!«

»Und wenn doch?«

»Nein! Zauberin Friederike würde uns niemals durch ihre Stimmen in den Wald locken. Es muss ein Irrwicht oder so etwas sein. Er versucht, dich von dem Weg fortzuführen. Tiefer in den Wald hinein!«

»Und wenn …« Hannahs Herz raste. Wenn die alte Nachbarin ihnen doch etwas angetan hatte und dies ein Hilferuf war?

»Nein!« Er packte sie mit seinen Pranken an den Schultern, hob sie hoch und zwang sie, ihn anzusehen. »Wo befinden sich deine Kinder? Denk nach!«

Der Blick in seine seegrünen Augen beruhigte ihren Puls. Unsicher antwortete sie: »Sie sind zuhause bei Frieda. Wahrscheinlich schlafen sie sogar noch. Es ist bestimmt kaum sieben Uhr.«

»Und was hat meine Patin uns eingetrichtert, worauf wir in diesem Wald achten müssen?«

»Wir sollen den Weg niemals verlassen!«

»Hältst du es für möglich, dass sie trotzdem über eine Wasserquelle, die abseits des Weges liegt, zu dir Kontakt aufnimmt?«

Tief atmete sie durch und schüttelte den Kopf. »Wahrscheinlich nicht.«

»Wenn ich dich jetzt absetze, bleibst du dann auf den Ziegelsteinen?«

»Ja.«

Der Bär stellte sie zurück auf den Boden. Langsam nahm er die Tatzen von ihren Armen, als befürchtete er, sie könnte kopflos davonstürzen. Doch Hannah blieb vernünftig. Sie atmete ruhig und tief weiter. Nun, da sie ihr Hirn wieder eingeschaltet hatte, ertönte kein weiteres Mal der Ruf ihrer Kinder. »Was war das? Wer hat die Stimme meiner Kinder imitiert?«

»Es muss ein Irrwicht gewesen sein. Sie können in dein Herz schauen und darin sehen, wonach du dich am meisten sehnst.«

»Woher weiß er, wie sich Emi und Leon anhören? Ich bin ihre Mutter, ich kenne ihre Stimmen wie kein anderer. Dennoch könnte ich schwören, dass das meine beiden Kinder waren, die aus dem Wald gerufen haben, und keine Imitation!«

»Irrwichte sehen und hören, fühlen und schmecken alles, was du liebst. Alles, was du in deinem Herzen trägst.«

»Wie sehen diese Irrwichter aus? Damit ich sie erkenne!«

»Ihre wahre Gestalt kennt kaum einer. Aber wenn du dunklen, dichten Nebel siehst und dazu auffällige Geräusche, vertraute Stimmen oder Lichter, muss einer von ihnen in der Nähe sein!«

Sie lugte zu den Seiten, doch nirgends konnte sie einen solchen Nebel entdecken. »Und sie können jeden imitieren?«

»Jeden! Und jetzt auf, wer weiß, wie weit es noch ist. Wir dürfen die Zeit nicht vertrödeln.« Hannah erschauderte. Nun hatte sie sich schon zum zweiten Mal beinahe in den Wald locken lassen. War sie so instabil? So leicht zu täuschen? So naiv? Nachdenklich trottete sie neben dem Bärenprinzen weiter. Sie liefen eine Weile, ohne dass etwas Aufregendes geschah. Hannah hütete sich davor, zu weit in den Wald hineinzublicken, zu tief einzuatmen und zu genau hinzuhorchen, was sich dort alles verbarg.

Sie hielt den Blick auf den Ziegelsteinweg gerichtet, der sich endlos zu erstrecken schien, als ihr ein Gedanke kam. »Eigentlich ist dieser Wald nicht sonderlich groß. Schade, dass er verzaubert ist, sonst hätten wir bald sein Ende erreicht.« Sie lachte auf. »Wir würden in einer Stadt in der Vergangenheit landen! Wie aufregend. Ich könnte Kutschen und die ersten Autos herumfahren sehen! Gibt es die schon?«

»Meinst du Automobile?«, brummte der Bär. »Die gibt es. Ich bin auch schon einige Male mit einem gefahren!«

»Ich hätte sogar einen meiner Vorfahren ausfindig machen können«, überlegte sie, »um ihm einige Aktientipps zu geben. Aber nein, meine Familie stammt nicht aus dieser Gegend. Sie wohnen zu weit weg. Ich hätte ihnen allerdings einen Brief schicken können. Mit besten Grüßen aus der Zukunft.« Sie schmunzelte. »Oh, nein, das ginge auch nicht. Es muss ungefähr die Zeit sein, als meine Vorfahren nach Amerika ausgewandert sind. Der Brief würde sie ohnehin kaum rechtzeitig erreichen.«

Sie blickte Maximilian an. »Mit Sack und Pack von heute auf morgen hat mein Urgroßvater seine Tochter an die Hand genommen und ist mit ihr auf das erste Schiff gestiegen, das an jenem Tag auslief. Kannst du dir das vorstellen?«

Der Bärenprinz brummte nur, während sie bereits weitererzählte. »Meine Oma Anna, die die besagte Tochter war, hat mir erzählt, sie sind ausgewandert, kurz nachdem ihre Mutter gestorben ist. Und meine Eltern wiederum sind nach Deutschland zurückgekehrt, bevor ich geboren wurde.

Ich bin hier aufgewachsen, doch mein Vater, er ist Amerikaner, wollte die ganze Zeit wieder zurück in seine Heimat. Als ich erwachsen war und auf eigenen Beinen stand, sind sie zurückgegangen.«

»Und wie kommt es, dass du drei Kinder hast, aber keinen Mann?« Der Bär blickte erneut auf ihre Hand, an der kein Ehering prangte, und betrachtete sie fragend. Seine Frage klang nicht wertend und er sah sie so unbekümmert an, beobachtete sie nicht lauernd, wie die meisten anderen Leute auf der Suche nach einer tollen Geschichte zum Weitertratschen, dass sich ihre Zunge plötzlich löste und sie das erste Mal seit fünf Jahren freiwillig von Andreas' Tod erzählte.

»Andreas war meine große Liebe. Wir haben uns auf der Uni kennengelernt. Wir waren so verliebt und glücklich, wie ich es niemals zuvor erlebt habe. Wir wollten beide früh Kinder haben, damit wir auch noch etwas von ihnen haben.

Die meisten meiner Freundinnen haben gesagt, ich solle lieber erst einmal im Job aufsteigen, damit ich nach der Babypause gleich wieder einsteigen und Karriere machen kann – und nicht irgendwo hinter einer Kasse lande. Aber ich wollte immer zuerst die Kinder bekommen und dann, wenn sie mich nicht mehr so viel brauchen, mir etwas Eigenes aufbauen.

Andreas hat nach dem Studium ein tolles Jobangebot bekommen, weshalb wir unseren Traum nach dem Abschluss sofort erfüllt haben. Wir bekamen Marco und waren sehr glücklich. Dreieinhalb Jahre später kam Emi. Sie hat unser Glück perfekt gemacht.

Doch dann, dann ist mein Mann leider verunglückt. Auf dem Weg zu einem Kundentermin ist ihm einer ins Auto gerast. Wir wurden sofort ins Krankenhaus gerufen. Doch es war zu spät. Als wir dort ankamen, war er nicht mehr bei Bewusstsein, und kurz nachdem ich mich an seine Seite gesetzt habe, ist er gestorben. Als hätte er nur noch auf mich gewartet.«

Eine Träne löste sich und wanderte über ihre Wange. Doch es blieb bei der einen. Sie atmete tief ein. Es tat gut, mit einem Fremden darüber zu sprechen. Es tat gut, von Andreas zu erzählen. Und es tat gut, auch an die schöne Zeit zu denken, an die gemeinsamen Jahre, die sie gehabt hatten.

»Das tut mir sehr leid«, brummte der Bär und sie glaubte ihm.

»Danke. Als ich damals zu meinen Kindern bin, um ihnen zu erzählen, was geschehen ist, funktionierte ich nur noch. Ich fühlte mich, als wäre alles Leben aus mir gewichen, als hätte Andreas meine Seele mit sich genommen. Erst nach seiner Beerdigung habe ich bemerkt, dass ich schwanger war. Zuerst war ich verzweifelt und habe Gott verflucht, doch als Leon in meinem Bauch anfing sich zu regen, kehrte mit ihm das Leben in mich zurück.« Sie lächelte und als sie den Bärenprinzen ansah, glaube sie, auch ihn lächeln zu sehen.

»Leon hat die Fröhlichkeit in unser Heim zurückgebracht. Marco war sehr traurig nach Andreas' Tod. Emi war eigentlich noch zu klein, um es zu verstehen, doch auch sie war sehr still und hatte jede Nacht Alpträume. Als Leon geboren wurde, da fühlte es sich an, als wäre ein Teil von Andreas zu uns zurückgekehrt – und der kleine Schlingel hat uns so oft zum Lachen gebracht, bis endlich auch Emi und Marco wieder aufgetaut sind.«

»Und du? Bist auch du wieder zum Leben erwacht?«

Hannah dachte nach. »Ich liebe meine Kinder über alles. Sie sind mein Leben. Ich will niemals wieder ohne sie sein und bereue nicht, dass wir sie so früh bekommen haben. Sonst wäre mir gar nichts von Andreas geblieben. Aber ich würde lügen, wenn ich behauptete, dass es leicht ist, all das alleine zu stemmen. Es ist eine Herausforderung, jeden Tag aufs Neue. Meistens funktioniere ich nur und falle abends erschlagen ins Bett.

Oft wünschte ich, es gäbe jemanden an meiner Seite, jemanden, der mit mir gemeinsam entscheidet, mit mir gemeinsam erzieht und mit mir gemeinsam die Verantwortung für die drei Zuckermäuse schultert.« Sie grinste schief und zuckte mit den Schultern. »Man kann im Leben wohl nicht alles haben.«

»Schau nur!« Der Bär wies mit seiner Tatze auf eine Pfütze direkt am Wegesrand. »Da ist deine Möglichkeit, deinen Zuckermäusen Guten Morgen zu sagen!«, spöttelte er, doch es lag auch ein wenig Wärme und Mitgefühl in seiner Stimme, als versuchte er zu verstehen, wie es ihr fernab ihrer Kinder erging.

Ihre Augen leuchteten und mit drei großen Schritten gelangte sie am Wasser an. Sie kniete sich hin und beugte sich über die Pfütze. »Frieda? Emi? Marco? Leon? Seid ihr da?«

Die Oberfläche verschwamm, Farben und Konturen tauchten darin auf, wurden klarer und klarer, bis die Gesichter all ihrer drei Kinder deutlich zu erkennen waren.

»Hi Mama!«, winkte Marco.

»Mami, da bist du ja!«, quiekte Emi. Was hatte sie diese Grübchen vermisst.

»Mama, ist das hinter dir der Prinz oder ein echter Bär?«, ertönte Leons hohes Stimmchen.

Hannah lachte. »Darf ich vorstellen?« Sie drehte sich etwas zur Seite und winkte Maximilian, sich neben sie zu hocken. »Das ist Prinz Maximilian von Lichtenberg, alias der mürrische Braunbär!«

Der Bärenprinz brummte tief, doch das helle Lachen der Kinder brachte ihn zum Schmunzeln. Belustigt beobachtete

Hannah seine Mimik und wandte sich wieder ihren Kindern zu. »Habt ihr gut geschlafen? Geht es euch gut? Habt ihr schon gefrühstückt?«

»Alles in Ordnung, liebe Hannah«, gluckste Frieda, die hinter den Kindern erschien. »Machen Sie sich keine Gedanken. Uns geht es prächtig, oder Kinder?«

»Jaaaaa«, riefen Emi und Leon im Chor.

»Alles cool, Mama, keine Alpträume heute Nacht«, bestätigte auch Marco, als wäre er der Aufpasser der beiden Kleinen.

»Wir gehen gleich auf den Spielplatz, hat Frieda versprochen!« Emi strahlte und Leon nickte bestätigend.

»Ich pass auf, dass sie nirgends runterfallen!«, bekräftigte Marco. Nanu, seit wann übernahm er so bereitwillig Verantwortung? War es ihre Abwesenheit, die diese Seite in ihm weckte?

Erleichtert strahlte Hannah ihn an. »Danke, Großer! Es sieht so aus, als würde ich noch ein wenig länger hierbleiben müssen, Kinder.«

»Frieda hat es uns erklärt«, entgegnete Emi. »Du sollst den Prinzen erlösen. Aber muss nicht eigentlich der Prinz die Prinzessin retten?«

Hannah lachte und sah den Bären an, der erneut tief brummte. »Macht euch keine Sorgen, Kinder«, sagte er. »Wenn ein Bösewicht kommt, werde ich es sein, der eure Mutter rettet!«

»Mach ihnen doch keine Angst«, flüsterte sie, doch Leon schwang bereits die Fäuste.

»Au ja, das wird aufregend! Du musst uns dann alles erzählen, Mama!«

Hannah schmunzelte. »Ist gut.«

»Jetzt müssen wir die beiden weiterziehen lassen«, mahnte Frieda. »Das versteht ihr doch, meine Engelchen, gell?«

»Klar!«, rief Emi. »Tschüss, Mamilein!«

»Kussi, Mama!«, rief Leon.

»Bis später, Mama!«

»Tschüss, ihr drei. Ich liebe euch.« Doch da verschwamm bereits das Wasser und sie sah nur noch die Spiegelung der Blätter und Zweige über ihr. Hannah seufzte auf.

»Es geht ihnen gut!«, brummte Maximilian und klopfte mit seiner Tatze auf ihre Schulter. Es war vorsichtig, er wollte sie nicht verletzen, doch dabei zuckte etwas durch ihn hindurch, das er nicht kannte. Er räusperte sich. »Lass uns weitergehen. Umso schneller bist du wieder bei ihnen.«

Hannah riss sich nur widerwillig von der Pfütze los und rappelte sich auf. Neben ihm lief sie weiter durch den Wald, immer den Weg aus roten Ziegelsteinen entlang.

Kapitel 16

ie marschierten bereits seit Stunden und allmäh-
lich taten Hannah die Füße weh. Obwohl die roten
Schuhe bequem waren, begannen ihre Fußballen
zu brennen und sie hätte die Pantoffeln am liebsten fort-
geworfen.

Der Wald veränderte sich kaum. Würden sie nicht dem
Weg folgen, den sie wieder zurückgehen konnten, hätte sie
längst gesagt, sie hätten sich verirrt. Der Pfad zog sich ewig
in die Länge, wand sich hier nach links und dort wieder nach
rechts, und noch immer tauchte kein Hinweis auf Mirabelles
Verbleib in ihrer Sichtweite auf.

»Gab es diesen Ziegelsteinweg schon immer?« Wie alt
war Frieda?

»Nein, erst, seit der Fluch ausgesprochen und der Wald
gefährlich geworden ist. Vorher gab es keinen Anlass für
einen solchen Pfad. Kurz nach der Ballnacht hat Zauberin
Friederike ihn erschaffen.«

»Woher weißt du das?«

»Meine Hauslehrerin hat mir davon erzählt, sowie meine
Eltern und sämtliche Erwachsene. Dabei haben sie immer
wieder erwähnt, wie gefährlich der Wald ist und dass es kein
geeigneter Ort für ein Kind zum Spielen ist.«

»Hast du darauf gehört?«

»Was meinst du, wie verlockend solche Erzählungen und
Warnungen für einen jungen Kerl sind?!« Er zwinkerte ihr

zu. Noch niemals hatte ein Bär ihr zugezwinkert. Sie musste lachen.

»Das heißt, du warst als Kind schon hier? Alleine? Und dir ist nichts geschehen?«

»Zusammen mit Hans, dem Küchenjungen. Wir waren ein paar Mal drinnen. Nicht so weit, wie wir zwei heute. Wir haben das mit den lilafarbenen Blumen herausbekommen und den Ziegelsteinweg entdeckt. Eines Nachmittags, als wir von einem unserer heimlichen Streifzüge zurückkehrten, stand meine Hauslehrerin an der Westpforte. Sie hat uns beide an den Ohren gepackt und der Koch und sein Junge wurden am selben Tag vom Schloss gejagt – mit Schimpf und Schande. Ich habe meine Eltern angefleht, ihnen gesagt, ich hätte Hans gezwungen mitzukommen, aber sie haben sich nicht erweichen lassen.«

»Wie traurig.« Vermutlich hatte der Prinz deshalb keine Freunde – zumindest stand niemand von ihnen an seiner Seite und half ihm, diesen Fluch zu brechen.

»Wie gesagt habe ich viel Zeit in den vergangenen Jahren in diesem Wald verbracht. Ob als Bär oder als Mensch, ich habe alles erkundet. Ich kann dir mit absoluter Gewissheit sagen, dass es nur einen Ziegelsteinweg gibt. Wir müssen nur immer weiter geradeaus!«

»Und was ist dann das?« Hannah zeigte nach vorne, wo sich der Weg aus Ziegelsteinen gabelte.

»Wie kann das …?« Der Bär ging auf alle viere und mit drei großen Sprüngen war er an der Kreuzung. Hannah eilte hinter ihm her und folgte den beiden Wegen mit den Augen.

Der Linke führte in einen dunklen Nadelwald, der bedrückend und unheimlich wirkte. Der Rechte schlängelte sich an den hohen Laubbäumen vorbei und seine Umgebung schien sich nicht von der zu unterscheiden, durch die sie bislang marschiert waren.

Sie wies nach rechts. »Mir gefällt der Weg besser!« Das Licht war hell, die Farbtöne sanft, ein paar Vögel zwitscherten.

»Jemand, der vor der Welt flieht und sich versteckt, wählt aber eher den dunklen Wald!« Maximilian wies mit dem Kopf zum linken Weg hin. »Diese Weggabelung gab es bis vor kurzem noch nicht. Der Ziegelsteinweg führte weiter nach rechts und nicht in diesen Nadelwald hinein. Ich bin mir sicher, Mirabelle hält sich dort verborgen.«

»So sicher wie du bis eben noch geglaubt hast, dass es nur einen Weg durch diesen Wald gibt?« Der Bär brummte laut, dass es zum Fürchten war, doch sie lachte nur darüber. Er konnte ihr keine Angst mehr einjagen. Sie zuckte ergeben mit den Schultern. »Dann wird es wohl der linke Weg sein.« Mit einem beklemmenden Gefühl in der Brust schlich sie voneweg in den finsteren Wald hinein. Der Duft der Baumnadeln stieg ihr in die Nase und unwillkürlich atmete sie tief ein. Die Luft war gut, obgleich ihr zwischen den dichten Tannen und zahlreichen Kiefern mulmig zumute war.

Wie lange mussten sie noch laufen? Wann würden sie Mirabelle endlich finden.

»Glaubst du wirklich, sie hat sich hier irgendwo an dem Weg versteckt?«, überlegte Hannah laut. »Meinst du nicht, sie ist tief in den Wald hineingelaufen, damit niemand sie findet? Wenn man sich zurückziehen will von der Welt, wohnt man doch nicht an der Hauptstraße!«

»Wie gesagt, es gab diesen Weg bis vor kurzem noch nicht. Und wenn du nicht immer langsamer werden würdest, wären wir bestimmt längst da!«

Hannah blieb stehen. Sie wollte ihm schlagfertig antworten, als sie spürte, wie schwer ihre Beine mittlerweile waren. Trotz der bequemen Schuhe schmerzte und zwackte es hinten und vorne. »Eine Pause wäre nicht schlecht. Komm, lass uns etwas essen und trinken. Danach komme ich schneller voran.«

»Ich habe eine bessere Idee.« Der Bär legte sich flach auf den Weg. »Ich werde dich tragen. Essen und trinken kannst du auch auf meinem Rücken.«

»Aber du bist doch kein Tier!«, wiederholte sie seine eigenen Worte.

»Mein Pelz juckt und ich kann mich immer schwerer beherrschen, mich nicht ständig zu kratzen. Ich befürchte, wenn wir nicht bald bei Mirabelle angelangen, werde ich zu einem!« Hannah erinnerte sich an Friedas Worte, dass Maximilian mit jeder Stunde, die er als Bär verlebte, sich mehr in das Tier verwandelte, bis seine menschliche Seite vollends verloren war. »Nimm die Beutel mit auf meinen Rücken, dann kann ich besser rennen.«

Sie nahm ihm die beiden Proviantbeutel ab, kletterte auf seinen Rücken und hielt sich an seinen Zotteln fest. »Hüh, mein Bärchen!«

Der Bär brummte tief, es klang wie ein kehliges Lachen. Er stellte sich auf seine Tatzen und nun, da er nicht mehr auf sie Rücksicht zu nehmen brauchte, rannte er über den Weg aus Ziegelsteinen, dass Hannah bei dem Tempo beinahe hinuntergefallen wäre. Sie presste ihre Beine an seinen Leib, beugte sich nach vorne und als sie sich an seine Bewegungen gewöhnt hatte, zog sie eine Banane aus dem Proviantbeutel.

Wie hungrig sie war, bemerkte sie erst beim Essen. Gierig stopfte sie sich die Frucht in den Bauch und griff nach ein paar Würstchen und Pasteten. Zum Glück hatten sie in der Schlossküche das gesamte übrig gebliebene Büffet der Ballnacht zur Verfügung gehabt und somit ein wahrlich exquisites Mahl für unterwegs einpacken können.

Der zweite Beutel, der neben der Kleidung für den Prinzen eine Laterne für die Nacht und ein paar Tücher und Messer beinhaltete, baumelte über Hannahs Schulter. Sie war einfach zu sehr Mutter, um nicht mit einem Notfalltäschchen einen Waldmarsch zu starten.

Maximilian jagte so schnell durch den Wald, dass sie bald mit dem Essen aufhören musste, damit ihr bei dem Geschüttele nicht schlecht wurde. Sie hängte sich den Beutel zu dem anderen über die Schulter und hielt Ausschau nach einer Spur von Mirabelle. Sie spähte nach vorne und zu den Seiten, suchte das dichte Gestrüpp nach einem Hinweis darauf ab, dass ein Mensch hier lebte, doch sie konnte nichts finden. Kein Fußabdruck, keine aufgeschichteten Äste und keine angelegten Areale zeugten von ihrer Anwesenheit.

»Vielleicht hätten wir doch den anderen Weg wählen sollen. Womöglich ist das gar kein richtiger Weg, sondern ein Zauber von so einem Irrwicht.«

»Irrwichte können Stimmen und Geräusche imitieren, aber nicht zaubern. Nein, der Weg stammt von Zauberin Friederike. Wenn wir uns auf etwas verlassen und an etwas orientieren können, dann ist es dieser rote Weg aus Ziegelsteinen!«

Sie wollte widersprechen, doch in dem Moment hörten sie eine leise Stimme. Sie kam aus dem Dickicht, vielleicht zwanzig Meter von ihnen entfernt. Es war eine Frauenstimme, die gedankenverloren vor sich hin summte. »Pst!«, raunte Hannah, doch der Bär stand bereits still und lauschte auf das liebliche Geräusch. Wer befand sich dort hinten? War es Mirabelle? Oder ein Irrwicht?

Maximilian verließ den Weg aus Ziegelsteinen und tapste langsam in den Wald hinein.

»Sollten wir nicht lieber auf dem Weg …?«, wisperte Hannah, doch er schüttelte seinen mächtigen Bärenkopf. »Bleib auf meinem Rücken. Falls es ein Irrzauber ist, bringe ich uns schnell zurück auf den sicheren Pfad!«

Hannah nickte, obgleich das der Bärenprinz nicht sehen konnte. Ihr Herz hämmerte mit jedem Schritt, den er machte, heftiger in ihrer Brust. Sie duckte sich näher an seinen schützenden Leib und spähte an seinem breiten Kopf vorbei nach vorne.

Dichte Hecken voll mit Dornen und kratzigen Zweigen versperrten ihnen die Sicht. Langsam schlich der Bär um die Sträucher herum. Das Summen wurde währenddessen zu einem lieblichen Gesang. Es klang glücklich und frei. Es passte nicht zu jemandem, der mit dem Leben abgeschlossen hatte und verbittert war.

Mit jedem Schritt, den Maximilian tapste, stieg in Hannah der Verdacht auf, dass es sich um eine Falle, einen Irrzauber handeln musste! Sie klopfte dem Prinzen auf den pelzigen Rücken. Er wandte ihr sein Gesicht zu und sie wies ihm mit den Händen, er solle lieber umkehren. Doch er schüttelte den Kopf und blickte sie aus seinen grünen Augen an, als wollte er ihr sagen: »Hab keine Angst!«

Ganz langsam und leise schlich der Bärenprinz mit seinen pelzigen Pfoten um die Gebüsche herum, bis sie endlich freie Sicht hatten. Sie sahen eine alte, gebeugte Frau, die ihnen den Rücken zukehrte. Sie bückte sich zu einem Korb hinunter und holte ein großes Laken daraus hervor. Sie schüttelte es und hängte es auf eine Leine, die zwischen zwei Tannen gespannt war. Hinter ihr befand sich ein winziges Haus – es barg höchstens einen Raum, so klein war es. Die Wände bestanden aus dünnen Baumstämmen und das Dach aus geflochtenen Zweigen, über die eine dichte Moosschicht gewachsen war.

Die Alte musste sie gehört haben oder ihre Anwesenheit spüren, denn ganz langsam drehte sie sich zu ihnen um. Hannah kroch es eiskalt den Rücken hinunter und sie drückte sich fest an den Bärenprinzen. Als sie ihr Gesicht sah, konnte sie nur mit Mühe einen Schreckensschrei unterdrücken. Es war übersät mit Pusteln und seltsamen braunen Flecken. Ihre Haut war faltig und grau. Ihr Haar hatte sie mit einem karierten Tuch abgedeckt und ihre Bluse und ihr abgetragener Rock waren mehrmals geflickt – Hannah schoss sofort das Bild der Hexe aus Hänsel und Gretel in den Kopf. Ihre Augen lagen tief in den Höhlen und ihr Blick, ihr Blick. Hannah schauderte. Sie sah etwas aufblitzen in den Augen der Alten, etwas, dass ihr ganz und gar nicht gefiel.

»Welch ein seltsames Paar … Wer seid ihr? Wer kommt mich besuchen?« Ihre Stimme erinnerte an die eines Raben, dabei klang sie hoch wie die einer Frau.

»Seid Ihr Mirabelle?«, fragte Maximilian rundheraus. Hannah spürte die Muskeln unter seinem dicken Fell arbeiten, als hielte er sich zur Flucht bereit.

Die Alte lachte leise. »So seid Ihr der Prinz des Schlosses!«

»Ja, das bin ich. Mein Name ist Maximilian Heinrich Ludwig von Lichtenberg. Der Fluch hat mich getroffen, obgleich ich nichts zu dem kann, was mein Vater Euch angetan hat. Trotzdem möchte ich mich in aller Form bei Euch entschuldigen. Es war scheußlich, wie er Euch behandelt hat, und es war mehr als schändlich, wie er Euch genötigt hat, Euer Gesicht zu offenbaren.

Für seine Arroganz hat er bezahlt. Er hat ein Leben an der Seite einer Frau geführt, die er niemals geliebt hat, und als er starb, tat er das mit der Gewissheit, dass ich dafür geradestehen muss, was er verbrochen hat. Ich bin hier, um Euch im Namen meiner ganzen Familie um Verzeihung zu bitten. Ich hoffe, Ihr könnt uns vergeben.«

Die Alte schwieg.

»Meine Familie hat Euer Leben zerstört und ich bitte Euch aufrichtigst um Verzeihung. Wenn es einen Weg gibt, das Unrecht wiedergutzumachen, so bitte ich Euch, sprecht!«

Sie antwortete ihm noch immer nicht, wandte ihren Blick von seinem Gesicht ab und musterte Hannah. »Und wer bist du, mein Kind?«

Sie schauderte, dennoch setzte sie sich aufrecht hin und sah der Alten unerschrocken in die dunklen Augen. »Ich bin Hannah und gewiss kein Kind mehr. Ich bin hier, um dem Prinzen zu helfen. Ich bitte dich aus tiefstem Herzen, nimm seine Entschuldigung an.«

Die Alte hob ihre Hand. Mit ihrem langen dürren Zeigefinger winkte sie die beiden näher. Dankbar über Maximilians Anwesenheit krallte sich Hannah in seinem dicken Pelz fest, während er vorsichtig auf die Greisin zustapfte. Sie winkte ihnen, ihr in ihr Haus zu folgen, doch für den Bärenprinzen war es viel zu klein. Er blieb vor der Tür stehen und sie lugten in das kleine schäbige Heim hinein.

»Hier habe ich die letzten Jahrzehnte verbracht. Alleine in diesem Wald. Kaum einer wusste, dass ich hier bin, und der Zauber des Waldes hielt alle unerwünschten Besucher von mir fern.«

»Ich kann die letzten Jahre nicht ungeschehen machen!«
Maximilian verkrampfte die Muskeln und Hannah strich ihm
beruhigend über den Pelz. Gewiss hatte Frieda sie mit ihm
mitgeschickt, weil sie ahnte, dass sie seine Ungeduld im
Zaum halten und ihn bei seiner Entschuldigung unterstützen
musste.

»Es ist furchtbar, was Ihr erleiden musstet«, fuhr er fort.
»Ein Dasein in völliger Einsamkeit und Isolation – das hat
niemand verdient. Wenn ich könnte, würde ich den verfluchten Abend rückgängig machen. Doch leider fehlt mir dafür
die Macht. Es bleibt mir nur, mich erneut aufrichtig im Namen der gesamten Familie von Lichtenberg zu entschuldigen
und auf Euren Großmut zu hoffen.«

Die Alte sah auf und blickte Hannah an. »Komm, komm.«
Erneut lockte sie sie mit ihrem dürren Finger in die ärmliche
Hütte.

Einer Hexe sollte man niemals folgen, schoss es Hannah
durch den Kopf. Doch dies war keine Hexe, sondern eine alte, verbitterte Frau. Langsam glitt sie von Maximilians Rücken. Er wollte ihr den Weg versperren, doch sie strich ihm
über die mächtigen Schultern. Entschlossen wand sie sich an
ihm vorbei in das Innere der kargen Behausung. Es roch nach
Pilzen und Kräutern, dazwischen lag etwas Muffiges, Scha-
les. In der Mitte gab es eine kleine Feuerstelle, über der ein
großer, dampfender Kessel baumelte. An der Decke hingen
zahlreiche getrocknete Blättersträuße und Wurzeln, und in
einer Ecke befand sich ein notdürftiges Schlaflager aus Moos,
Blättern und Zweigen.

Unvorstellbar, wie Mirabelle als junges Ding hier ganz
alleine gelebt und gehaust haben musste. Wie viel Angst
musste sie gehabt haben? Wie viele Tränen vergossen? Wie

oft hatte sie den Prinzen und seine Familie verflucht für das Leben, zu dem sie durch sie verdammt war?

Hannah gab sich einen Ruck. Sie trat einen Schritt auf die Alte zu, überwand all ihre Abscheu und Bedenken, und nahm die einsame Frau in die Arme. Die Fremde verkrampfte unter ihrer warmen Umarmung, doch nach einem Moment spürte Hannah, wie sie ein wenig entspannte.

Nach einer Weile löste sich Hannah von ihr und nahm sie an den knorrigen Schultern. »Du musst nicht hier alleine bleiben. Komm mit auf das Schloss. Verzeiht euch beide«, setzte sie an Maximilian gewandt hinzu, der sie von der Tür aus beobachtete, »und es wird euch beiden besser gehen!«

Die Augen der Alten weiteten sich für einen Moment, dann sackten ihre Schultern zusammen. »Ach, was bist du so gut und lieb. Ich wünschte, es wäre so einfach. Ich wünschte, eine Entschuldigung würde ausreichen.«

»Meine Patin hat gesagt …«, brauste Maximilian auf. Hannah war mit drei Schritten bei ihm und legte ihm sofort die Hand auf die Schnauze.

»Sch!«, machte sie bestimmt. Er durfte den Moment nicht verderben! »Wieso reicht eine Entschuldigung nicht aus?«

»Als der Fluch damals ausgesprochen wurde, war ich überwältigt, wie mächtig er war.«

»Wer hat den Fluch über meine Familie verhangen? Ihr?«

»Nein, ich bin dazu nicht in der Lage. Ich bin keine Zauberin oder Hexe, ich kann niemanden verfluchen. Doch das mächtige Wesen, das für mich den Fluch ausgesprochen hat, warnte mich.«

»Wovor?«

»Um den Fluch jemals brechen zu können, braucht es gewisse Fertigkeiten.«

»Nun sagt schon!«, brauste der Bärenprinz auf. »Wie kann ich den Fluch brechen?«

»Wenn ich die Gesetze der Magie in all den Jahren richtig verstanden habe, so müssen wir einen Trank brauen.«

»Einen Trank?« Hannah stöhnte auf. Wie lange dauerte es noch, bis sie endlich zurück zu ihren Kindern konnte?

»Aber Zauberin Friederike …«, warf Maximilian ein.

»Hier bin ich, mein Patenkind!«, flötete Friedas Stimme aus dem Kessel über dem Feuer, die augenblicklich streng wurde. »Mirabelle, was geht hier vor?«

Hannah lief zu dem Kessel, um zu sehen, ob auch ihre Kinder in der Wasserspiegelung auftauchten, doch es war nur ihre Nachbarin zu erkennen. »Frieda, wo sind die …«

»Es geht ihnen gut, sie machen gerade Mittagsruhe. Seien Sie unbesorgt! Und nun zu dir, Mirabelle! Du sagtest mir, es bedürfe nur einer Entschuldigung. Was soll nun das Ganze? Erklär mir das!« Zwischen ihren grauen Augen erschien eine tiefe Zornesfalte, die Hannah noch nie gesehen hatte.

»Wir müssen einen Trank brauen«, wiederholte Mirabelle, der im Angesicht der Zauberin die Hände zitterten. »Der Bärenprinz muss ihn trinken und damit wird er erlöst.«

»Aber die Zeit verrinnt, du dummes Ding! Hast du die Zutaten wenigstens alle da?«

»Nicht alle …«

»Welche fehlen?«

Hannah war überrascht, wie herrisch ihre alte Nachbarin sein konnte. Zu den Kindern war sie hoffentlich so herzensgut, wie sie es immer in ihrer Anwesenheit gewesen war! Am liebsten hätte sie nach den drei gerufen, doch Mirabelles Anblick würde Leon und Emi zutiefst erschrecken. Besser, die beiden Kleinen bekamen sie nicht zu Gesicht.

Mirabelle besah sich derweil die Kräuter und Wurzeln, die an der Decke baumelten. »Bilsenkraut und Tollkirsche habe ich hier, Brennnesseln und Mispel auch. Aber die übrigen Zutaten fehlen. Wir müssen sie sammeln gehen.«

»Die Uhr tickt!«, warf Frieda ein. »Ihr solltet euch trennen, dann geht es schneller.«

»Kennst du dich mit Kräutern aus?«, fragte Hannah den Bären. Der schüttelte brummend den Kopf. »Welche Zutaten fehlen?«

»Wir brauchen ein Stück einer Wurzel der Baldrianpflanze, fünf Blättlein Giersch, die Tränen der schönen Helena, eine Handvoll Blüten von Wintergrün, zwei Stängel Liebfrauenhaar und eine Handvoll Blättlein Waldengelwurz.«

»Das kenne ich alles nicht«, brummte Maximilian.

»Aber ich«, rief Hannah erleichtert. »In der Gärtnerei haben wir Alant, also die Tränen der schönen Helena, und Wintergrün und Giersch kenne ich auch.«

»Dann sucht ihr danach und Mirabelle wird Waldengelwurz, Baldrianwurzel und Liebfrauenhaar sammeln gehen«, kommandierte Frieda.

»Finden wir das am Rand deines Ziegelsteinpfades?«, wollte Hannah wissen.

Frieda schüttelte den Kopf. Ihr Blick wurde ernst. »Ihr müsst tiefer in den Wald hineingehen.«

»Ich dachte, das sei zu gefährlich?!«

»Ihr habt keine Wahl. Geht niemals dorthin, wo die Schatten sind, und dreht euch nicht nach dem Ruf eines Irrwichts um – egal wie vertraut seine Stimme klingen mag. Und haltet euch von diesen kleinen Wichteln fern. Bleibt zusammen, dann wird euch nichts geschehen! Und nun lauft.« Während Hannah aus der kargen Behausung trat, hörte sie Frieda zischen: »Beeile dich, Mirabelle, und besorge die nötigen Zutaten. Sonst sollst du mich kennenlernen! Und führe mich nicht noch einmal in die Irre!«

»Ich wollte Euch nicht …«

»Erspar mir das. Und nun auf!«

Kapitel 17

ls Hannah zu Prinz Maximilian nach draußen trat, atmete sie erleichtert auf. Endlich konnte sie der Enge der Hütte und Mirabelles Groll, der in der Luft gelegen hatte, entfliehen.

Der Bärenprinz kratzte sich mit einer Hinterpfote am Rücken. Es war das erste Mal, dass er sich nicht beherrschen konnte. Ein tiefes Brummen erklang dabei aus seinem Maul, aus dem die spitzen Eckzähne hervorlugten. Hannah fuhr ein Schrecken in die Glieder. Wie weit war die Verwandlung fortgeschritten? War in ihm noch immer der Prinz? Und war er stärker als das Tier?

Als Maximilian sie bemerkte, hörte er sogleich auf. Wurde seine Schnauze rot? Konnten Bären überhaupt rot werden? Er legte sich flach auf den Boden und sah sie aus seinen seegrünen Augen an. »Klettere auf meinen Rücken. Auf diese Weise sind wir schneller unterwegs.«

Es störte ihn gar nicht mehr, dass sie auf ihm ritt? Lag das an ihrer Vertrautheit oder war ein Teil von ihm bereits zum Tier geworden?

Hannah stieg auf seinen breiten Rücken und krallte sich in seinen Zotteln fest.

»Wo müssen wir lang?«, brummte er. Klang dieses Brummen schon animalischer? Bäriger?

Sie sah in den dichten Nadelwald, vor dem sie Frieda so eindringlich gewarnt hatte und in den sie nun zum Kräuter

Sammeln spazieren mussten. Ein wenig Gänsehaut wanderte über ihre nackten Arme. Lauerte dort hinter der Tanne ein Wolf? War dort drüben nicht ein dunkler Schatten?

Maximilian brummte leise. »Ich werde dich unversehrt zurück zu dieser Hütte bringen, das verspreche ich!«

Hannah lächelte. Der Prinz war noch da.

»Wo wachsen diese Pflanzen, nach denen wir suchen?«, brummte er.

»Ich kenne mich in diesem Wald nicht aus und ich gehe auch ehrlich gesagt niemals zum Kräuter Sammeln in die Natur. Aber ich habe die Gewächse schon in unserer Gärtnerei gesehen.«

»Bist du eine Gärtnerin?«, fragte er, während er lostrottete. Dabei spähte er wachsam zu den Seiten, um den verzauberten Wald im Blick zu behalten.

Hannah lachte halbherzig auf. »In erster Linie bin ich Mutter. Aber auch meine Kinder brauchen Essen und Kleidung. Deshalb arbeite ich von morgens bis mittags, während sie in der Schule und im Kindergarten sind, in einem Blumenladen einer Bekannten.«

»Du musst arbeiten, um für sie zu sorgen.« Es war eine Feststellung und keine Frage. Maximilian blieb still und schien darüber nachzudenken, während Hannah zu den Seiten blickte und nach den Pflanzen suchte. Langsam trottete der Bärenprinz mitten durch den Wald. Wie Hannah vergewisserte er sich immer wieder durch Seitenblicke, dass sie Friedas Weg noch sehen konnten.

Die alte Nachbarin hatte ihnen geraten, den Schatten fernzubleiben. Wie hatte sie das gemeint? Die Tannen und Fichten wuchsen so nah beieinander, dass beinahe der gesamte Wald im Halbdunkel lag. Doch immer wieder brachen einzelne Sonnenstrahlen durch die dichten Zweige und Äste und hielten die dunkelsten Schatten fern. Manchmal meinte Hannah sogar, dass der Ziegelsteinweg ein gewisses Licht ausstrahlte. Etwas Gutes, Helles. Wenn sie zurückblickte und ihn entdeckte, beruhigte sie das und es verscheuchte das Frösteln, das sie überkam, wenn sie durch den Forst spähte. Besser, sie blieben nicht länger als nötig hier!

Wo konnten sie die Pflanzen finden? Sie wusste von ihrer Chefin Ines, dass Giersch und Alant kein direktes Sonnenlicht und feuchte Erde brauchten. Und Wintergrün? Sie konnte sich nicht erinnern. Sie wusste nur noch, wie das Gewächs aussah – mit seinen glockenförmigen weißen Blüten. Erkennen würde sie es gewiss. Aber ohne Glück würden sie es nicht entdecken.

War das dort vorne nicht Wintergrün? Im Unterwuchs der Fichte? Das konnte doch nicht wahr sein! Sie sandte ein Stoßgebet gen Himmel. »Lass mich runter!« Schon glitt sie von Maximilians Rücken auf den Boden. Ihr Aufprall wurde gedämpft durch all die Nadeln, die auf dem Boden verteilt lagen. Sie sprang hinüber und bückte sich nach dem Teppich aus Pflanzen. »Schau!«, lachte sie auf. »Das ist schon das erste Gewächs, das wir benötigen. Das ist Wintergrün!« Sie zeigte auf die tiefgrünen dicken Blätter und die roten, auffälligen Beeren.

»So schnell?«

»Ist doch super!«, rief sie begeistert. »Umso eher bist du erlöst und ich zurück bei meinen Kindern!« Vorsichtig sammelte sie gleich zwei Handvoll der weißen Blüten und hielt sie in der hohlen Hand. »Worin könnten wir sie aufbewahren?« Mit der freien Hand wühlte sie in einem der beiden Proviantbeutel, die über ihrer Schulter baumelten, bis sie ein kleines Stoffsäckchen mit Walnüssen in die Finger bekam. »Die Nüsse schmeißen wir einfach lose in den Beutel.« Gesagt, getan. Bedächtig ließ sie die Blüten in das Säcklein gleiten. Dann schaute sie auf und strahlte den Bärenprinzen an. Er erwiderte ihren Blick und es sah so aus, als lächelte er.

»Ich habe noch nie einen Bären so grinsen gesehen!«, lachte sie.

Sein Grinsen wurde breiter, sein Bärengesicht sah dabei so lustig aus, dass sie noch mehr lachen und sich die Tränen aus den Augen wischen musste. Die spitzen Eckzähne lugten hervor, aber sie hatte keine Angst mehr vor ihnen. Seine Augen blitzten in dem Seegrün, in dem sie bereits als Prinz gestrahlt hatten, und Hannah bekam ein wenig Herzklopfen. Keine Frage, er sah aus wie ein wilder Bär, aber unter dem braunen Pelz und dem breiten Rücken verbarg sich noch immer der gutaussehende Prinz, mit dem sie getanzt hatte. Sie blinzelte mehrmals, um ihre Nervosität zu verbergen, als sie bemerkte, dass sie dämlich grinste.

»Wir müssen weiter«, brummte Maximilian, dem es Mühe zu machen schien, seine Augen von ihr abzuwenden. Ein seltsames und zugleich prickelndes Gefühl, diese Bärenaugen auf sich zu spüren. »Wenn wir die anderen beiden Zutaten auch so schnell finden, haben wir es heute Nachmittag schon geschafft!« Er legte sich wieder auf den Waldboden, damit sie leichter auf ihn draufklettern konnte. Doch sie schüttelte den Kopf. »Wenn ich nicht ein bisschen zu Fuß gehe, schlafen mir die Beine ein.« Solange er neben ihr lief, fürchtete sie den Wald nicht. Der Bärenprinz war groß, er war stark und er würde sie schützen.

Maximilian brummte und erhob sich. Langsam trottete er neben ihr her. Sie marschierte über die Tannennadeln und blieb nah bei ihm. Seine Nähe tat ihr gut. Obwohl er ein gewaltiger Braunbär war, beschützte er sie. Es war so ein erleichterndes Gefühl, dass ihre Schritte immer beschwingter wurden. Ohne es zu bemerken, streckte sie zwischendurch immer wieder die Hand nach ihm aus und strich ihm über die pelzige Schulter. Der Prinz registrierte es erstaunt, doch er war weise genug, es nicht zu kommentieren.

»MAMAAAAA!« Der Schrei durchbrach die wohltuende Stille.

Hannahs Herz pochte wild und sie setzte zum Spurt an. »Marco?«, doch da hatte sie bereits die mächtige Bärenpranke vor sich.

»Es muss ein Irrwicht sein! Erinnere dich! Wo ist dein Sohn gerade?«

Hannahs Herz klopfte schneller, panisch blickte sie sich in dem Dickicht um und sah nichts als Tannen, Fichten und knorrige Sträucher. Wo war ihr Sohn? Sie drängte sich gegen die Pranke, um sie zur Seite zu stoßen. »Marco?«

»Hannah! Wo ist Marco?«

Seine Frage drang langsam in ihr Bewusstsein. Sie biss die Zähne zusammen und als müsse sie gegen hundert Zentner ankämpfen, wandte sie den Blick ab von den Tiefen des Waldes und schaute Maximilian in die grünen Augen. »Er ist bei Frieda.«

»Richtig! Dein Sohn ist nicht hier im Wald!«

Sie zwang sich dazu, tief durchzuatmen. Ihr Herzschlag verlangsamte sich. Erneut erklang der Schrei, doch diesmal stand sie still. Obwohl ihr Mutterherz schrie, sie solle dort hinrennen, von wo der Schrei kam, zwang sie sich zur Ruhe. Ihre Kinder waren nicht in dieser Welt! Niemand, den sie kannte, befand sich in dieser Welt.

Endlich kam sie zu sich und der Schrei verklang. »Wieso falle ich jedes Mal darauf rein?«

»Weil du dich von deinem Herz leiten lässt.«

Sie erwiderte nichts. Langsam marschierte sie neben Maximilian her und schielte zurück zu dem Ziegelsteinweg. Sie wagte es kaum mehr, tiefer in den Wald hineinzublicken, aus Angst, sie würde sich erneut in die Irre leiten lassen. Noch zwei Pflanzen mussten sie finden. Dann konnte sie diesem seltsamen Abenteuer entfliehen und zurückkehren zu ihrem Alltagstrott – ohne den Bärenprinzen. Ihr Herz zog unerwartet bei dem Gedanken.

»Ich will dir helfen«, unterbrach er sie in ihren Grübeleien.

»Dann such nach einer Pflanze mit einer gelben Blüte, die im …«

»Nein, das meine ich nicht. Wenn ich wieder ein Mensch bin. Wenn diese ganze Sache vorbei ist. Dann will ich dir helfen!«

»Aber wie …?«

»Du bist hier und hilfst mir, ohne dass es für dich irgendeinen Nutzen hätte. Nur weil meine Patin dich dazu genötigt hat, bist du an meiner Seite!«

»Streng genommen hat sie mich unter Vortäuschung falscher Tatsachen zu dir geführt!« Sie zwinkerte ihm halbherzig zu.

»Du musst alleine für deine Kinder sorgen und ich möchte dir etwas Last von den Schultern nehmen.«

Hannah blieb stehen und blickte ihn erstaunt an. »Das musst du nicht …«

»Ich weiß. Aber ich will es. Wenn ich wieder ein Mensch bin, werde ich dir eine Schatulle überreichen!

Falls du zurückkehrst, bevor ich wieder am Schloss bin, so werde ich dort, wo der Ziegelsteinweg zu unserer Schlossmauer führt, unten am Hang des Berges, die Schatulle vergraben! Ich weiß nicht, mit was ihr in deiner Zeit bezahlt, welche Währung ihr verwendet. Ich denke, Gold und Edelsteine besitzen noch immer ihren Wert, richtig?«

»R-richtig«, stammelte sie.

»Du brauchst dir keine Sorgen mehr zu machen.«

»Aber wie soll ich jemals …«

»Du hilfst mir und ich helfe dir.«

Hannah verschlug es die Sprache. Eine Schatulle voller Gold und Edelsteine wollte er ihr schenken? Zum Dank für ihre Hilfe? Ihr Herz pochte so stark, als springe es gleich aus ihrer Brust. Sie könnte mit den Kindern aus der schlechten Gegend fortziehen. Marco und Emi könnten eine bessere Schule besuchen, Leon müsste nicht so lange im Kindergarten bleiben und vielleicht könnten sie sogar mal in den Urlaub fahren.

Sie müsste sich keine Sorgen mehr machen über das Geld. Sie würde eine Rücklage haben, könnte nur noch zum Spaß bei Ines aushelfen – oder sogar etwas Eigenes aufbauen. Ihr Büchercafé …

Tränen schossen ihr in die Augen. Sie erzitterte innerlich. Es war zu schön, um wahr zu sein. Beruhige dich, Hannah, ermahnte sie sich. Wer weiß, was noch passiert. Mach dir nicht zu viele Hoffnungen. Doch ein Sehnen ergriff ihr Herz, als drohe es nun, da ein Ende all der Strapazen in Sicht war, unter der enormen Last zu brechen.

Als sie aufschaute und in die Augen des Bärenprinzen blickte, sah sie darin etwas funkeln, das ihr zusätzlich das Herz zusammenschnürte. Sehnsucht? Hoffnung? Vertrauen?

Sicherheit? Bevor sie sie zurückhalten konnte, bahnten sich die Tränen ihren Lauf. »Ich danke dir.«

Der Bär grinste sie an und bei dem Anblick musste sie erneut auflachen. Ein Braunbär grinste sie an. Es war doch wahrlich wie in einem Märchen. Sie lächelte zurück und wischte die Tränen beiseite. Wann war sie so gefühlsduselig geworden? All die Jahre keine Träne und plötzlich hatte sie sich in einen tropfenden Wasserhahn verwandelt. »So! Und nun finden wir die letzten zwei Zutaten, damit wir dir den Erlösungstrank brauen können!«

Maximilian nickte und gemeinsam liefen sie weiter durch den Wald. Hoch über ihnen in den Tannen saßen drei Raben, die sie beobachteten. Doch davon bemerkten die beiden nichts.

Es knisterte mit jedem Schritt. Zahlreiche kleine Zweige brachen unter den schweren Tatzen des Bären, als sie große Nebelschwaden in der Ferne entdeckten. Sie zogen durch den Wald in einem Tempo, als blase ein Riese hinter ihnen her. Sie waren so dicht, dass sie nicht durch sie hindurchblicken konnten.

»Lass uns tiefer in den Wald hineingehen«, brummte Maximilian. »In der Nähe des Ziegelsteinweges scheinen die Pflanzen nicht zu wachsen und durch die Nebelschwaden sollten wir lieber nicht hindurch. Wir könnten uns darin verlieren!«

Hannah nickte und während sie tiefer in den Wald marschierten, lief sie dicht neben Maximilian. Der Wald wurde dunkler, die Luft feucht und modrig. Immer seltener brach das Licht durch die Zweige.

»Frieda hat gesagt, wir sollen uns vor den Schatten in Acht nehmen!«

Maximilian hörte ihre Angst deutlich heraus.

»Du brauchst dich nicht zu fürchten. Klettere wieder auf mich, ich werde dich tragen.«

Hannah lächelte vor sich hin. Wie gut tat es, jemanden bei sich zu haben! Zum Glück musste sie nicht alleine durch diesen Forst wandern! Rasch erklomm sie seinen Rücken und er trottete weiter, als plötzlich ein lautes Heulen in der Ferne ertönte.

Sie drückte sich an ihn. »War das wieder ein Wolf?«

Langsam tapste der Bärenprinz weiter. »Wir müssen davon ausgehen.«

»Werden sie uns angreifen?«

Er brummte auf. Es klang, als lachte er. »Du hast einen Bären bei dir, schon vergessen? Sie werden uns fernbleiben!«

Hannah atmete auf. Wohlig kuschelte sie sich an seinen Rücken. Es tat so gut, jemanden an ihrer Seite zu haben, der sie beschützen wollte. Sie befürchtete, es würde ihr schwerfallen, wieder auf einen Mann an ihrer Seite zu verzichten, wenn sie zurück in ihrer Welt war. Auch wenn es dort keine solchen Bedrohungen in den Wäldern gab, tat es gut, jemanden bei sich zu wissen, der sie behütete.

Wie lange hatte sie darauf verzichtet! Wie stark war sie all die Jahre gewesen! Eine Einzelkämpferin an vorderster Front. Ob im Klassenzimmer, auf dem Spielplatz, bei der Versorgung der Kinder, beim Vermieter, beim Trösten. Hannah musste zuhause auch die Rolle des Vaters übernehmen. Sie hatte ihren Kindern all die Jahre Sicherheit vermitteln müssen.

Sie passte auf sie auf. Sie beschützte sie vor allen Dingen, die die Kleinen ängstigten! Sie versorgte sie und sie war die einzige, die das Sicherungsnetz unter ihnen festhielt.

Ach, wie wohl tat es ihr, selbst einmal beschützt zu werden. So wichtig es auch war, stark zu sein, so gut tat es doch auch einmal, sich anlehnen zu können. Dankbar strich sie dem Bärenprinzen über den Pelz.

In dem Moment gab der Waldboden unter Maximilian nach und mit seiner hinteren Tatze sackte er in ein Loch. Er blieb stehen und zog und zog, doch er bekam seine Pranke nicht wieder frei.

»Was ist?«

»Ich stecke fest.«

»Warte!« Sie glitt von seinem Rücken, lief zwei Schritte zurück und besah sich die Erde und seine Tatze. »Du steckst in einem Erdloch! Versuch noch mal, feste zu ziehen!«

Er zog und zog, doch die Pfote steckte fest. Er bekam sie nicht vor und nicht zurück. »Was ist das für ein Loch? Wieso komme ich nicht raus?«

Hannah hockte sich zu seiner Pfote und versuchte, ihn frei zu graben, doch es ging nicht. Er war so tief in das Loch gerutscht, dass sich dichtes Wurzelwerk um seine Tatze geschlungen hatte. »Wie bekommen wir dich nur wieder frei?«

»Pst«, raunte Maximilian. Hannah huschte näher an ihn heran und mit einer Hand in seinem Fell spähte sie an den hohen Tannenstämmen vorbei. Plötzlich schwirrten ein Murmeln und Tuscheln durch die Luft. Hohe Stimmchen, piepsige Stimmchen. Hannah zog den Kopf ein. War etwas hinter den Dornenbüschen? Oder hinter ihr? Sie drehte sich um, doch sie konnte niemanden entdecken.

»Haben ihn gefangen! Haben ihn endlich!«, ertönte es hinter ihr. Sie drehte sich hastig um. Niemand war zu sehen. Wo kamen die Stimmen her?

»Wer ist da?«

Keiner antwortete.

»Hast du das eben gehört? Diese Stimmen?« Hannah legte den Kopf in den Nacken und schaute hinauf in die Tannen, doch auch dort entdeckte sie niemanden. »Was ist das?«

»O nein …«

»O nein? Wieso o nein? Was ist das? Oder wer?« Neben ihr drückte sich der weiche Boden nieder, als laufe dort jemand, doch sie konnte niemanden sehen. »Wer ist da?«

»Waldgnome!«

»Waldgnome? Wo sollen sie sein?«

»Zeigt euch! Ich befehle es euch!«, brüllte Maximilian.

»Brüllt und klingt wie ein Mensch«, piepste es direkt neben Hannah. Erneut drückten sich die Nadeln auf dem Boden tiefer in die Erde und hinterließen einen winzig kleinen Fußabdruck. Hannah sprang zur Seite und lehnte sich an den Bären, der erneut laut aufbrüllte: »Ich bin Prinz Maximilian von Lichtenberg! Ich befehle euch, zeigt euch!«

»Der Prinz, hat er gesagt. Aber 's ist doch ein Bär!«

»Zauberei ist im Spiel, Zauberei«, piepste eine andere hohe Stimme. Gleichzeitig funkelte es und glitzerte es, die Umgebung unmittelbar vor Hannah verschwamm, als rühre jemand mit einem Löffel durch die Luft und vermische die Farben des Waldes, bis sich schemenhafte kleine Figuren abzeichneten. Einen Augenblick später standen drei winzig kleine Männlein vor ihnen. Sie maßen höchstens eine Elle und bestanden beinahe nur aus langen bauschigen Bärten, überdimensional großen Stiefeln und hohen Mützen.

»Waldgnome?!«, hauchte Hannah ungläubig.

Ihre Augen funkelten angriffslustig. Sie stemmten die Fäuste in die Seiten und meckerten: »Was tut er in unserem Wald? Selbst wenn's der Prinz ist, ich seh nur nen Bär!«

»Ich bin der Prinz! Sonst hätte mein Befehl nichts bewirkt!«, brüllte Maximilian und hob eine Pranke. Doch seine bedrohliche Bärengestalt wurde abgemildert durch seine Hinterpfote, mit der er noch immer in dem Erdloch feststeckte und wodurch er sich kaum frei bewegen konnte.

»Steckt in den Wurzeln fest! Haben ihn gefangen! 's ist egal, wer's ist. Bären sind unsere Feinde. Brauchen den Winter nicht zu hungern!«

Hannah erschrak. Wollten sie Maximilian etwa verspeisen? Sie hockte sich zu den Wichteln. »Liebe Waldgnome, so hört doch zu. Das ist kein Bär, sondern der Prinz des Schlosses. Ein Fluch liegt auf ihm, doch schon bald wird er erlöst und dann ist er wieder ein Mensch.«

»Wer ist sie nur? Wieso ist sie bei ihm? Eine Menschenfrau und ein Bär. Das ist lustig. Sie fangen wir auch!« Plötzlich zückten sie Seile irgendwo unter ihren bauschigen Bärten hervor und rannten um Hannah und Maximilian herum, so schnell, dass die beiden ihnen kaum mit den Augen zu folgen vermochten. Hannah sprang blitzschnell auf und wand sich aus dem Seil, das ihr bereits am Knöchel schabte. Sie packte einen dicken Zweig und hob ihn drohend hoch. »Lasst uns in Frieden! Schert euch fort!«

»Wieso tut sie das? Wieso droht sie uns?«

»Ihr droht uns und ich wehre mich nur! Ich will euch nichts Böses tun, aber wenn ihr nicht sofort aufhört, schlage ich zu!« Die drei Waldgnome kicherten, als wäre Hannah die Kleine von ihnen, und dann rannten sie so schnell um Hannah und Maximilian herum, dass sie nicht mehr zu sehen waren. Hannah spürte erneut ein Seil um ihre Knöchel. Rasch sprang sie zur Seite und holte aus. Schwungvoll schlug sie mit dem dicken Zweig auf den Boden.

»Autsch!«, piepste es. »Wieso tut sie das? Böse Frau!«

Hannah holte erneut aus und schlug vor sich auf den Waldboden. Dieses Mal ertönte kein Wehklagen, also holte sie sogleich wieder aus und donnerte den Zweig neben sich. Maximilian war bereits gefesselt. Er konnte sich nicht aus den dicken Schnüren befreien und seine Hinterpfote steckte noch immer in der Falle. Doch eine Vorderpranke war noch frei. Er hob sie und schlug damit auf den Boden vor sich.

»Autsch! Wieso tut er das? Wieso schlägt er uns? Der Prinz greift uns an! Das müssen wir den Anderen erzählen!«

Es raschelte und knisterte, erneut wirbelte die Luft und vermischte die Farben des Waldes durcheinander. Ein Glitzern und Funkeln rauschte um sie herum und die Waldgnome waren nicht mehr zu sehen.

Hannah sah sich zu allen Seiten um. »Sind sie fort?«

»Ja, aber sie werden schon bald mit Verstärkung zurückkommen. Schnell, befreie mich aus dem Seil.«

Sie zerrte an den Stricken, die fest um den Braunbären gewickelt waren. »Woher nehmen diese kleinen Wichtel ihre Kraft?«

»Es ist Magie.«

»Magie?« Sie schüttelte fassungslos den Kopf.

»Schnell, mach mich frei. Wir müssen fort sein, bevor sie zurückkommen!«

Es dauerte einen Moment, doch endlich konnte sie den ersten Knoten lösen, den die Waldgnome blitzschnell gebunden hatten. »Wie bekommen wir nur deinen Fuß frei?« Eben noch hatte sich Hannah gefreut, dass sie sich geschützt und geborgen an jemanden kuscheln konnte, und nun war doch wieder sie diejenige, die jemanden retten musste. Sie wickelte das restliche Seil von Maximilians Bärenkörper ab. Dann betrachtete sie es, zog daran und wog es in den Händen. »Was für ein starkes Seil. Ha! Die kleinen Knirpse haben uns ungewollt das Werkzeug gegeben, das wir brauchen.«

Sie hockte sich zu Maximilians feststeckender Pranke, wand das Seil zweimal um das Bein herum und knotete es fest. Sie lief zu der nächsten Tanne und wickelte es um deren Stamm. »Auf drei versuchst du mit all deiner Kraft, deine Tatze rauszuziehen!«

»Meinen Fuß, meinst du!«

»Auf drei!«, ignorierte sie seinen Hinweis. »Eins ... zwei ... drei!« Sie zog mit all ihrer Kraft an dem Seil. Gleichzeitig zerrte der Prinz an seiner Hinterpfote. Die beiden stemmten sich gegen das Seil so fest, wie sie konnten.

»Es wackelt!«, keuchte Maximilian. »Weiter!«

Hannah zerrte an dem Tau, und zerrte und zerrte.

»Weiter, gleich haben wir es!«, brüllte der Prinz. Er wackelte mit seiner Tatze und zog und zerrte, dann schüttelte er sie erneut hin und her. Langsam löste sich die harte Erde und die Wurzeln gaben ihn frei. Es bröckelte und bröselte, er zog noch einmal feste und endlich bekam er die Pfote aus dem Erdloch. Durch den Schwung fiel er nach vorne auf den Nadelboden und Hannah plumpste neben dem Tannenstamm auf den Hintern.

»Ich bin frei. Schau!« Glücklich wackelte er mit seiner Hintertatze.

Keuchend warf Hannah das Seil auf den Boden und wischte sich über die verschwitzte Stirn. »Jetzt nichts wie weg hier, bevor die Waldgnome zurückkommen! Schnell, krabbele auf meinen Rücken.«

Hannah ließ sich nicht zweimal bitten. Sie war so erschöpft, dass sie nur schwerlich mehr wie fünf Schritte tun konnte. Außerdem wollte sie so schnell wie möglich von diesem verflixten Ort weg. Sie kletterte auf ihn und der Bärenprinz rannte tiefer in das Dickicht hinein.

Sorgenvoll sah sie sich in dem Wald um, der dunkler und dunkler wurde. »Maximilian, wir kommen zu weit ab von Friedas Ziegelsteinweg!«

»Verdammt, aber wir müssen so schnell wie möglich von der Stelle weg, an der uns die Waldgnome entdeckt haben!«

»Versuche, einen Bogen zu schlagen, damit wir wieder zurück zu dem Weg finden. Nicht, dass wir uns verirren!«

»Halt dich fest!« Er rannte los. Sie krallte sich in seinem Pelz fest und duckte sich, um den Zweigen und tief hängenden Ästen auszuweichen, an denen Maximilian vorbeipreschte. Er lief einen großen Halbkreis. Hoffentlich führte sie der Weg, den er nahm, wieder zurück zu Friedas Pfad.

»Warte!« Hannah zeigte auf einen halbschattigen Platz am Fuße einer Kiefer. »Dort wächst Giersch!«

Er bremste ab und stapfte zu der Kiefer hin. Dann beugte er sich ein wenig, damit sie von seinem Rücken rutschen konnte.

Sie eilte zu dem Nadelbaum und bückte sich nach den Kräutern. »Schau nur, das ist Giersch!«, lachte sie. »Jetzt haben wir schon zwei Zutaten gesammelt!« Behutsam pflückte sie eine Handvoll Blättlein und steckte sie zu den Wintergrünblüten in das Beutelchen. »Jetzt fehlt uns nur noch Alant. Gerade die auffälligste Pflanze haben wir noch nicht gefunden.«

»Beschreibe mir, wie sie aussieht. Vier Augen sehen mehr als zwei!«

»Alant erinnert ein bisschen an Sonnenblumen, aber die Mitte ist nicht braun, sondern orange. Und die Blütenblätter sind zwar ebenfalls strahlend gelb wie die einer Sonnenblume, aber nicht groß und oval, sondern sie erinnern an Haare, Streifen oder Fäden. Die Pflanze wird auch die Tränen der schönen Helena genannt!«

»Woher kommt der Name?«

»Es heißt, als die schöne Helena aus Mykene von Paris nach Troja entführt wurde, hatte sie die Blüten des Alants in ihren Händen. Es ist eine sehr große Pflanze. Wir können sie nicht übersehen. Sie bevorzugt schattige Plätze.«

Hinter ihnen rauschte und kruschpelte es.

»Schnell, geh zurück auf meinen Rücken!« Ein Wind kam auf. Waren die Waldgnome zurück? Hannah sprang auf seinen Rücken und er rannte los. Er stürmte auf direktem Wege zurück zu dem Ziegelsteinweg.

Hinter ihnen brauste etwas durch die Luft, sie hörten feine Stimmen, Gekeife und Getuschel. Der Bär rannte noch schneller. Hannah drehte sich auf seinem Rücken um. Sie sah die Luft durcheinanderwirbeln wie vorhin, bevor die Waldgnome sichtbar geworden waren. »Sie sind hinter uns!«

Maximilian spannte all seine Muskeln an und als greife er erst jetzt auf die Reserven, die ihm als Bär zur Verfügung standen, zurück, wurde er schneller und schneller. Er keuchte und brummte, er jagte durch den Wald.

»Dort ist der Ziegelsteinweg! Wir sind gleich da!«

»Müssen sie packen! Müssen sie ergreifen! Haben uns angegriffen!«, piepste es hinter ihnen. Wie schnell waren diese verflixten Wichtel?

»Beeil dich!«

Der Bärenprinz preschte durch den Forst und sie krallte sich in seinem Fell fest. Sie lag beinahe auf seinem Rücken, so fest schmiegte sie sich an ihn, damit sie nicht hinunterfiel.

Die Augen zu Schlitzen verengt, visierte sie den rettenden Ziegelsteinweg an, als würde er dadurch schneller näher kommen.

»Müssen sie aufhalten. Dürfen nicht entkommen!«, fiepte es durch den Wald.

Endlich sprang der Bär auf den Ziegelsteinweg. Das Gebrause und Getöse hinter ihnen erstarb abrupt, als hätten sie sich die Geräusche nur eingebildet. Maximilian keuchte und trottete langsam auf dem Ziegelsteinweg weiter. Mit jedem Schritt beruhigte sich sein Atem und er wurde langsamer.

Hannah blickte zurück in den dunklen Nadelwald. Sie hörte weder die hohen Stimmen noch die drohenden Worte. Die Luft war still und der Forst lag ruhig und verlassen vor ihnen. »Sind sie fort?«

»Ich glaube vielmehr, Patin Friederikes Zauber hält sie fern von uns.«

»Wie mächtig muss sie sein, dass sie einen solch sicheren Pfad durch diesen Wald zaubern konnte, der noch immer wirkt, obwohl sie überhaupt nicht hier ist?« Hannah suchte die Nadelbäume und Sträucher zu ihrer Linken ab. Doch nichts und niemand war zu sehen oder zu hören. »Glaubst du, sie laufen neben uns her? Können sie uns noch sehen?«

»Nein, das denke ich nicht. Gewiss hat Patin Friederike diesen Weg mit einem Bann belegt, sodass kein Waldwesen ihn betreten oder überqueren kann, und auch nicht sieht, wer darauf läuft. Andernfalls könnte uns jeder belauern und verfolgen, ohne dass wir es bemerken. Dieses Wesen müsste nur darauf warten, dass wir einen Schritt von dem Weg abweichen, um uns zu packen.«

»Hoffentlich hast du recht!« Hannah schüttelte den Kopf. Was für ein Abenteuer. Ob Frieda davon gewusst hatte?

Hatte sie es in Kauf genommen, dass sie verletzt werden konnte? Was würde mit ihren Kindern geschehen, wenn sie nicht zurückkehrte? Wenn ihr in diesem Wald irgendetwas Schreckliches geschah?

Das Herz pochte ihr noch immer so schnell in der Brust – sie konnte sich kaum beruhigen. Maximilian schien es zu spüren. Plötzlich machte er kehrt und trottete den Ziegelsteinweg zurück.

»Wohin gehst du? Das ist die falsche Richtung. Uns fehlt noch eine Zutat!«

»Ich kann nicht dafür verantwortlich sein, dass deine Kinder zu Vollwaisen werden. Du hast mir beschrieben, wie die Pflanze aussieht, ich werde sie schon finden. Ich bringe dich zurück zu Mirabelles Haus. Wir befragen meine Patin durch den Wasserkessel, wie wir dich zurückzaubern können. Du hast mir geholfen, Mirabelle zu entdecken, und sie hat sich auf die Entschuldigung eingelassen. Den Rest schaffe ich alleine!«

»Aber ich … so hab ich das nicht … ich meine …«

»Keine Widerrede!«

Sie wollte ihm widersprechen, doch ihr fehlte die Kraft dazu. Er hatte recht. Wozu sollte er sie noch brauchen? Den Trank konnte sie ohnehin nicht brauen – und dabei, Mirabelle zu finden und sich bei ihr zu entschuldigen, hatte sie ihm geholfen. Zwei Zutaten hatten sie schon – die dritte würde er alleine oder mit Mirabelles Hilfe finden. Die Alte würde ihm den Trank brauen, mit dem er sich wieder zurückverwandeln konnte. Und was sollte sie dann noch länger hierbleiben? Sie gehörte nicht hierher. Der Prinz blieb in seiner Zeit und sie musste zurück in ihre zu ihren Kindern. Ach, wie vermisste sie die drei. Noch nie war sie so lange Zeit von ihnen getrennt gewesen, keine Nacht hatte sie ohne sie verbracht. Lächelnd ließ sie sich von Maximilian zu Mirabelles Hütte tragen und stellte sich vor, wie sie zurückkehrte und ihre Zuckermäuse in die Arme schloss.

Gedankenverloren strich sie dem Bärenprinzen über den dichten Pelz und kuschelte sich an ihn. Er fühlte sich so warm und behaglich an. So vertraut und sicher. Lächelnd kraulte sie ihm das Fell. Sie schmiegte sich an ihn und genoss die letzten Meter, die sie mit ihm zusammen war. Er trug sie, er beschützte sie. Wie lange war es her …

Nach einer Weile sahen sie die schäbige Hütte. Dichter Rauch waberte in die Luft. Hannah streckte sich, um besser sehen zu können, und entdeckte einen großen Kessel im Freien über einem Feuer hängen. Mirabelle stand davor und rührte mit einem großen Holzlöffel darin herum. Sie zückte ein paar Blätter, die neben ihr auf einem Baumstumpf lagen, und bröselte sie hinein, während sie unentwegt weiterrührte.

Als sie Maximilians schwere Bärenschritte hörte, blickte sie auf. Sie lächelte, dabei sah sie so hässlich aus, dass Hannah ein Schauer über den Rücken wanderte. »Ich habe bereits angefangen«, krächzte sie ihnen entgegen. »Ich habe Waldengelwurz, Baldrianwurzel und Liebfrauenhaar hineingeworfen und auch Alant habe ich im Wald gefunden. Ich hoffe, ihr habt die Blüten von Wintergrün und Giersch entdeckt?«

Hannah lachte erleichtert auf. Was für ein Glück. Und jetzt musste sie Maximilian doch nicht verlassen, ehe er zurückverwandelt war. »Wir haben Giersch und Wintergrün gefunden, aber Alant hat uns noch gefehlt.«

»So steht dem Trank nichts mehr im Wege.« Mirabelle rührte weiter in dem Kessel. »Gebt mir die Zutaten.«

Hannah rutschte von seinem Rücken, legte die Proviantbeutel auf dem Waldboden ab und holte das kleine Säcklein
hervor. Behutsam nahm sie die Blüten und Blätter heraus
und reichte sie Mirabelle, die sie sogleich in den dampfenden
Kessel warf. Es zischte und blubberte, dann färbte sich der
Trank rötlich.

»Ist er schon fertig?« Hannah schnupperte. Lecker roch es
nicht, vielmehr streng und – sie schnupperte erneut – fremd.
Sie kannte diesen Geruch nicht. Moment, etwas vertrautes
schwang in den Dämpfen mit. Was war es nur?

»Ich muss noch dreimal umrühren, dann ist es soweit.«
Mirabelle bewegte den Holzlöffel weiter durch das brodeln-
de Gebräu und nach der dritten Umdrehung hielt sie inne.
Sie zog den Löffel aus dem Kessel und schlurfte in ihre Hütte.

Hannah sah Maximilian freudestrahlend an. »Gleich bist
du erlöst. Wir haben es geschafft!«

Der Bär grinste und Hannah musste bei dem Anblick
lachen. »Lach du nur!«, brummte er, doch eine Zärtlichkeit
schwang in dem Brummen mit, die Hannahs Herz zusammenschnürte. »Sobald der Trank fertig ist, werden wir Frieda
rufen. Sie kann uns sagen, wie du wieder zurückkehren
kannst in deine Zeit. Und vergiss nicht, was ich dir vorhin
gesagt habe. Du brauchst dir keine Sorgen mehr zu machen.«
Er zwinkerte ihr zu und Hannah schmunzelte erneut. Gleichzeitig wanderte eine wohlige Wärme durch ihr Innerstes.
Dankbar atmete sie auf. Ja, sie würde keine Geldsorgen mehr
haben.

Dennoch fühlte es sich nicht mehr ganz so leicht an, von
ihm fortzugehen. Ihr Herz zog. Sehnte sie sich etwa nach
ihm? Dabei war er doch ein Bär!

Aber vielleicht war es gerade dieser Umstand, der es ihr leichter gemacht hatte, sich an ihn anzulehnen, sich auf ihn einzulassen und ihr Herz zu öffnen. Weil es schlicht unmöglich war. »Vielen Dank!«

Sie schauten einander tief in die Augen und Hannah sah so viel mehr als die dunklen Augen des wilden Tieres. Sie sah ihn, sah sein Inneres, seine Güte und Menschlichkeit. Ihr Herz zog erneut und durch ihren Bauch flatterte etwas. Sie trat auf ihn zu und strich ihm über den pelzigen Kopf. Er hob seine mächtige Pranke und legte sie ganz behutsam an ihre Wange. Hannah erzitterte. Dann legte sie ihre Hand darauf und lächelte ihn an.

Zu einer anderen Zeit, an einem anderen Ort …

Wehmut stieg in ihr auf.

Mirabelle trat aus ihrer Hütte, in der Hand eine Schöpfkelle, und durchbrach den Moment. Sie trat an den Kessel, tauchte die Kelle in den rötlichen Trank und schöpfte eine Portion. Sie hielt sie dem Bären unter die schwarze Nase. Er schnupperte und verzog angewidert das Gesicht.

»Medizin schmeckt selten gut«, krächzte sie. Er leckte den Trank bis auf den letzten Tropfen aus. Nichts geschah.

»Wieso verwandelt er sich nicht?«

»Es dauert einen Moment«, murmelte Mirabelle, während sie ihn unablässig beobachtete. »Gleich wird es geschehen, gleich ist es soweit!«

»Spürst du schon etwas?«, wollte Hannah wissen.

»Ja, es wird warm. In meinem Bauch und in meiner Brust. Es kribbelt und bitzelt.«

Rötliches Licht umgab ihn, es flimmerte und flackerte um ihn herum. Hannah beobachtete ihn. Gleich würde er wieder der Prinz sein. Vielleicht konnten sie erst noch zusammen zum Schloss zurückwandern und den Nachmittag gemeinsam verbringen, bevor sie zurückginge. Nur noch den heutigen Tag.

Das Licht wurde stärker und hüllte ihn gänzlich ein.

»Gleich ist es soweit«, murmelte Mirabelle.

Der Bärenprinz stieß einen ohrenbetäubenden Schrei aus. Er brüllte so laut, dass die Vögel aus den umstehenden Bäumen fortflogen und es im Unterholz raschelte, als flüchteten alle Tiere und magischen Wesen vor ihm. Er brüllte durchdringender, animalischer. Er schlug um sich, wand sich, drehte sich, fiel auf den Boden und bäumte sich auf. Erneut brüllte er, lauter, gefährlicher.

»Verschwindet nun das Tier in ihm?« Hannah beobachtete ihn und es schnürte ihr das Herz zusammen. Er hatte starke Schmerzen, das konnte sie sehen. Hoffentlich hatte er es gleich geschafft. Sie wollte Mirabelle danach fragen – und bemerkte ihren lauernden Blick. Sie erkannte das heimtückische Grinsen und die scheelblickenden Augen. »Was hast du getan? Was ist das für ein Trank?«

Die Alte lachte hässlich. Sie richtete sich zu ihrer vollen Größe auf und hob die knorrigen Hände bedrohlich in die Lüfte. Ein Sturm zog auf und wirbelte um sie herum, dass das Tuch, das ihren Kopf bedeckte, zur Seite flog. Graues langes Haar, mit Staub bedeckt, flatterte um ihr ausgemergeltes Gesicht. »Es ist vollbracht. Die Verwandlung ist vollzogen!«

»Die Verwandlung? Aber er ist noch ein Bär! Er sollte doch wieder ein Mensch werden!«

Erneut lachte Mirabelle boshaft auf. »Ich soll ihm helfen, wieder ein Mensch zu werden? Wo er mir alles genommen hat?«

Der Bär brüllte laut und fletschte die Zähne. Er blickte sie an. Wo war das Seegrün in seinen Augen? Wo war das Menschliche in ihm? Hannah sah nur das Tier. Seine Augen waren dunkel und gefährlich. Er knurrte sie an und zeigte seine spitzen Eckzähne. Dann bäumte er sich erneut auf und stellte sich auf seine Hinterbeine. Er war so groß, dass Hannah vor ihm zurückwich.

»Jetzt ist er ein Bär, durch und durch!«, keifte Mirabelle. »Der Trank hat die Verwandlung beschleunigt!«

»Friiiiiiiiiedaaaaaaaa!«, schrie Hannah so laut sie nur konnte. »Friiiiiiiiiiiiedaaaaaaaaaaaaa!«

Der Trank in dem Kessel schimmerte und wenig später erschien das mausspitze Gesicht der Nachbarin. »Hannah, meine Liebe, was haben Sie nur?«

»Mami, bist du das?«, erklang Emis Stimme.

»Mama, pass auf, hinter dir!«, schrie Marco.

Der Bär holte mit seiner Pranke zum Schlag aus. Hannah sprang zur Seite und die Tatze traf ins Leere. Er brüllte erneut. Mirabelle zog blitzschnell einen der brennenden Äste aus dem Feuer unter dem Kessel und schlug mit den Flammen nach dem wilden Tier. Der Bär hob die Pranken, knurrte und ließ sich auf seine vier Tatzen nieder. Dann rannte er davon, in die Tiefen des dunklen Waldes.

»Mirabelle! Was hast du getan!?«, schrie Frieda mit einem Drohen in der Stimme, wie Hannah sie noch nie gehört hatte.

Doch die Alte höhnte: »Was willst du tun? Du bist nicht hier!« Sie hob ihre Hände und richtete sie auf Hannah. Konnte sie etwa doch zaubern?

»Mirabelle, warte, du weißt nicht …«, rief Frieda, doch die Alte kümmerten ihre Worte nicht und sie fixierte Hannah aus ihren tiefliegenden Augen.

»Dunkelheit und Schatten, kommt und …«

»Lauf, Hannah! Lauf!«, schrie Frieda. »Lauf fort von hier!«

Hannah wurde kreidebleich. Sie tat ein paar Schritte zurück, stolperte über herumliegendes Geäst, doch sie fiel nicht hin. Ein letzter Blick auf Mirabelles hysterisch glimmende Augen und ihre erhobenen Hände genügte. Sie drehte sich um und rannte, so schnell sie konnte, in den dunklen, bedrohlichen Wald.

Kapitel 18

mi und Leon kauerten neben Frieda auf der Couch und hielten sich schluchzend an ihr fest. Marco saß daneben und wippte mit seinem Fuß hektisch auf und ab. Seine Stimme durchbrach das leise Wimmern. »Was wird mit Mama geschehen?«

»Habt keine Sorge«, beruhigte Frieda die Kinder, dabei klopfte ihr Herz mindestens so schnell wie Emis, das sie an ihrer Seite fühlte. »Sobald eure Mutter weit genug fortgelaufen ist, werde ich sie rufen und zurückzaubern. Ihr wird nichts geschehen.«

»Bist du dir sicher?«, schluchzte Leon an ihrer Brust.

Frieda setzte ein Lächeln auf, das ihre Augen nicht erreichte. »Gewiss, mein Schatz. Bald ist eure Mutter wieder hier, bei euch.«

»Was wird aus dem Prinzen?«, fragte Emi. »Muss er nun für immer ein Bär bleiben?«

»Das wird sich zeigen.«

»Aber Mami und der Prinz, sie haben sich doch verliebt.« Emi schniefte. »Sie sind nun getrennt. Der Prinz ist ein Bär und Mami bald wieder bei uns. Wie kann das sein, Frieda? Ich dachte, sie würden nun für immer zusammen sein.«

»Hättet ihr euch das denn gewünscht?«

Leon und Emi nickten. Selbst Marco setzte zu einem Nicken an. Emi wischte sich mit dem Handrücken die Tränen von den Backen und schaute zu Frieda auf. In ihren braunen

Kulleraugen lag Verzweiflung. »Märchen haben doch immer ein Happyend!«

Frieda lächelte sie an. »Und was folgerst du daraus, mein Engelchen?«

Marco sah auf. »Dass dies noch nicht das Ende ist!«

Kapitel 19

Hannah rannte tiefer und tiefer in den Wald hinein. Es war dunkel um sie herum. Überall lauerten die Schatten, eine Eule schrie. Sie blickte sich um nach Maximilian, doch sie konnte ihn nirgends entdecken. Obwohl sie in dieselbe Richtung gerannt war, hatte sie ihn, seit er von der Hütte fortgeprescht war, nicht mehr zu Gesicht bekommen.

War er nun wirklich ein Bär? Ein richtiger Bär? War nichts Menschliches mehr in ihm zurückgeblieben? Hatte der Trank die Verwandlung gänzlich vollzogen? Er hatte sie angegriffen, hatte sie nicht mehr erkannt …

Sie fröstelte, während sie durch die Dunkelheit jagte. Was sollte sie tun? Ihn suchen? Was würde das bringen? Würde er sie wiedererkennen, wenn sie lange genug auf ihn einredete? Oder riskierte sie ihr Leben, wenn sie ihm erneut unter die Augen trat?

Die Luft um sie herum geriet in Bewegung. Ein scharfer Wind kam auf. Etwas blitzte und funkelte. Sie erschrak. Waren das die Waldgnome? Kamen sie zurück? Hannah wartete nicht auf eine Bestätigung, sie spurtete weiter durch den Wald. Sie musste den Ziegelsteinweg finden, nur er bewahrte sie vor den seltsamen Wesen. In welcher Richtung lag er?

Sie spähte im Rennen nach links und rechts. Der Ast einer Tanne schlug ihr ins Gesicht und sie drückte ihn von sich weg. Von dem rettenden Ziegelsteinweg fehlte jede Spur.

Wenn sie sich links hielte, würde sie vielleicht zurück zu ihm finden, zurück zu dem Abschnitt, über den sie mit Maximilian marschiert war, bevor sie zu Mirabelle gelangt waren. Und dort war auch diese Pfütze gewesen, über die sie vor ein paar Stunden gefahrlos mit Frieda geredet hatte. Über das Wasser konnte Hannah ihre Nachbarin um Hilfe rufen. Es musste einen Weg geben, Maximilian zu erlösen und zurück zu ihren Kindern zu kommen!

Sie hastete weiter nach links, so schnell sie ihre Beine trugen. Das Rauschen und das Sausen wurden weniger, bis die Geräusche gänzlich erstarben. Doch Hannah gönnte sich keine Rast. Das Adrenalin pumpte durch ihre Adern und sie sprintete weiter durch die Schatten.

Ein Plätschern ließ sie innehalten. Befand sich in ihrer Nähe eine Quelle? Ihre Zunge klebte an ihrem Gaumen. Wo waren eigentlich ...? O nein. Die Proviantsäcke. Sie lagen noch vor Mirabelles Hütte. Sie hatte nichts zu essen bei sich. Ihr Puls beschleunigte sich.

Hannah, beruhige dich! Keine Panik! Etwas Wasser täte ihr gut – und sie könnte nach Frieda rufen! Entschlossen folgte sie dem Plätschern und gelangte wenig später an eine Quelle. Mehrere Gesteinsbrocken türmten sich übereinander und zwischen ihnen spritzte ein Strahl reinen Wassers heraus, der in einen kleinen Bach mündete. Keuchend sank sie auf die Knie und hielt ihre hohlen Hände unter den Strahl. Sie trank mehrmals, bis ihr Durst einigermaßen gestillt war, klatschte sich mehrere Ladungen Wasser ins Gesicht und an die Arme, und fühlte sich erfrischt. Anschließend beugte sie sich über das Rinnsal. »Frieda, bist du da?«

»Ich bin bei Ihnen«, hörte sie sogleich die ruhige Stimme ihrer Nachbarin. Bunte Farben schwammen durch den Bach, spiegelten sich auf seiner Oberfläche, wirbelten umher und Friedas Gesicht kam zum Vorschein. Daneben erschienen ihre Kinder.

»Mami, Mami, geht es dir gut?«

»Alles in Ordnung. Habt keine Angst!«

»Wo ist Maximilian?«, wollte Frieda wissen.

»Ich weiß es nicht. Er ist fortgerannt und ich habe ihn nirgends entdecken können. Ich muss ihn finden. Die Zeit ist noch nicht verstrichen. Oder ist der Trank endgültig, Frieda? Aber wie komme ich dann zu euch zurück?«

»Nein, er ist gewiss nicht endgültig. Ich habe den Fluch damals abgeschwächt, sodass es einhundert Stunden dauert, bis Maximilian endgültig zum Tier wird. Der Trank hat die Verwandlung angeblich abgeschlossen, aber so mächtig ist Mirabelle nicht. So ein dummes Ding. Sie vermag es gewiss nicht, die Gesetze der Magie außer Kraft zu setzen.«

»Was bedeutet das?«

»Maximilian verhält sich nun wie ein Bär, seine menschliche Seite wird durch den Trank unterdrückt, aber sie bleibt in ihm bestehen – solange, bis die einhundert Stunden verstrichen sind. In diesem Zustand ist es allerdings schwerer, den Fluch zu brechen.«

»Gibt es einen Weg, wie ich ihn retten kann?«

»Es gilt noch immer, dass Mirabelle ihm gänzlich verzeihen muss. Und das hat sie offensichtlich noch nicht getan.«

»Ich befürchte, die Chancen stehen schlecht, dass sie ihre Meinung innerhalb der kommenden Tage ändern wird«, bemerkte Marco von der Seite. Emi und Leon nickten ernst.

Hannah blickte in die Ferne. »Wir müssen herausfinden, was damals genau geschehen ist! Was passiert ist, nachdem sie in den Wald geflohen ist. Und vor allem, wer den Fluch ausgesprochen hat. Wir müssen sie verstehen, um an ihr Herz appellieren zu können.«

»Das heißt, du bleibst, um den Prinzen zu erlösen, Mami?«, rief Emi aufgeregt.

»Ich muss ihm helfen – ich kann ihn nicht im Stich lassen. Außerdem kann ich ohnehin erst zurück, wenn er befreit ist!«

Frieda strahlte. »Das ist ja wundervoll, liebe Hannah, aber Sie müssen auf der Hut sein. Der Wald ist voller böser Wesen, die Sie …«

Erneut brauste und sauste etwas durch die Luft. Lichtfunken glitzerten. »Die Waldgnome!«, schrie Hannah. »Ich muss fort.« Und schon hastete sie los, hinter sich das Rauschen und Sausen der angriffslustigen Wichtel. Frieda rief ihr etwas hinterher, doch Sie verstand kein Wort davon.

Sie sprang über Äste und Zweige, preschte an stacheligen Gebüschen und hohen Baumstämmen vorbei, schlängelte sich durch die vertrockneten Zweige mehrerer Gebüsche und spurtete durch die Ranken einer Brombeere. Die Dornen zerkratzten ihre Beine noch mehr. Es brannte, doch sie spürte es kaum. Sie rannte und rannte, rannte immerzu. Die Wichtel durften sie nicht erwischen.

Im nächsten Moment wirbelte etwas vor ihr, die Luft drehte sich und die Farben vermischten sich. Grün und Braun, Beige und Schwarz vermengten sich vor ihren Augen in der Luft, als verrühre jemand die Farben in einem Malertopf. Hannah versuchte daran vorbeizurennen, doch überall um sie herum funkelte und blitzte es auf und im nächsten Moment wurden die Wesen sichtbar.

Waldgnome. Mindestens dreißig an der Zahl. Aus ihren beinahe schwarzen Augen blickten sie finster drein. In ihren winzigen Händen hielten sie lange Speere, die sie auf Hannah richteten. »Wagt es, uns anzugreifen! Hat uns weh tun wollen!«, piepsten sie. »Wieso tut sie das?«

»Ich habe mich nur verteidigt! Ihr wart es, die zuerst angegriffen haben!«, keuchte Hannah. Das Herz hämmerte ihr in der Brust. Die Knirpse funkelten sie böse an und umkreisten sie. Sie waren winzig, doch es waren viele und sie hielten ihre Speere in die Höhe. Über sie zu springen kam nicht in Frage. »Lasst mich gehen! Ich tue euch nichts!«

»Böse Menschenfrau! Hat uns angegriffen!«, fiepten sie. Sie stapften auf sie zu und hielten ihre langen Speere zum Angriff bereit.

Hannah blieb keine Wahl, sie musste es versuchen. Sie setzte zum Sprung an, doch die Waldgnome hinter ihr hatten bereits ein dickes Seil um ihre Knöchel gewunden. Der Länge nach fiel sie vorneüber auf den Boden. Ihr Aufprall wurde von den Tannennadeln gedämpft, dennoch stöhnte sie auf und hustete von all dem Staub, der aufwirbelte.

Adrenalin schoss durch ihre Adern. Sie wand sich und trat und boxte um sich, doch die winzigen Wichtel waren viel schneller. In Windeseile hatten sie das Seil um sie gewickelt, zurrten es fest und krabbelten auf sie drauf. Verschnürt wie ein Paket lag Hannah auf dem Boden. Verzweifelt zappelte sie und versuchte, die Wichtel von sich zu strampeln. »Lasst mich frei!«

Drei Wichtel fielen von ihr und landeten auf ihren dicken Hintern. »Autsch. Wieso tut sie das? Wieso verletzt sie uns?«

Die Gnome packten die Seile mit beiden Händen und auf ein stilles Kommando hin marschierten die Waldgnome los. Hannah schleifte mit den Füßen zuerst über den Boden, ihr Kleid rutschte hoch. Sie wurde über dornige Zweige gezerrt, die ihre Oberschenkel aufkratzten, und über Kiefernnadeln und Erde, die sich in ihren Haaren verfingen. »HILFE!« Hannah zappelte, doch sie war so festgezurrt – es war aussichtslos. »HIIILFEEEE!«, schrie sie lauter und lauter.

»Wieso schreit sie so? Muss endlich still sein!«, piepsten die kleinen Männlein. Zwei Waldgnome holten mit ihren Speeren aus und zielten auf ihren Kopf.

Hannah riss die Augen auf. »Nein! Lasst mich gehen!«

Lautes Donnern ließ die Erde erbeben. Maximilian? Hatte der Bärenprinz sie gehört? War er wieder bei Sinnen und kam, um sie zu retten?

»Maximilian! Hier bin ich!«, brüllte sie mit all der Kraft und Luft, die sie in ihren Lungen zur Verfügung hatte. Das Donnern kam näher. Erschrocken weiteten sich die dunklen Augen der Winzlinge. »Es kommt. Rasch, fort von hier. Lasst sie liegen. Schnell weg!« Ihre Umrisse verschwammen, die Luft wurde in ein buntes Farbengemisch getaucht und ein lautes Sausen kündete von ihrer Flucht. Hannah atmete auf. Aber weshalb ließen die sich plötzlich von Maximilian vertreiben? War er es wirklich? Oder waren die Wichtel vor etwas anderem geflüchtet?

Ihr Herz polterte. Sie richtete ihren Kopf auf, doch sie konnte nichts sehen. Das Donnern kam näher. Sie versuchte, die Seile von sich zu streifen. Sie musste sich schleunigst befreien! Falls es nicht Maximilian war, der kam. Oder falls er es war und das Tier in ihm weiter an Stärke gewonnen hatte.

Aber die dicken Seile saßen zu stramm. Sie schnürten in ihre Handgelenke und in ihren Bauch, selbst ihre Beine waren so eng aneinandergebunden, dass sie sie nicht gebrauchen konnte. Die Arme ebenfalls fest an die Seiten geknotet, konnte sie sich kaum bewegen.

Das Donnern wurde lauter. Hannah brach Schweiß aus. Sie wand sich, doch sie konnte sich nicht befreien. Mühsam rappelte sie sich auf die Knie, versuchte, auf die Füße zu kommen, doch sie fiel sogleich wieder auf die Knie. Ihr Herz klopfte schneller und schneller. Sie hob den Blick, um zu sehen, was sich ihr näherte.

Bitte, Maximilian, sei du es!

Weißer Nebel wanderte durch den Wald, so dicht, dass sie nicht durch ihn hindurchsehen konnte. Er zog immer näher zu ihr und als er bei ihr angelangte, löste er sich auf.

Zum Vorschein kam ein weißes Pferd, so hell und leuchtend, dass es die Finsternis des Waldes zu vertreiben schien. Seine Mähne war weißsilbern, ebenso wie sein Schweif, mit dem es hin und her wedelte. Ein weißes Horn prangte auf seiner edlen Stirn, das im Licht funkelte. Aus strahlend blauen Augen sah das Wesen sie an und wieherte leise.

War das ein Einhorn?

Hannah zwinkerte mehrmals. Das hatte die Waldgnome vertrieben? Aber es sah nicht böse und gefährlich aus!

»Diese Waldgnome!«, wieherte es und seltsamerweise konnte Hannah verstehen, was es sprach. »Ts, ts, ts. Wenn die nur irgendwen fesseln und verschleppen können. Geht es dir gut?«

Sie nickte bloß, unfähig, einen Ton herauszubringen.

»Das freut mich. Was tust du hier im Wald? Er ist gefährlich für euch Menschen.«

Hannah schluckte mehrmals, bis sie imstande war zu antworten. »Ich bin hier, um dem Prinzen zu helfen. Ein Fluch hat ihn getroffen.«

»Der Königssohn? Wie hieß er noch gleich? Prinz Gregor von Steinberg?«

»Maximilian von Lichtenberg«, verbesserte Hannah. Dabei bestaunte sie das Wesen. Es sah rein und edel aus, gut und weise. Langsam tat es ein paar Schritte auf sie zu. Mit seinem Maul kam es immer näher. Was hatte es vor? Es war doch nicht etwa auch von dem Bösen eingelullt und aggressiv geworden? Das Einhorn öffnete sein Maul und zog mit seinen Zähnen an dem Seil, mit dem die Waldgnome Hannah gefesselt hatten. Mit einem Ruck lösten sich die Stricke, fielen auf den Boden und sie war frei. Wie hatte das Wesen das so schnell geschafft?

»Danke!« Sie rieb sich über die Stellen an den Beinen und Armen, wo die Seile so fest eingeschnürt hatten, dass ihr Blut kaum mehr zirkuliert war. »Mein Name ist Hannah. Und wer bist du?«

»Ich bin Irmgard. Irmgard, das Einhorn.« Dabei reckte es stolz seinen Kopf in die Höhe und schüttelte seine Mähne. »Wenn du willst, führe ich dich aus dem Wald hinaus, damit dir nichts mehr geschieht. Es gibt diesen Pfad aus Ziegelsteinen, den eine große Zauberin erschaffen hat. Ich habe ihren Namen leider vergessen. Auf dem Weg bist du sicher!«

»Das ist sehr freundlich, aber ich muss den Prinzen finden und ihn erlösen.« Rasch erzählte sie, was bisher geschehen war. »Ich kann ihn nicht im Stich lassen. Ich muss herausfinden, was damals geschehen ist, als Mirabelle in den Wald davonlief.«

»Mirabelle? Das verschüchterte Mädchen? Ich war damals hier! Ich kann es dir erzählen.«

»Du weißt davon?«

»Selbstverständlich. Wir Einhörner sind weise und klug, wir haben ein ausgezeichnetes Gedächtnis und wissen von allen Dingen, die jemals in diesem Wald geschehen sind!«

»Erzähl es mir, bitte. Was ist geschehen, nachdem Mirabelle in den Wald geflohen ist?«

Das Einhorn legte seine Stirn kraus und überlegte. Es dauerte eine Weile, bis sie sich so genau an die Ereignisse erinnerte, dass sie Hannah davon erzählen konnte.

Kapitel 20

Vor vielen, vielen Jahren

odunglücklich und zutiefst verzweifelt rannte Mirabelle fort von dem Prinzen und seinen Gästen, hastete durch den Schlossgarten, bis sie eine kleine Pforte entdeckte. Sie eilte hindurch und hetzte in den Wald.

Vögel zwitscherten, Rehe und Hasen huschten umher, doch Mirabelle sah sie alle nicht. Sie nahm weder den Frieden noch die Idylle um sich herum wahr, sondern nur den Kummer und den Schmerz in ihrem eigenen Herzen.

Die Tränen rannen über ihre Wangen, sie schluchzte laut und rannte immer tiefer in den beschaulichen Wald hinein. Sie lief barfuß und spürte dennoch nichts an ihren Füßen, keinen Stein, keinen Zweig, keine Tannenzapfen oder Dornenranken. Vollkommen eingenommen hatte sie der Kummer über das, was ihr widerfahren war.

Zuerst diese furchtbare Krankheit, und dann dieser entblößende Abend. Nimmermehr wollte sie einen Menschen sehen. Nimmermehr wollte sie fort aus diesem Wald. Nimmermehr mit jemandem verkehren.

Ach, hätte diese Krankheit sie doch getötet. Was hatte sie noch von ihrem Leben, seit das Fieber ihr die Schönheit geraubt hatte? Nichts mehr! Nichts war mehr geblieben von der glorreichen und märchenhaften Zukunft der Mirabelle Madeleine Alice von Taustein.

Sie verfluchte ihr verhasstes Leben, verfluchte diese heimtückische Krankheit und verfluchte den arroganten Prinzen. Er hatte alles noch schlimmer gemacht. Er war schuld, dass sie nun hier war. Er hatte ihren Namen und den ihrer Familie für alle Zeit in den Dreck gezogen!

Wie mussten sich ihre Eltern ihrer schämen! Und wie sehr musste gewiss auch ihre geliebte Schwester Annabelle darunter leiden – war doch der Ruf der Familie von Taustein für alle Zeit zerstört und auch Annabelle würde gewiss keine vorteilhafte Partie mehr machen.

Ihre Schritte wurden langsamer, doch sie blieb nicht stehen, genauso wenig wie die Flut an Tränen, die über ihre Wangen flossen. Am liebsten wollte sie sich in der nächsten Schlucht zu Tode stürzen! Er war schuld. Der Prinz war der Böse!

Sie schluchzte laut auf und bemerkte nicht, wie ihre Wut und ihr Hass etwas weckten, das in der Tiefe des Waldes schlummerte.

Wie ein dunkler Nebel stieg es vom Boden auf und wanderte durch den Wald. Wo es hindurchströmte, verlor der Forst seine Helligkeit, wo es vorbeizog, flohen die Tiere und färbten sich die Blätter der Bäume dunkler. Der Nebel wurde dichter und finster. Allmählich nahm er Gestalt an. Er waberte hinter Mirabelle her, die nichts von dem spürte, was hinter ihr lauerte.

»Ach, wie verfluche ich den Prinzen! Er hat mir alles genommen! Er hat meiner Familie alles genommen! Büßen soll er!«, wetterte sie lauter und wütender. »Bezahlen soll er! Verfluchen will ich ihn!«

Das dunkle Wesen schlang sich von hinten um Mirabelle, wand sich um sie herum und hüllte sie ein. Es umschloss sie, kroch in sie hinein und umklammerte ihr Herz. Doch die hasserfüllte junge Frau bemerkte nichts davon.

»Verflucht soll er sein! Der böse Prinz soll bezahlen!«, schwor sie. Ihre helle Stimme war tiefer geworden, kratzig und rau, doch sie nahm den Unterschied nicht wahr.

»Ich will dir helfen«, flüsterte ihr eine dunkle Stimme ins Ohr. »Du bist nicht alleine. Ich werde den Prinzen für dich verfluchen.«

Mirabelle horchte auf. »Wer ist da?«

»Ich bin hier, um dir zu helfen, um dir beizustehen in einer Zeit, da niemand mehr an deiner Seite weilt«, schmeichelte die fremde Stimme. »Du musst nicht alleine sein. Bleib bei mir und ich werde dir helfen. Ich will dich rächen, will den Prinzen bestrafen – wenn du nur bei mir bleibst. Willst du das tun? Nie mehr alleine? Für alle Zeit bei mir?«

»Wer bist du?«

»Ich bin die Kraft der Verzweifelten, der Ruf der Einsamen und die Macht der Hoffnungslosen. Ich bin bei dir. Du bist nicht alleine. Ich helfe dir. Ich werde deine Rache vollziehen. Der Prinz und seine Familie sollen büßen für das, was sie dir angetan haben. Nimm mein Geschenk an und du bist nicht länger alleine.«

Mirabelle schluchzte auf. »Du willst mich rächen? Du hältst zu mir? Bleibst bei mir?«

»Ja, ich helfe dir. Wir gehören zusammen. Du bist ein Teil von mir und ich bin ein Teil von dir! Sag es. Sag: Ich nehme dein Angebot an. Sag es. Jetzt! Und deine Sorgen sind für alle Zeit vorbei!«

»Ich nehme dein Angebot an!«, flüsterte Mirabelle. Alles um sie herum wurde schwarz. Sie sah nichts mehr und fühlte nichts mehr. Vollkommene Dunkelheit nahm sie gefangen.

Die Wochen vergingen und Mirabelle lebte nicht und war auch nicht tot. Sie siechte vor sich hin in einer gestaltlosen Dunkelheit. Sie hörte nichts, sah nichts und fühlte nichts. Ihr Herz war fest umklammert von dem Bösen, dem sie sich anvertraut hatte. Sie fühlte keine Sehnsucht, keinen Schmerz, aber auch kein Glück und keine Hoffnung. Sie war nicht viel mehr als ein Schatten, eine verlorene Seele, irgendwo in den Tiefen der Finsternis, gefangen auf alle Zeit.

Sie erinnerte sich an nichts mehr. Alles, was gewesen war, war fort, der Schmerz sowie die Gedanken, der Kummer sowie jegliche Erinnerung. Sie wusste nicht, wie viele Wochen verstrichen waren, und sie wusste kaum mehr, weshalb sie sich in dieser Dunkelheit befand. Ihr Kopf war leer und sie machte sich keine Gedanken darüber.

Bis sie eines Tages eine Stimme vernahm. Eine Stimme, die nach ihr rief. Das erste Mal seit langer Zeit hörte sie jemanden ihren Namen aussprechen. Und mit dem Klang kehrte ein Fetzen Erinnerung zurück. Sie war Mirabelle. Und diese Stimme war ihr vertraut. Sie kannte sie seit dem Anbeginn ihrer Tage. Seit sie auf dieser Welt war.

»Mirabelle, wo bist du? Mirabelle?«

Es war die Stimme ihrer Mutter. Was tat sie hier? In dieser Dunkelheit? Und wieso war sie selbst hier? Weshalb konnte sie nichts sehen? Wo war sie gefangen?

Ganz langsam kehrten die Erinnerungen zurück. Eine nach der anderen. Die Krankheit. Die Ballnacht. Die Flucht in den Wald. Und die einschmeichelnde Stimme.

Wie viel Zeit war seither vergangen? Wie viele Stunden hatte sie in dieser Düsternis verbracht?

»Auf alle Zeit bei mir!«, hörte sie die dunkle Stimme irgendwo in der Finsternis widerhallen.

»Nein, das lasse ich nicht zu!«, erklang erneut die Stimme ihrer Mutter. »Gib sie frei!«

»Wir haben eine Vereinbarung getroffen. Das bindet für alle Zeit! Sie bleibt hier!«

»Ich bitte dich, sie wusste nicht, was sie tat. Sie ist noch so jung. Bitte, lass sie gehen. Ich flehe dich an.«

»Nein! Sie gehört auf alle Zeit zu mir!«

»Es muss einen Weg geben! Ich habe bis zu dir gefunden und ich gehe nicht, bevor mein Kind nicht wieder erlöst ist! Entbinde sie von dem Fluch!«

»Sie hat zugestimmt. Sie hat ihre Rache bekommen und dafür bleibt sie hier! Bei mir!«

»Ich bitte dich, hab erbarmen. Nimm mich für sie!«

»Dich?«

»Ich flehe dich an. Lass sie gehen. Sie ist noch jung und wusste nicht, was sie tat. Gib ihre Seele frei!«

»Nur eine Blutsverwandte kann den Fluch übernehmen!«

»Wir sind blutsverwandt. Ich bin ihre Mutter!«

Ein tiefes Seufzen war zu hören. »Wenn du sie findest, so kannst du an ihrer statt den Fluch annehmen.«

Schritte, schnelle Schritte hallten durch die ewige Dunkelheit. Ein feiner Geruch, der Mirabelle vertraut vorkam, wanderte zu ihr. Und im nächsten Moment schlossen sich die warmen Arme ihrer Mutter um sie. Wärme. Wie gut fühlte sich das an.

»Ich habe dich gefunden, mein Schatz. Ich bin hier. Ich lasse dich nicht allein in dieser Finsternis.«

»Mutter? Wie konntest du mich auffinden?«

»Mein liebes Kind, ich habe deinen Hilferuf vernommen.«

»Welchen Hilferuf?« Mirabelle konnte sich an nichts erinnern.

»Ich habe deine Seele rufen hören, mein liebes Kind.«

»Mama, wo bin ich? Was ist geschehen?« Die Angst und der Kummer übermannten sie. Doch ihre Mutter hielt sie fest. Ganz fest. Sie wiegte sie in ihren Armen und küsste sie auf die Wangen, die Stirn und die tränenden Augen.

»Niemals lasse ich dich alleine. Ich bleibe für immer bei dir, mein liebes Kind. In deinem Herzen bin ich immer an deiner Seite. Und nun musst du gehen.«

»Nein, Mama, wieso? Komm mit mir. Ohne dich gehe ich nicht weg!«

»Doch, du musst fort von diesem Ort! Hier darfst du nicht bleiben. Es ist finster und böse. Das hast du nicht verdient.«

»Mama«, Mirabelle schluchzte auf, »lass uns gemeinsam gehen.«

»Das geht nicht, mein Schatz. Über dir schwebt dieser böse Fluch. Ich kann ihn nicht brechen, aber ich kann ihn für dich tragen und dich damit erlösen. Bitte, geh und lebe dein Leben. Du bist noch so jung. Nutze die Zeit, die du hast, und vergebe mir. Vergebe deiner Mutter! Vergebe mir, dass ich nicht viel früher für dich da war!«

»Nein, Mama, nein!«, doch ein Sog zog Mirabelle fort aus der Dunkelheit. Ein schwarzer Sturm wirbelte um sie herum, sie hörte nichts mehr, vernahm nicht mehr den lieblichen, vertrauten Geruch und im nächsten Moment verlor sie das Bewusstsein.

∞

Als sie erwachte, lag sie mitten im Wald, gänzlich alleine. Niemand war bei ihr, niemand war da. Die Stimme und der Duft ihrer Mutter waren ebenso fort wie die vollkommene Dunkelheit um sie herum.

»Mama? Wo bist du?« Verzweifelt rannte Mirabelle umher, suchte hinter jedem Baumstamm und Busch nach einem Anzeichen, doch sie fand keine Spur.

»Gib sie frei! Ich erlaube nicht, dass sie meinen Platz einnimmt! Ich habe meine Rache gefordert, ich muss dafür bezahlen, nicht sie! Sie kann nichts dafür! Ich habe den Fluch auf mich genommen, nicht meine Mama! Gib sie frei!«

Niemand antwortete. Mirabelle rannte los. Sie hetzte durch den Wald und suchte nach dem Bösen, suchte nach ihrer Mutter, doch sie konnte sie nirgends finden. Irgendwann gab sie auf und verfluchte den Prinzen noch mehr für das, was er nun nicht nur ihr, sondern auch ihrer Mutter angetan hatte.

Und so kehrte das Böse zurück in ihr Herz, obwohl die Mutter ihr durch das Opfer ein freies Leben ermöglicht hatte.

Kapitel 21

ie schrecklich.« Hannah rieb sich mit den Händen über die Arme, auf denen sich Gänsehaut breitgemacht hatte, und atmete tief, um gegen die Beklemmung in ihrer Brust anzukämpfen. Sie empfand Mitleid mit der Frau, die ihr und Maximilian so übel mitgespielt hatte.

»Was ist dann geschehen?«

Irmgard, das Einhorn, wieherte. »Mirabelle hat Jahre, wenn nicht sogar jahrzehntelang nach ihrer Mutter gesucht. Doch sie hat sie nirgends finden können. Dabei wurde ihr Herz dunkler und hasserfüllter mit jedem Jahr. Ihre Wut auf den Prinzen und die gesamte Königsfamilie wuchs und sie ersann den Plan, ihre Mutter zu rächen. Sollte der Prinz je zu ihr kommen und um Erlösung bitten, so wollte sie ihn zunächst täuschen, wie es der Prinz selbst mit ihr getan hatte, und danach in das ewige Verderben stürzen.«

»Aber Prinz Maximilian ist zu ihr gegangen, nicht Prinz Gustav!«

»Prinz Maximilian?«, fragte Irmgard zerstreut.

»Sein Sohn.«

»Das ist ihr bestimmt egal. Es ist dasselbe Blut, das in ihm fließt. Sie hat nun ihre Rache bekommen und wird dennoch niemals Frieden finden.«

»Wie abscheulich sie gehandelt hat. Trotzdem tut sie mir leid. Ich habe beinahe Verständnis für ihr Verhalten. Und ihre

Mutter hat sie erlöst und ist dadurch auf ewig dem Bösen ausgeliefert. Wie schrecklich. Aber jede Mutter würde das für ihr Kind tun.«

Irmgard zwinkerte sanft mit ihren schönen Augen. Konnte sie in Hannahs Herz erkennen, dass sie dasselbe für ihre Kinder tun würde?

»Aber eine Sache frage ich mich.« Hannah strich sich eine lange Haarsträhne aus dem Gesicht und steckte sie sich hinter das Ohr. »Wenn ihr Einhörner von dieser Geschichte gewusst habt, wieso hat Frieda das nicht längst herausgefunden?«

»Frieda?« Das Einhorn zwinkerte verständnislos, doch Hannah winkte ungeduldig ab.

»Ich kann mir kaum vorstellen, dass diese dickköpfige Frau nicht alle Bewohner des Waldes befragt hat, um ihrem Patensohn zu helfen. Wenn alle Einhörner davon gewusst haben …«

Irmgard wieherte und schüttelte ihre Mähne, die silbern schimmerte. »Ich habe es selbst erst vor kurzem herausgefunden. Die anderen Einhörner wissen noch nichts davon.«

»Wie hast du es herausgekriegt?«

»Ich beobachte Mirabelle seit einiger Zeit. Nachts plagen sie schreckliche Alpträume und wenn sie sich unbeobachtet fühlt, führt sie Selbstgespräche oder redet mit einem Geist.«

»Spricht sie vielleicht in Gedanken mit ihrer Mutter?«

Irmgard wieherte lautstark. »Genau.«

Hannah überlegte. Das war natürlich eine Erklärung dafür, dass Frieda davon nichts erfahren hatte.

Irmgard tippelte aufgeregt mit den Vorderhufen. »Wenn du den Prinzen zu erlösen versuchst, so werde ich mit dir ziehen.«

»Wartet nicht deine Herde irgendwo auf dich?«, entgegnete Hannah, doch sogleich bereute sie ihre Frage. Der Wald würde mit diesem edlen, reinen Geschöpf an ihrer Seite so viel weniger beängstigend und gefährlich sein.

Irmgard schüttelte den Kopf, dass ihre Mähne umherflatterte. »Ich bin alleine unterwegs.«

»Alleine? Leben Einhörner nicht wie Pferde in Herden zusammen?«

»Normalerweise schon, aber ich bin ausgezogen mit einer Mission.« Das Einhorn drückte ihre breite Pferdebrust heraus. »Der Wald verändert sich, er wird dunkler und bedrohlicher mit jedem Jahr. Viele der Einhörner bedrängen unseren Leithengst, dass wir fortziehen müssen. Doch ich will den Wald nicht verlassen. Ich suche nach einer Lösung, sodass wir bleiben können! Womöglich finde ich an deiner Seite eine Antwort darauf.«

Hannah strahlte. »Ich freue mich. Deshalb bist du alleine unterwegs. Hast du deswegen Mirabelle beobachtet?«

Irmgard nickte. Staunend beobachtete Hannah diese menschliche Geste an ihr. »Seit Mirabelle in diesem Wald wohnt, hat sich das Gefüge verändert. Ich dachte mir, dass sie ein Geheimnis hat.«

»Aber wieso hat dich niemand begleitet? Offensichtlich ist deine Mission von großer Bedeutung und betrifft die Zukunft eurer gesamten Herde.«

Irmgard blickte zu Boden und ließ den Kopf hängen, selbst ihr Schweif schien zu Boden zu sacken. »Meine Mission ist nur der eine Grund, weshalb ich alleine unterwegs bin. Ich bin ausgezogen, um Weisheit zu erlangen.«

Hannah horchte auf. »Weshalb? Machen das alle Einhörner so? Ist das eine Art Initiationsritus?«

Galten nicht alle Einhörner als weise?

»Nein, das habe ich selbst so entschieden.«

»Weshalb?«

Irmgard scharrte mit den Hufen und schnaubte. »Ich bin sehr ... vergesslich – behaupten die anderen. Dabei ist es gar nicht sooo schlimm. Ich bin manchmal ein wenig zerstreut. Mein Gedächtnis ist nicht ganz so gut wie das der anderen Einhörner und manche von ihnen haben mich deshalb gehänselt und versucht, mich auszuschließen. Sie behaupten, in der Herde dürfe nur ein wahrhaft reines und edles Einhorn, dessen erhabener Kopf voller Wissen steckt, mitziehen.«

Sie schnaubte erneut auf. »Außerdem sei ich noch zu jung, sagen sie. Mir fehle Erfahrung und Wissen. Aber wenn ich dich begleite, sammle ich Erfahrung und Wissen! Und falls ich zusätzlich eine Lösung finde, wie wir in diesem Wald, der seit Jahrhunderten das Zuhause unserer Vorfahren ist, bleiben können, dann werde ich ein geachtetes Mitglied meiner Herde sein!«

Irmgard wedelte wild mit ihrem Schweif, und wieherte laut und fröhlich. War das ein Einhornlachen? »Liebe Anna ...«

»Hannah!«

»Liebe Hannah, darf ich dich begleiten?«

Sie lachte auf. »Ob du mich begleiten darfst? Es ist mir eine Ehre, dass du mit mir ziehen möchtest! Sehr, sehr gerne!«

Das Einhorn lächelte und dabei strahlte es noch mehr als zuvor. Wie konnte ein so gutes, freundliches Geschöpf ausgeschlossen werden? Hannah schüttelte verständnislos den Kopf. Offenbar waren selbst die weisesten Geschöpfe nicht gefeit vor Eitelkeiten.

»Wo gehen wir hin? Wie willst du den Prinzen befreien?«

»Mhm.« Sie strich sich eine Haarsträhne hinters Ohr. »Wir sollten nach Frieda rufen.«

»Frieda?«

»Die Patin des Prinzen.«

»Meinst du die hochgeschätzte Zauberin Friederike?«

»Hochgeschätzt? Ich denke schon. Sie ist es, die den Ziegelsteinweg durch den Wald gezaubert hat.«

»Au ja, die habe ich noch nie getroffen und viele der anderen Einhörner auch nicht. Das wäre eine fantastische Erfahrung!« Irmgard trabte auf der Stelle, wedelte wild mit ihrem Schweif und wieherte begeistert. Dabei reckte sie ihren edlen Kopf in die Höhe. Die Geste hätte arrogant aussehen können, doch ihre unbekümmerte Art und ihr fröhliches Wiehern brachten Hannah zum Schmunzeln. »Wie können wir diese große Zauberin herbeirufen?«

»Wir brauchen eine Quelle, einen Bach oder einen kleinen See. Weißt du, wo Wasser in der Nähe fließt?«

Irmgard wieherte. »Natürlich. Folge mir.« Und sogleich trabte das Einhorn los. Sie hob ihre Hufe auf eine Art, als ziere sie sich, den dreckigen Waldboden zu berühren. Dabei landete kein bisschen Schmutz auf ihren Beinen, Fesseln und Hufen. Egal, in welchen Erdhaufen sie stapfte, kein einziger Erdkrümel, kein Staubkorn und keine Baumnadel blieben an ihren strahlenden Hufen haften. Und sie war so schnell, dass Hannah ihr kaum zu folgen vermochte. »Warte!« Sie rannte hinter dem mythischen Wesen her. Sie sprang über Stock und Stein, und hastete hinter Irmgard her, die kaum an sie zu denken schien. »Du bist zu schnell für mich!«

Schnaubend drehte sich das Einhorn um. »Oh, Verzeihung. Da habe ich wohl nicht dran gedacht. Aber wir haben es eilig, oder?«

Hannah nickte und keuchend stützte sie die Hände auf die Knie. »Ich werde dich tragen. Kannst du reiten?«

Sprachlos starrte sie Irmgard an. Meinte sie das ernst? »Nein …«

»Dann wirst du es erlernen! Stell dich dort auf den Baumstumpf!« Hannah tat, wie ihr geheißen, und Irmgard trabte neben sie. »Nun spring auf meinen Rücken!« Vorsichtig, um dem edlen Tier ja nicht weh zu tun, kletterte Hannah auf seinen Rücken und Irmgard tippelte sogleich los. Es war nicht so kuschelig wie auf Maximilians Bärenrücken, dafür konnte sie gerader sitzen und sich leichter an die trabenden Bewegungen des Einhorns anpassen. Sie legte ihre Arme locker an den Hals des Tieres und lächelte. Wenn ihre kleine Emi sie so sehen könnte – was wäre sie begeistert!

»Dort vorne ist eine kleine Quelle!«, rief Irmgard. Aber als sie die angewiesene Stelle erreichten, war dort kein Wasser zu sehen.

»Ist sie versiegt?«

»Das kann nicht sein. Es ist eine uralte Quelle, die seit vielen hundert Jahren aus den Steinen sprießt.«

»Aber hier sind nirgends Steine.«

Irmgard wieherte. »Ach, ich habe vergessen, wir hätten an den Holundersträuchern rechts abbiegen müssen.«

Sie schnaubte und drehte um. Erhaben und fein trabte sie den Weg zurück, bis sie an eine große Gruppe Holunderbüsche gelangten. Der Geruch stieg ihnen in die Nase, während Hannah die weißen Blütentrauben mit der Schulter streifte.

Nach einer kleinen Weile gelangten sie an eine sprudelnde Quelle. Sie lag an einem Felsen. Einzelne Steine türmten sich übereinander. Zwischen ihren Ritzen schoss ein dicker, kräftiger Wasserstrahl hervor und plätscherte in einen grün schimmernden Quellteich, der von Farnen umringt war.

»Perfekt. Hier können wir nach Frieda rufen.« Hannah sprang vom Rücken des Einhorns und beugte sich über den Quellteich. »Frieda! Bist du da? Kannst du mich hören? Frieda?« Doch die Wasseroberfläche blieb ruhig.

»Frieda!«, rief Hannah immer lauter. »Frieda!« Endlich kräuselte sich das Wasser. Das erste, das sie erkennen konnte, war das Blitzen der Halbmondgläser ihrer Nachbarin, wenig später kam Friedas spitzes Gesicht zum Vorschein, und neben ihr ihre drei Kinder, die besorgt dreinschauten.

»Mama, alles in Ordnung?«, bedrängte Marco sie sogleich.

»Neben dir steht ein Einhorn!«, staunte Emi.

»Zauberin Friederike!«, wieherte Irmgard und verneigte ihren edlen Kopf. »Es ist mir eine Ehre.«

»Mama, Mama, geht es dir gut?«, piepste Leon. Waren seine Augen gerötet? Hatte er geweint?

Frieda seufzte erleichtert auf. »Sehr gut! Wie ich sehe, haben Sie Unterstützung bekommen.«

»Ja, Irmgard, das Einhorn, hat mich vor den Waldgnomen gerettet.« Als sie die entsetzten Gesichter ihrer Kinder sah, setzte sie sogleich hinzu: »Es ist alles in Ordnung. Ihr braucht euch überhaupt keine Sorgen zu machen!« Wie gerne hätte sie ihrem Jüngsten über den dunkelblonden Schopf gestreichelt. Sie streckte die Hand nach ihm aus und berührte doch nur die Wasseroberfläche.

»Seht ihr, Engelchen? Mami ist wohl auf!« Frieda lachte so vergnüglich, als hätte Hannah den reinsten Spaziergang hinter sich. Dabei strich sie Leon und Emi über die Schultern. Diese liebevolle Geste erleichterte Hannah und versetzte ihr gleichzeitig einen Stich. Sie war die Mutter. Sie müsste bei ihren Kindern sein. Sie müsste sie trösten – ach was, wenn sie bei ihnen wäre, bräuchten sie überhaupt keine Sorgen auszustehen!

Sie lächelte ihre Kinder tapfer an. »Wie geht es euch?«

»Gut, gut! Sag bloß, das Einhorn kann sprechen!?«, staunte Emi.

Irmgard wieherte. »Natürlich kann ich sprechen, Anni.« Emi setzte an, sie zu korrigieren, doch das Einhorn ließ sie gar nicht zu Wort kommen. »Alle Einhörner können reden. Wir beherrschen alle Sprachen der Welt.« Sie legte ihre Einhornstirn kraus, als versuchte sie, etwas in einer anderen Sprache zu sagen, doch die Wörter schienen ihr entfallen zu sein.

»Frieda, Irmgard hat mit erzählt, was damals mit Mirabelle geschehen ist. Es war ihr Plan, Prinz Maximilian zu hintergehen. Sie hatte von Anfang nichts anderes vor.« Rasch fasste sie der alten Nachbarin zusammen, was ihr das Einhorn über Mirabelle und ihre Mutter berichtet hatte.

Als sie geendet hatte, blickte Frieda zornig drein. »Dieses dumme Geschöpf. Hat sich mit dem Bösen zusammengetan. Dass sie sich nicht denken konnte, dass dabei nichts Gutes herauskommt! Immer diese jungen Dinger!«

»Dem Bösen?« Hannah fröstelte. »Was hat das zu bedeuten?«

»Das Böse lebt überall, so auch verborgen in diesem Wald. Jahrhundertelang haben wir in der Gegend nichts mehr von ihm gehört, doch da der Wald voller Unholde ist, hätte ich mir auch früher denken können, dass es an Macht gewonnen hat!«

»Sind die Unholde etwa das Böse?«

»Das Böse lockt die Unholde an und vertreibt die fried-liebenden Wesen.«

Irmgard wieherte bestätigend. »Viele in unserer Herde sprechen seit Wochen davon, dass wir den Wald verlassen müssen, bevor das Böse uns vernichten kann.«

»Wie hat es zurückkommen können in euren Wald?«, schaltete sich Marco in die Unterhaltung ein.

»Das Böse braucht Seelen, um seine Macht zu steigern«, erklärte Frieda. »Es geht zu den Traurigen und Verzweifelten, zu den Zornigen und Hasserfüllten. Es umgarnt sie, schmeichelt sich bei ihnen ein und verspricht ihnen alles, was sie sich wünschen. Dafür fordert es ihre Seele – für alle Zeit!«

»Wer würde sich auf so etwas einlassen?«, fragte Marco verständnislos.

»Es braucht Stärke und Mut, sich in einer ausweglosen Situation wieder aufzurappeln und weiterzumachen. Nicht der Hoffnungslosigkeit und dem Selbstmitleid zu verfallen. Mirabelle hat das nicht geschafft.«

»Sie war noch jung und ganz alleine«, verteidigte Hannah sie, bevor sie darüber nachdachte. »Sie wusste nicht, worauf sie sich einließ!«

Frieda schüttelte missbilligend den Kopf. »Es nützt nichts, sich darüber den Kopf zu zerbrechen! Wir brauchen einen Plan.«

Irmgard wieherte. »Mirabelle muss Prinz Kasimir …«

»Prinz Maximilian!«

»Mirabelle muss Prinz Maximilian verzeihen, damit er er-löst wird. Das wird sie nicht können, ohne dass wir etwas für sie tun.«

Hannah dachte nach. »Sie hat versucht, ihre Mutter zu befreien, und das all die Jahre nicht geschafft. Wenn uns das gelänge, könnte sie Maximilian im Gegenzug bestimmt vergeben.« Irmgard und Hannah blickten zu Frieda ins Quellwasser, die ihre spitze Nase kräuselte.

»Au ja, Mama, das klingt spannend. Auf zum Bösen! Ich wünschte, ich könnte mit dir mitgehen!«, rief Leon begeistert und auch Emis Augen strahlten. Nur Marco schien zu begreifen, dass all das kein Märchenabenteuer, sondern die Wirklichkeit war. »Aber Mama, wie willst du dich gegen dieses Böse verteidigen?«

»Deine Mutter braucht nichts zu befürchten«, gluckste Frieda – war sie wirklich so sorglos? »Und jetzt geh deinen Geschwistern etwas aus dem Märchenbuch vorlesen. Ich komme gleich zu euch!«

Marco wollte widersprechen, doch sowohl Frieda als auch Hannah warfen ihm einen strengen Blick zu, woraufhin er ergeben aufseufzte und die beiden Kleinen mit ihm aus der Bildfläche verschwanden. »Pass auf dich auf, Mama«, hörte sie ihn noch rufen und es schnürte ihr das Herz zusammen.

Seit Monaten war er teilnahmslos gewesen, desinteressiert. So seltsam diese Umstände auch waren und so leid es ihr tat, dass er sich um sie sorgte, so schön war es zu sehen, dass er sich nicht länger abkapselte, sondern wieder ein Teil der Familie wurde. War dieses Abenteuer dazu da, dass er zu ihnen fand? Dass er wieder offener und zugänglicher wurde?

»Wo können wir die Seele finden?«, fragte Hannah. »Wo lebt das Böse? Hat es ein Haus und hält die Seele dort gefangen?«

»Das Böse lebt überall und nirgendwo«, begann Frieda zu erklären und sogleich warf Hannah einen Blick über die Schulter, um sich zu vergewissern, dass es nicht bereits hinter ihr lauerte. Doch es war nichts zu sehen. »Es ist dort, wo die

Schatten lauern, dort, wo Angst und Verzweiflung herrschen, wo Wut und Zorn die Wesen bestimmen. Es ist mittlerweile beinahe überall in dem Wald.«

»Es ist beinahe überall? Was hat das zu bedeuten, Frieda?«

»Der Wald war einst friedlich und gut«, erklärte die alte Nachbarin. »Die dunklen Wesen, die dieser Tage hier ihr Unwesen treiben, gab es damals noch nicht.« Sie nickte gedankenverloren. »Nun ergibt alles einen Sinn. Seit das Böse durch Mirabelle zu neuer Macht gekommen ist, wird der Wald mit jedem Jahr finsterer und unheimlicher, selbst die Tiere, die dort leben, werden aggressiv. Die Einhörner sind die letzten guten Wesen hier – doch auch von ihnen sind schon viele fortgezogen.«

Irmgard nickte bestätigend. »Meine Herde ist die letzte, die noch in diesem Wald lebt. Doch auch sie überlegen, schon bald wegzugehen, wenn dem Bösen kein Einhalt geboten wird.«

Frieda faltete ihre Hände ineinander. »Das Gute geht fort und das Schlechte bekommt mehr Raum!«

»Ist die Seele von Mirabelles Mutter die einzige Seele, die das Böse gefangen hält?«

»Ich gehe davon aus. Aber bedenken Sie, wenn Maximilian sich seiner Bärenhaut bewusst wird, solange noch ein Rest Mensch in ihm haust, so ist auch seine Seele in Gefahr.«

»Du glaubst, er könnte ihm verfallen?«

Frieda zog sich die Halbmondbrille von der Nase und strich sich über die Augen. Die normalerweise so unbekümmerte Nachbarin sah müde aus.

»Ich befürchte es. Seine Tage als Mensch sind noch nicht gezählt. Ein paar Stunden verbleiben ihm noch, in denen sein menschlicher Geist in ihm verweilt. Der Moment wird kommen, in dem ihm klar wird, wer er einst war und wer er nun ist. Dann wird es da sein und versuchen, ihn zu sich zu holen.«

»Das darf nicht geschehen!«, rief Hannah aus. »Er ist ein guter Mann, er darf nicht alleine in der Dunkelheit enden! Wir müssen ihn befreien!«

»Dazu müsst ihr dem Bösen seine Kraft rauben. Befreit die Seele, die es gefangen hält.«

»Das heißt, wenn wir die Seele von Mirabelles Mutter befreien, nehmen wir dem Bösen seine Stärke und der Wald wird wieder lichter und freundlicher werden?«

Frieda nickte. »So muss es sein. Und wenn Mirabelle ihre Mutter sieht, wird sie Maximilian vergeben.«

»Bist du dir sicher?«

»Ich hoffe es.«

»Wo finden wir die Seele?«, fragte Hannah entschlossen.

»Überall und nirgendwo.«

Hannah rollte mit den Augen. »Geht das nicht etwas genauer, Frieda?«

Irmgard wieherte. »Überall kann das Böse von dir Besitz ergreifen. Und irgendwo hat es eine Art Unterschlupf. So etwas wie ein Schloss, eine Höhle, einen Bau, etwas wie einen Schatten. Und dort wird die Seele gefangen gehalten. Es muss einen Zugang dorthin geben.«

Frieda nickte. »Und diesen Zugang müsst ihr finden.«

Hannah hob fragend die Hände. »Aber wo? Der Wald ist riesig!«

»Ihr müsst dort suchen, wo das Böse am Stärksten ist.«

»Und wenn wir das Dunkle gefunden haben, wie können wir die Seelen befreien?«

»Das kann ich euch nicht sagen. Aber es muss einen Weg geben! Und ich bin mir sicher, ihr werdet ihn finden! Und Hannah: Bleiben Sie bei Irmgard. Falls ihr aus irgendeinem Grund getrennt werdet, müssen Sie sofort zurück zu dem Ziegelsteinweg!«

Hannahs Herz klopfte schneller. »Wo hast du mich nur hineingezogen, Frieda?!«

»Haben Sie Vertrauen, liebe Hannah, dann wird es gelingen.«

Irmgard schnaubte. »Ich passe auf Hannah auf. Keine Sorge!«

»Fein, liebe Irmgard, und nun lauft. Die Zeit rennt!«

Hannah verdrehte die Augen. Diese Frieda! Sie kletterte auf Irmgards Rücken und gemeinsam ritten sie davon.

Kapitel 22

ie Dämmerung zog bereits auf, während Hannah auf Irmgards Rücken durch den Wald ritt. Das Einhorn trabte vergnügt über die Nadeln, die den Waldboden bedeckten, und Hannah hielt sich an der silbern schimmernden Mähne fest. Der Wald war leer, kein Waldgnom verfolgte sie.

Die Schatten wurden länger – waren das bereits die Schatten, in denen das Böse lauerte? »Wie finden wir das Dunkle im Dunkeln?«, fragte Hannah, deren Magen knurrte, doch sie ignorierte es.

»Hach, eine wahrlich weise Frage, liebe Hannah. Meine Herde wäre stolz auf dich und würde mit zahlreichen Disputen darüber debattieren. Vortrefflich, sage ich nur, vortrefflich, meine Liebe. Und um auf deine Frage zurückzukommen … Was hast du gefragt?«

Hannah schmunzelte. Um das Einhorn nicht erneut zu begeistern und damit von der Frage abzulenken, formulierte sie sie ein wenig um. »Wie finden wir das Dunkle in der Nacht?«

Irmgard wieherte. »Um ehrlich zu sein, ich weiß es auch nicht. Die angeborene Weisheit muss an mir vorbeigezischt sein. Wer weiß, wer sie an meiner statt bekommen hat. Hoffentlich kein Biber. Ich weiß, ich weiß, so tolle Tiere, aber ich mag sie nicht. Mit ihrem ständigen Geknabber und Gebeiße und den ganzen Dämmen, die sie bauen.«

Unvermittelt schwieg das Einhorn still und hob den Kopf, als versuchte es sich krampfhaft an etwas zu erinnern. Hannah ahnte, Irmgard hatte erneut den Faden verloren.

»Es ist nicht schlimm, dass du nicht so weise bist wie deine Artgenossen. Durch Erfahrung wird man bekanntlich auch klug.«

»Das ist sehr nett von dir. Einige in meiner Herde sehen das gänzlich anders. Wer nicht bereits mit einem Jahr die Grundlagen der philosophischen Logik beherrscht und auf alles eine wahrhaft vollkommene Antwort weiß, ist in ihren Augen nicht wert, ein Einhorn genannt zu werden.«

Hannah hörte keinen traurigen Unterton aus Irmgards Stimme heraus. Erstaunlich, wie unbekümmert das Fabelwesen auf diese Ausgrenzungen reagierte.

Plötzlich raschelte etwas. Ein Schnauben ertönte. Ein Wiehern, laut, verzweifelt. Es klang, als wäre ein junges Pferd in Gefahr. Dort, hinter den Himbeersträuchern. Aber durch die Dämmerung konnten sie nur bis zu den Beeren sehen, und nicht, was dahinter lag.

»Meine Herde, es muss jemand isoliert worden sein!« Schnell preschte Irmgard auf das klägliche Wiehern zu. Es wurde noch lauter, schmerzerfüllter.

Moment. Was war hinter der Hecke?

»Irmgard, langsamer!«

»Nein, ich muss ihm helfen. Es klingt nach einem Einhornfohlen! Ich muss es retten!«

»Nein, stop! Das ist kein Fohlen.«

»Doch, doch!«

In rasendem Tempo preschte Irmgard weiter. Nur noch wenige Meter bis zu den Sträuchern. Wollte sie etwa darüberspringen?

»Nein, Irmgard, denk nach. Deine Herde würde auf das Fohlen aufpassen! Es kann nicht ganz alleine hier sein! Das ist eine Falle!«

Irmgard wieherte, ein wenig langsamer wurde sie, doch stehen blieb sie nicht. »Und wenn doch? Ich darf es nicht im Stich lassen!« Die Dämmerung schritt voran, doch hinter den Sträuchern war es noch finsterer als im übrigen Wald. Es war ein dunkler, fast schwarzer Nebel, der dort verharrte, als wartete er nur auf sie.

»NEIN, IRMGARD, STOP!!!!!«

Bevor Irmgard ansetzen konnte, über die Sträucher zu springen, zerrte Hannah an ihrer Mähne und endlich blieb das Einhorn stehen. Das klägliche Wiehern erstarb. Der seltsame Nebel zerstreute sich, wirbelte herum und verschwand.

»Das war ein Irrwicht!« Hannahs Herz schlug wild. »Oder?«

»Ein Irrwicht? O nein, wo ist das Einhorn hin? Hat hier nicht eben jemand gerufen?« Verwirrt blickte sie sich um.

Hannah kletterte von ihrem Rücken und schlich auf die Himbeersträucher zu. Nun, da sich der Nebel verzogen hatte, lag der Blick frei auf die unendliche Waldlandschaft dahinter. Noch zwei Schritte weiter und Hannah blieb abrupt stehen. Direkt hinter den Himbeerbüschen ging es bergab. Steil bergab! In kleinen Schritten näherte sie sich dem Abgrund und linste hinab. Während sie in die ewige Tiefe blickte, wurde ihr schwindelig.

Irmgard schnaubte neben ihr. »Meine Güte, das ist aber tief. Da wären wir direkt hineingesprungen!«

Hannahs Herz klopfte schneller. Sie hätte ihre Kinder nie wiedergesehen. Oh, diese Frieda. Wo hatte sie sie nur hineingezogen! Irmgard stupste sie mit den Nüstern an den Kopf.

Hannah strich ihr über die Nase und lehnte ihren Kopf an ihren Hals. Dem Himmel sei Dank, war dieses Einhorn bei ihr.

Ihr Magen knurrte lautstark. Die Himbeeren leuchteten vor ihren Augen. Konnte sie es wagen, davon zu kosten?

»Irmgard, sind diese Himbeeren vergiftet?«

»Vergiftet? Wie kommst du denn auf so etwas.« Sie schnupperte an den Sträuchern und schüttelte ihre silberne Mähne. »Sie sind vorzüglich!«

Hannah pflückte eine Beere, roch daran und legte sie sich vorsichtig auf ihre Zunge. Schmeckte sie normal? Als der rote Saft austrat, atmete sie erleichtert auf und griff beherzt zu. Satt wurde sie davon nicht, doch es half gegen das Stechen im Magen, und der Fruchtzucker lieferte ihr ein wenig Energie.

»Lass uns weiterreiten. Wir brauchen einen Unterschlupf für die Nacht.«

Hannah stieg auf den Rücken des edlen Tieres. »Hast du eine Idee, wo wir gefahrlos schlafen können?«

Irmgard wieherte. »Gefahrlos vielleicht nicht, aber ich schlafe ohnehin nur noch im Stehen, seit das Böse durch den Wald zieht und ich alleine unterwegs bin. Siehst du dort vorne die Gruppe Lärchen?«

Hannah nickte.

»Lärchen sind Schutzbäume. In ihnen lebten früher die Feen – bevor sie fortgezogen sind. Doch ihre Magie haftet den Bäumen noch immer an, weshalb die frechen Unholde ihnen fernbleiben. Dort können wir uns für die Nacht unterstellen.« Das Einhorn trabte auf die Lärchen zu, deren Nadeln nun, da es Frühsommer war, in saftigem Grün leuchteten. Es war eine Gruppe von acht Bäumen, die ungeordnet

nah beieinander wuchsen. Irmgard blieb inmitten der Baum-
gruppe stehen und blickte empor. Hannah folgte ihrem Blick.

»Hier haben einst Feen gewohnt? Echte Feen?«

»Natürlich echte Feen.« Irmgard wieherte. Lachte sie?
Wen fragte Hannah auch?!

»Seit wann sind sie fort?«

»Mit dem Erwachen und Erstarken des Bösen kamen die
Waldgnome in den Wald. Sie sind der größte Feind der Feen.
Da die Feen sehr liebe, reine Geschöpfe sind, die sich nicht
gerne streiten und überhaupt nicht kämpfen, haben sie sich
von den Waldgnomen vertreiben lassen.«

»Wo sind sie hin?«

Irmgard schüttelte unwissend den Kopf. Hannah musste
schmunzeln, wie menschlich sie sich verhielt. »Vermutlich
dorthin, wohin auch die meisten Einhörner verschwunden
sind.«

»Wo ist das?«

»Ich weiß es nicht.«

Hannah glitt von ihrem Rücken. Sie befühlte den Boden
am Stamme einer der Lärchen, der mit Nadeln übersät war.
Er war trocken. So gut es möglich war, machte sie es sich darauf bequem und lehnte sich mit dem Rücken an den Stamm.
Sie blickte in die Tiefen des Waldes, der so finster war, dass
sie kaum mehr Schemen erkennen konnte.

Hier und da tauchten ein paar Augen auf. Schon wollte
sie zurück auf Irmgards Rücken hechten, als das Einhorn
sanft schnaubte.

»Hab keine Angst. Ich werde Wache halten. Ich schlafe
nicht sehr tief und spüre es sogleich, wenn sich etwas Böses
heranwagen sollte. Aber die alte Magie der Lärchen wird uns
schützen!«

Hannah entspannte sich ein wenig, als ihre Gedanken zu dem verzauberten Prinzen schweiften. Wo war Maximilian? Ging es ihm gut? Musste er gegen wilde Tiere kämpfen? Hoffentlich hatte er sich einfach in eine Höhle zurückgezogen und schlief!

War er sich seiner Bärenhaut schon bewusst geworden? Schlich sich das Böse bereits von hinten an ihn heran, um einen schwachen Moment abzuwarten und sich seine Seele zu krallen? Das Herz drückte ihr schwer in der Brust. Käme sie überhaupt wieder in ihre Zeit zurück, wenn es ihr nicht gelänge, den Prinzen zu retten? Wer würde für ihre Kinder sorgen?

Am liebsten wäre sie sofort weitergezogen, um Maximilian endlich in Sicherheit zu wissen und zu ihren Zuckermäusen zurückzukehren. Ihre Gedanken rasten durch ihren Kopf und obgleich sie es niemals für möglich gehalten hätte, schlief sie kurze Zeit später erschöpft ein.

Kapitel 23

annah wurde von ein paar sanften Stupsern ge-
weckt. »Mhm... lasst mich schlafen, Kinder!«
»Pst!«

Das warnende Geräusch ließ sie ebenso hochschrecken
wie die Stimme des Einhorns. Irmgard war es, die ihr sachte,
aber bestimmt mit der Nase gegen den Kopf stupste – nicht
eines ihrer Kinder. Hannah war nicht zuhause, nein, sie befand sich in einem Zauberwald, um den verfluchten Prinzen
zu retten.

»Was ist los?« Sie öffnete die Augen, doch sie konnte
nichts sehen. Es war stockdunkle Nacht. Sie hörte ein Rascheln und Knacken. Etwas huschte in ihrer Nähe über den
Waldboden. Im nächsten Moment war es wieder still. »Was
war das?«

»Sch!«, zischte Irmgard. Sie stellte sich vor Hannah, die
sich aufrichtete und mit dem Rücken an den Lärchenstamm
drückte.

Eine dunkle, tiefe Stimme war zu hören. »Vermisst du
nicht deine Kinder? Emi, Leon und Marco haben gerade Alpträume. Sie weinen, weil du fort bist, und haben Angst, dass
du nie wieder zurückkommst.«

»Wer ist da?«, raunte Hannah.

»Pst!«, zischte Irmgard.

»Aber die Stimme ...«

»Welche Stimme?«

Hannah hörte sie erneut sprechen.

»Deine Kinder fühlen sich im Stich gelassen. Wie konntest du so egoistisch sein und ohne sie fortgehen? Du hättest bei ihnen bleiben müssen. Nun drohen sie Vollwaisen zu werden. Was hast du nur getan?«

Die Worte schnürten ihr das Herz zusammen. Sie erzitterte, während sie der dunklen Stimme wie gebannt lauschte. Sie sprach aus, was Hannah dachte. Sie sprach aus, was Hannah befürchtete. Wie hatte sie ihre kleinen Kinder nur alleine lassen können?! Wie hatte sie so egoistisch sein können?!

»Ich kann dir helfen. Ich kann dich zu ihnen führen. Du brauchst nicht einsam und alleine hierzubleiben. Ich bin bei dir! Ich bin dein Freund! Komm! Komm einen Schritt her und nimm meine Hand!«

Gänsehaut kroch Hannah den Rücken hinunter. Sie zog die Schultern hoch und schlang die Arme um ihren Körper. Das Böse! Es war das Böse, das zu ihr sprach! Sie musste stark bleiben. Musste standhaft sein. Sie durfte sich nicht verführen lassen!

»Komm mit mir«, säuselte die Stimme. »Komm, Hannah, komm! Komm ein paar Schritte zu mir und ich bin bei dir. Du brauchst dich nicht zu fürchten. Ich bringe dich zu deinen Kindern.

Kannst du sie vor dir sehen? Leon mit den Kulleraugen, Emi mit den süßen Grübchen und Marco mit seinem schiefen Grinsen? Stell dir vor, wie wunderbar es sein wird, sie in die Arme zu schließen. Stell dir vor, wie gut es sich anfühlen wird. Du und deine Kinder, endlich wieder vereint.

Komm, Hannah, komm näher und nimm meine Hand. Du brauchst nur drei Schritte zu tun. Du musst nicht hierbleiben.«

Hannah biss die Zähne fest zusammen. Lass dich nicht einlullen. Glaub dem Bösen nicht. Es will dich verführen. Es bringt dich nicht zu ihnen. Es will dich aus dem Schutz der Bäume locken!

Etwas Kaltes kam von hinten näher an sie heran. Etwas Schauriges, das sich gleichzeitig wie eine Decke anfühlte, nach der man sich sehnte, in die man sich einkuscheln wollte und all seine Sorgen vergessen konnte.

»Komm mit mir, Hannah, es wird alles wieder gut.«

Es war so stark. Es war so mächtig. Es zog sie von den Lärchen fort.

»Irmgard …«, flüsterte Hannah. Sie brauchte so viel Kraft dafür, den Namen auszusprechen, dass ihre Knie drohten einzuknicken. »Es … ist … hinter … mir.«

Das Einhorn wieherte laut und bäumte sich auf. »Bleib bei dem Baum!« Sie warf ihre Hufe in die Höhe und sprang hinter Hannah in die Dunkelheit. »Verschwinde!«, wieherte sie und donnerte mit ihren Hufen auf den Boden. »Verschwinde!«

»Komm mit mir, ich helfe dir …«

»NEIN!«, schrie Hannah, und klammerte sich verzweifelt an sich selbst fest, an ihrem einzigen Halt. »Ich komme nicht mit!« Wind brauste auf. Ein Sog zog sie von der Lärche fort, doch sie drückte sich an den Baumstamm und umschlang ihn mit den Armen. Der Wind wurde stärker und zog an ihren Haaren, ihr Kleid flatterte im Wind, der zerrissene Rock blähte sich auf.

»Fort mit dir!«, wieherte Irmgard energisch und stemmte die Hufe erneut in die Düsternis hinter Hannah. »Fort, sage ich! Du bekommst ihre Seele nicht!« Sie spannte ihre Muskeln an. Die magische Kraft der Einhörner strömte durch sie hindurch und ließ sie heller und heller erstrahlen, bis sie einen Schein über sich hinauswarf, der die Finsternis erleuchtete. Die Schatten wichen zurück.

»Du kannst jederzeit zu mir kommen. Du brauchst nur nach mir zu rufen«, hörte Hannah die Stimme ein letztes Mal schmeicheln, bevor sie aus ihrem Kopf entschwand. Zurück blieb nichts als eine Leere, ein trostloses Gefühl. Noch mehr als zuvor sehnte sie sich nach ihren Kindern. Noch mehr als zuvor machte sie sich Vorwürfe, dass sie nicht bei ihnen war, sie nicht beschützte. Hannah sackte auf den Boden und schlang ihre Arme fest um sich selbst.

Bis zum Morgengrauen bekam sie kein Auge mehr zu. Irmgard kuschelte sich inmitten der Lärchen auf den Boden, damit Hannah sich an sie schmiegen konnte, und schweigsam beobachteten sie die dunkle Stille.

Das Böse kehrte nicht zurück. Noch immer wanderte ein Schauer über Hannahs Rücken, wenn sie daran dachte, dass es hier gewesen war, um sie zu holen. »Bin ich so schwach und so verzweifelt, dass es versucht hat, mich zu verführen?«

»Nein, liebe Hannah, das bist du nicht. Du hast gerade bewiesen, dass du Stärke und Hoffnung in dir trägst! Sonst hättest du nicht widerstehen können.«

»Wird das Böse auch zu Maximilian gehen? Oder war es womöglich längst bei ihm?«

»Nein. Das glaube ich nicht. Mit seiner Seele würde das Böse an solcher Kraft gewinnen, das hätte ich gespürt.« Hoffentlich hatte Irmgard recht. »Schau nur, dort hinten geht die Sonne auf und mit ihren Strahlen kehrt das Licht zu uns zurück. Lass uns sogleich aufbrechen.«

Hannah kletterte auf Irmgards Rücken.

»Im Hellen lässt sich das Dunkle besser finden!«

Irmgard wieherte begeistert und wedelte mit ihrem Schweif. »Das muss ich mir merken! Du und deine weisen Sprüche. Fantastisch!«

Hannah lächelte und strich dem mythischen Wesen über den Hals. Der verwunschene Wald wurde in orangefarbenes Licht getaucht und büßte damit ein Stück seiner Bedrohlichkeit ein. Sie galoppierten der aufgehenden Sonne entgegen, auf der Suche nach dem Zugang zu der absoluten Dunkelheit, zu dem vollkommenen Nichts, in dem die verlorene Seele gefangen gehalten wurde.

Sie waren bereits den gesamten Vormittag unterwegs, ohne dass ihnen irgendjemand begegnet wäre. Das Einhorn schien das Böse fernzuhalten – oder zumindest die Wesen, die von dem Bösen in diesen Wald gelockt worden waren. An einer Quelle hielten sie an, um etwas zu trinken.

»Wenn wir den Zugang finden, wie können wir die Seele befreien?«, fragte Hannah, nachdem sie ihren Durst gestillt und sich das Gesicht und die Arme abgewaschen hatte. Ihr Magen zog sich schmerzhaft zusammen doch sie ignorierte es. »Hast du eine Idee?«

Irmgard schnaubte und schüttelte die Mähne. »Mirabelles Mutter hat eine Abmachung getroffen. Und die gilt für alle Zeit. Aber es muss einen Weg geben, dem Bösen Einhalt zu gebieten und die Seele zu befreien!«

Hannah schüttelte ihre Hände, um sie zu trocknen. »Müssen wir das Böse besiegen? Es vernichten, um sie frei zu bekommen?«

»Nein, das geht nicht. Das Böse ist da, genauso wie das Gute. Keines der beiden kannst du zerstören. Aber wir können dem Bösen seine Kraft rauben. Wir müssen uns für das

Gute entscheiden und ihm damit seinen Rückhalt, seine Reserven nehmen. Nur, wie könnte uns das gelingen?«

»Wir müssen das Böse schwächen, um die Seele zu befreien. Gleichzeitig wird das Böse geschwächt, indem wir die Seele befreien …«

Irmgards stahlblauen Augen leuchteten. »Vortrefflich formuliert, liebe Hannah! Vortrefflich! Ich höre die anderen Einhörner bereits debattieren.«

»Gibt es jemanden, den wir fragen können? Vielleicht …« Sie zögerte.

»Mhm?« Irmgard blickte Hannah fragend an, während diese wieder auf ihren Rücken stieg. »Hast du einen guten Einfall?«

»Vielleicht können wir die Einhörner deiner Herde fragen. Wenn du sagst, ihr seid die weisesten Geschöpfe, so werden sie uns bestimmt sagen können, wie wir das Böse besiegen und die Seele retten können!«

Irmgard schnaubte und schwieg einen Moment still, selbst ihr Schweif blieb ruhig. Hätte Hannah lieber nicht davon anfangen sollen? »Ich wollte dich nicht vor den Kopf stoßen. Ich meine nur, wir sollten alles versuchen. Wenn du eine andere Idee hast, dann …«

»Nein, habe ich nicht. Also gut. Lass uns zu den ignoranten Nasehochrössern gehen. Bin mal gespannt, wie weit die kommen mit ihrer Weisheit.« Sie hob den Kopf und galoppierte Richtung Osten.

Hannah beugte sich vor und hielt sich an der Mähne fest, um nicht herunterzufallen. »Weißt du, wo wir sie finden? Wo sich deine Herde aufhält?«

»Natürlich. Ich bin zwar von ihnen fortgezogen, aber ich finde dennoch jederzeit zu ihnen zurück.«

Irmgard stieß sich stärker mit ihren Hufen vom Boden ab und in rasendem Tempo flog sie förmlich durch den Wald. Ob sie sich beeilte, weil sie den Besuch schnell hinter sich bringen wollte, oder weil Irmgard sich in ihrem tiefsten Inneren doch freute, ihre Herde wiederzusehen?

Hannah war mehr als aufgeregt. Gleich würde sie einer Einhornherde begegnen. Was für ein Traum. Und auf dem Weg zu Irmgards Herde klopfte ihr Herz in freudiger Erwartung schneller und schneller.

Kapitel 24

ie Sonne hatte längst ihren Zenit überschritten, als Irmgard auf eine große Lichtung galoppierte, über die ein dichter Schleier aus weiß leuchtendem Nebel waberte. Der Nebel strahlte, als berge er größte Reichtümer, und er warf einen hellen Schein auf die hohen, dunklen Fichten, die ringsherum wuchsen.

Hannah erinnerte sich an den Nebel, als Irmgard zum ersten Mal auf sie zugaloppiert war, und fragte sich, ob sich in den Schwaden die Einhornherde verbarg. Sie dachte an den Herbstnebel, der stets über die Felder in der Nähe ihrer Stadt zog. Wanderten auch in diesen Nebelschleiern Einhörner umher?

Je näher sie trabten, desto unruhiger wurde der Nebel, bis er sich in eine Ecke der Lichtung zurückzog. Ein einzelner Nebelschleier trennte sich von den dichten Schwaden und schwebte auf sie zu. Kurz vor ihnen löste er sich auf und zum Vorschein kam ein Einhorn. Es war ebenso prächtig und strahlend wie Irmgard, doch seine Nüstern waren arrogant erhoben und aus seinen hellblauen Augen blickte es streng auf sie herab. »Was tust du hier, Irmgard? Wir hatten den Eindruck, du willst nicht länger ein Teil dieser Herde sein!« Seine Stimme war ebenso melodisch wie Irmgards, klang dabei aber herrisch und unnachgiebig.

Irmgard tippelte mit ihren Vorderhufen und schnaubte. »Nur weil ich auf Wanderschaft gehe, Edeltraud, heißt das noch lange nicht, dass ich nicht mehr zu dieser Herde dazugehöre!«

Das Einhorn Edeltraud schnaubte, es klang wie ein abfälliges Lachen. Da fiel sein Blick auf Hannah. »Was fällt dir ein, einen Menschen zu uns zu bringen?«

»Wir müssen mit euch sprechen. Es handelt sich um eine sehr wichtige Angelegenheit!«

»Ist das ein Trick, um dich wieder in unsere Herde zu schmuggeln, ohne deine versprochenen Aufgaben zu erfüllen?«

Irmgard funkelte das Einhorn erbost an. »Ich werde mich gewiss nicht in diese Herde schmuggeln. Ich komme erst zurück, sobald ich meine Mission erfüllt habe! Und wenn es soweit ist, kehre ich erhobenen Hauptes zu euch zurück und gewiss nicht durch ein Hintergässchen.«

»Hintergässchen?«, schnaubte Edeltraud.

»Hintertürchen«, korrigierte Hannah schnell. »Wir brauchen eure Hilfe«, nutzte sie den Moment, da nun die eisblauen Augen des edlen Tieres auf ihr ruhten. »Das Böse gewinnt jeden Tag an Kraft und breitet sich in diesem wunderschönen Wald aus. Wir wollen die verlorene Seele befreien, die ihm diese Macht verleiht. Die Gegend würde wieder friedlicher werden und ihr könntet hierbleiben, müsstet nicht fortziehen!«

Edeltraud schnaubte amüsiert. »Wie sollte euch das gelingen? Einem vergesslichen Einhorn und einer Menschenfrau?«

»Bitte«, Hannah legte die Hände vor der Brust aneinander, »lass uns mit der Herde sprechen. Wir sind angewiesen auf euer Wissen. Wir müssen einen Weg finden, wie wir die Seele befreien können. Es hängt so viel davon ab.«

»Was meinst du? Was ist geschehen?«

»Edeltraud, der Prinz, er wurde verflucht«, schaltete sich Irmgard ein.

»Das war abzusehen. Der Fluch schwebte doch bereits seit Jahrzehnten über dem Königshaus der von Lichtenberg. Und da Prinz Maximilian nur aus Liebe heiraten wollte und sich trotz des fortgeschrittenen Alters seines Vaters nicht dazu durchringen konnte, sich mit irgendeiner Frau zu vermählen, war es nur eine Frage der Zeit, da der Fluch sich erfüllen würde. Ist er nun ein Bär geworden?«

Hannah nickte. »Er lebt hier im Wald. Aber noch können wir ihn zurückverwandeln. Es gibt eine Möglichkeit, den Fluch zu brechen!«

»Das geht uns nichts an!«, schnaubte das edle Ross.

Irmgard tat zwei Schritte auf sie zu. »Edeltraud, hör mir zu, es ist …«

»Nein, das wissen wir doch alles längst. Im Gegensatz zu dir haben wir die Ereignisse von damals nicht vergessen. Es war schändlich, wie sich Prinz Gustav dem armen Mädchen gegenüber verhalten hat. Die Verwünschung trifft die Familie nicht ohne Grund.«

»Aber Prinz Maximilian war zu dem Zeitpunkt noch nicht geboren. Wie kann es gerecht sein, dass er für den Fehler seines Vaters bezahlen muss?«, ereiferte sich Hannah.

Edeltraud hob einen Huf, als handele es sich um einen tadelnden Zeigefinger. »Die Schuld liegt alleine …«

»Halt dich fest, Hannah!«, rief Irmgard und preschte an Edeltraud vorbei näher zu dem großflächigen Nebel hin.

»Was hast du vor?«

»Wir müssen direkt mit ihnen reden!« Irmgard bremste vor den dichten Nebelschwaden, die sich vor ihren Augen

auflösten, und zum Vorschein kam eine strahlende Einhornherde. Es waren mehr als dreißig Tiere, die dicht beieinander
drängten und Hannah und Irmgard sorgenbehaftet muster-
ten. Es gab sogar ein paar kleine Tiere, die vorsorglich von
ihren Müttern abgeschirmt wurden.

Drei Einhörner lösten sich aus der Herde und traten ihnen
entschlossen entgegen.

»Was hat das zu bedeuten, Irmgard? Wieso bringst du
einen Menschen zu uns?«, donnerte der Hengst in der Mitte,
das größte von allen Einhörnern. Seine Mähne war gänzlich
weiß und sein Fell silbergrau. Aus hellen Augen sah er sie
streng an.

»Ich habe ihnen nicht erlaubt, an euch heranzutreten!«,
kam Edeltraud schnaufend angesprungen. »Sie haben sich
einfach …«

Doch Irmgard wartete nicht, bis Edeltraud ausgeredet
hatte. »Siegfried, wir müssen dringend mit euch sprechen. Es
ist sehr wichtig. Der Prinz hat sich in einen Bären verwandelt, der Fluch hat sich erfüllt und das Böse kriecht bereits
hinter ihm her, um sich seine Seele zu holen.«

Edeltraud setzte an, doch ein Blick von Siegfried genügte,
um das Tier zum Schweigen zu bringen. Der mächtige Ein-
hornhengst betrachtete Hannah eindringlich aus seinen hellen Augen, als prüfe er, ob sie für ihn und seine Herde eine
Bedrohung darstellte.

Hannah lächelte – was sonst konnte sie tun im Anblick
dieser wundervollen Geschöpfe. »Bitte, wir brauchen euren
Rat. Wir wollen die Seele von Mirabelles Mutter erlösen, um
das Böse zu schwächen. Aber wir wissen nicht, wie uns das
gelingen soll. Kennt ihr einen Weg, wie wir die unschuldige
Seele befreien können?«

»Normalerweise gibt es keine Möglichkeit. Doch in diesem Fall ist die Seele, die den Fluch trägt, unschuldig. Mirabelles Mutter selbst hat nichts Unrechtes getan und keine Schuld auf sich geladen, bis auf die nagenden Zweifel einer Mutter, die sich vorwirft, ihr Kind im Stich gelassen zu haben. Es gibt einen Weg, ihre Seele zu erlösen, und sobald sie frei ist, wird das Böse geschwächt werden.«

Irmgard wieherte begeistert und wedelte wild mit ihrem Schweif hin und her. »Wir müssten den Wald nicht verlassen. Wir könnten bleiben, wenn das Gute wieder erstarkt. Womöglich kehren sogar ein paar freundliche Wesen zurück!«

»Langsam, langsam, liebe Irmgard. Die Ungeduld ist keine der Tugenden, die ein Einhorn in sich tragen sollte.«

Irmgard scharrte mit den Hufen. An ihrer statt rief Hannah: »Aber wir müssen uns beeilen, damit das Böse nicht die Seele des Prinzen ergreift.«

Siegfried schwieg still. Dachte er nach? Keines der Einhörner sprach ein Wort.

Hannah ließ ihren Blick über die beiden Einhörner schweifen, die Siegfried umrahmten. Sie waren gelbbraun und hatten golden schimmernde Mähnen und Schweife. Sie blickten Hannah aus ihren golden glänzenden Augen an, ohne ein Wort zu sprechen. Selbst die Herde und Edeltraud hinter ihnen gaben keinen Ton von sich. Hannah setzte an, etwas zu sagen, doch Irmgard schüttelte kaum merklich den Kopf.

Hannah atmete tief ein und widerstand dem Drang, die Stille zu durchbrechen. Ihr Herz pochte schneller und schneller, als versuchte es, die verlorene Zeit, die durch dieses Dastehen und Nichts Sagen entstand, wieder aufzuholen.

»Es gibt einen Weg, die unschuldige Seele zu erretten.«

»Also wird es uns gelingen, Maximilian zu erlösen?«, platzte es aus Hannah raus, froh darüber, endlich wieder etwas sagen zu dürfen.

»Das wird sich zeigen.« Siegfried schnupperte sachte in die Lüfte. Seine Nüstern blähten sich in unendlicher Langsamkeit, als versuchte er, mit aller Geduld einen Geruch wahrzunehmen. »Es gibt eine Blume, die die Ketten des Bösen zu brechen vermag.«

»Eine Blume???« Hannah schüttelte ungläubig den Kopf. »Wie kann eine Blume gegen etwas so Mächtiges wie das Böse etwas ausrichten?«

»Viele Blumen sind rein und unschuldig, einige von ihnen sind stark und besitzen mehr Kräfte, als es auf den ersten Blick ersichtlich ist!«

Irmgard wieherte. »Welche ist es?«

Der Hengst schnupperte erneut, als verrate ihm das, was er gerade roch, um welche Pflanze es sich handelte. »Es ist die rote Feuerblume. In ihrer Mitte wächst eine Perle, die so makellos und mächtig ist, dass sie die Seele zu erlösen vermag.«

»Wo wächst sie?«

Siegfried schnupperte erneut. Diesmal versuchte auch Hannah, einen besonderen Geruch wahrzunehmen, doch sie konnte nichts anderes riechen als den Duft nach Fichtennadeln und Kiefernzapfen.

»Sie wächst nördlich von hier. Auf den kargen Felsen des Schwarzen Steins.«

Hannah runzelte die Stirn. »Des Schwarzen Steins? Was ist das?«

Irmgard wieherte. »Ich weiß, wo es liegt. Östlich von …«

»Nördlich!«, korrigierte Siegfried.

»Ja, genau, nördlich von uns. Ich kenne das Gebirge.«
Irmgard tippelte ungeduldig auf der Stelle und nickte begeistert.

»Und wenn wir die Blume haben«, fragte Hannah weiter, »wie können wir anschließend die Seele von Mirabelles Mutter in dem dunklen Nichts finden?«

»Wenn ihr die Blume gefunden habt und pflückt, wird das Böse längst auf euren Fersen sein. Es weiß von der Macht der Feuerblume und der Magie ihrer Perle. Es wird euch mit all seiner Kraft daran zu hindern versuchen, sie zu pflücken. Es wird euch ganz nah sein – und somit auch das Nichts, in dem die unschuldige Seele gefangen gehalten wird.«

Hannah fröstelte. »Das Böse wird ganz nah sein?« Sie erinnerte sich an die verlockende Stimme der vergangenen Nacht, an die Rufe, die Schmeicheleien, aber auch an seine Kraft, mit der es versucht hatte, Hannah aus dem Schutz der Lärchen fortzuziehen.

»Es hängt viel davon ab, ob euch diese Reise gelingt. Nicht zuletzt die Zukunft des Waldes und die unserer Herde.«

»Irmgard, kannst du uns vor dem Bösen beschützen, bis wir die Blume in den Händen halten?«, fragte Hannah.

Irmgard wieherte. »Mit etwas Unterstützung wäre es gewiss leichter, aber ich gehe davon aus, dass uns niemand begleiten will.« Sie warf einen prüfenden Blick in die Runde ihrer Artgenossen. Die Einhörner sahen einander an. Einige von ihnen warfen sich unsichere Blicke zu, als wäre ihre Entscheidung noch nicht gefallen, aber keines von ihnen sagte ein Wort.

Siegfried stampfte mit seinen Vorderhufen auf die Erde, dass es donnerte. »Es muss euch ohne unsere Hilfe gelingen.

Wir sind die letzten Einhörner in diesem Wald. Uns darf nichts geschehen!

Wenn wir mit euch gingen, sähe das Böse dies als Angriff und würde uns verfolgen, bis es jeden von uns vernichtet hat. Du weißt, was mit der letzten Einhornherde geschehen ist, Irmgard, und weshalb! Es darf uns nicht als Bedrohung ansehen!«

»Aber Irmgard wird bei mir sein!«, rief Hannah aus. »Es ist also ohnehin ein Einhorn in die Ereignisse involviert!«

»Das Böse weiß, dass Irmgard von unserer Herde separiert lebt. Es wird ihre Handlungen nicht mit uns in Verbindung bringen – solange wir uns von euch fernhalten.«

Irmgard wieherte verstehend. Ein wenig traurig blickte sie die anderen Einhörner an. Sehnte sie sich danach, wieder ein Mitglied der Gruppe zu sein?

»Irmgard«, begann Siegfried, »ich weiß, weshalb du fortgezogen bist. Du hast bereits viel gelernt. Geh weiter auf deinem Weg und du wirst zurück in unsere Mitte finden!«

Sie wieherte leise und einsichtig. Es war nichts zu machen. Sie mussten ohne die Unterstützung der Herde weiterziehen.

»Welche Macht bleibt uns gegen das Böse?«, hakte Hannah weiter nach. »Wie sollen wir es besiegen? Und wie finden wir die Seele, sobald wir die Blume gepflückt haben?«

Siegfried wieherte: »Sobald ihr die Feuerblume in euren Händen haltet, kann euch das Böse nichts mehr anhaben. Es ist machtlos gegenüber der reinen Kraft der Feuerblume. Mit ihr in der Hand lauft ihr direkt in die schwarzen, langen Schatten hinein. Schließt die Augen und denkt an die verlorene Seele, die ihr erretten wollt, und ihr werdet sie finden.«

Hannah atmete tief ein. Klang gar nicht so schwer – rein theoretisch. Wenn da nur nicht diese Angst vor der Versuchung des Bösen wäre, das bereits an ihr gezerrt hatte.

»Seid wachsam und haltet euch von dem Donnern fern. Und nun lauft. Bevor das Böse euch bei uns sieht!«

Kapitel 25

Sie galoppierten den gesamten Nachmittag durch den düsteren Wald. Bis auf einzelne kurze Zwischenstopps an Quellen, Beeren- und Haselnusssträuchern gönnten sie sich keine Pause. Hannah überprüfte anhand des Sonnenstandes regelmäßig, ob Irmgard noch immer gen Norden eilte, doch das Einhorn hielt verbissen die exakte Richtung.

Hannah hatte auf der Lichtung im Angesicht von Irmgards Artgenossen gespürt, wie sehr sich das Einhorn nach der Rückkehr zu seiner Herde sehnte. Womöglich barg diese Mission den Schlüssel dazu. Siegfried, der Leithengst, hatte einen sehr strengen Eindruck auf Hannah gemacht – aber vermutlich war das als Alphatier auch notwendig.

Unbarmherzig kam es ihr allerdings schon vor – nur weil Irmgard derart vergesslich war, sie sogleich auszuschließen, wie Edeltraud es tat. Sie konnte verstehen, dass Irmgard losgezogen war, um sich etwas zu beweisen. Hoffentlich half ihr die Aufgabe dabei, das Böse zu vertreiben und die nötige Geduld und Weisheit zu erlangen, damit sie als vollständiges Mitglied in der Herde anerkannt wurde.

»Wie werden wir die Feuerblume erkennen?«, hatte Hannah Siegfried noch gefragt, bevor sie von ihm fortgeritten waren.

»Sie wächst auf den kargen Böden des Schwarzen Steins und ist höchstens dreißig Zentimeter hoch. Es ist immer nur eine einzelne Pflanze. Du findest sie niemals in Gruppen, und sie treibt eine einzige Blüte. Diese Blüte ist groß und feuerrot. In ihrer Mitte schimmert die weiße Perle, die ihr für die Erlösung der Seele braucht.«

Hannah überlegte, ob sie eine solche Blume aus der Gärtnerei bei Ines kannte, doch ihr fiel keine Pflanze ein, die sich mit den Beschreibungen deckte. Siegfried fuhr unterdessen fort. »Vor allem werdet ihr die Feuerblume daran erkennen, dass das Böse alles versuchen wird, sie vor euch abzuschirmen. Es kann sie nicht selbst pflücken und auch nicht zerstören. Es kann sie weder niedertrampeln noch ausreißen. Das Böse ist der Feuerblume gegenüber machtlos!«

Während Hannah auf Irmgards Rücken gen Norden galoppierend noch immer über die Worte des Einhornhengstes nachdachte, ragte in der Ferne bereits das Gebirge auf. Hannah hob erstaunt den Kopf. »Ich kenne dieses Gebirge! Es steht auch zu meiner Zeit dort. Es wird Rupertsberg genannt – wieso, weiß kein Mensch!«

»Was meinst du, es steht auch zu deiner Zeit noch dort?«, wieherte Irmgard.

»Frieda, also Zauberin Friederike, hat mich durch die Zeit zu euch geschickt zu dem Tag, an dem Prinz Maximilian seine Verwandlung zum letzten Mal erlebt hat. Sie meinte, ich sei dazu in der Lage, ihn zu erlösen.«

»Aber wie hätte dir das gelingen sollen? Der Prinz war bekannt dafür, dass er keine schnellen Entscheidungen trifft. Selbst wenn du seine Traumfrau gewesen wärst, hätte er dich niemals direkt am selben Abend geheiratet. Das hätte ihr doch klar sein sollen!«

»Sie meinte, ich müsse ihm helfen, Mirabelle zu finden und sich bei ihr zu entschuldigen.«

»Offensichtlich hat es aber auch mit dir nicht geklappt. Das kann doch nicht der Grund gewesen sein. Erzähl mir alles von Anfang an.«

Hannah fasste zusammen, wie all die Ereignisse der vergangenen Tage dazu geführt hatten, dass sie auf den Ball gegangen war und was Frieda ihr zu den Umständen erklärt hatte.

»Das ergibt keinen Sinn. Sie holt dich weg von Anni, Hans und Mirco …«

»Leon, Emi und Marco!«

»Hab ich das nicht gesagt? Sie holt dich weg von deinen Kindern, die nun ganz alleine bei ihr sind, nur weil du dem Prinzen den Weg weisen und ihm die Hand halten sollst, während der sich entschuldigt? Nein, das glaube ich nicht.«

»Aber der Ziegelsteinweg hatte eine Gabelung, die laut Maximilian zuvor noch nicht da gewesen war.«

Irmgard schüttelte den Kopf. »Nein, nein, das habe ich anders im Kopf. Es führte schon immer ein Weg direkt an Mirabelles Haus vorbei. Der Prinz irrt sich, ich bin mir absolut sicher. Zauberin Friederike muss einen anderen Grund gehabt haben, dass sie dich Prinz Otto zur Hilfe geschickt hat.«

»Prinz Maximilian, meinst du. Aber er war sich absolut sicher, den Weg noch niemals … Vielleicht hat sie den zweiten Weg vor ihm verborgen. Aber wieso? Na ja, sie ist schon sehr alt. Vielleicht ist sie nicht mehr ganz richtig im Kopf …«

»Nein, nein, nein! Nicht Zauberin Friederike! Und so viele Jahre zählt sie auch noch nicht. Zauberinnen werden sehr, sehr alt, das kannst du mir glauben. Sie hat dir etwas verschwiegen! Da bin ich mir ganz sicher! Irgendeinen Grund muss es für deine Anwesenheit geben – und sie sitzt jetzt bei dir zuhause und passt auf deine Kinder auf?« Irmgard lachte wiehernd. »Dabei mag sie gar keine Kinder!«

»Was soll das heißen, sie mag keine Kinder?« Vor Schreck rutschte Hannah beinahe vom Rücken des Einhorns. »Sie klingelt fast täglich bei mir, um sie mit Süßigkeiten vollzustopfen, und hat mir seit Wochen angeboten, auf sie aufzupassen.«

»Zauberin Friederike? Der würde hier keine Menschenseele freiwillig seine Kinder anvertrauen!«

Hannah wurde kreidebleich. »Was willst du mir damit sagen?«

»Sie kann sehr ruppig sein und resolut. Sie ist sehr herrisch und wenn nicht alles so läuft, wie sie sich das vorstellt, wirst du ein Donnerwetter erleben! Kaum einer kennt sie persönlich, aber jeder weiß von den Geschichten, die über sie erzählt werden. Deshalb hat sich auch jeder gewundert, dass sie die Patenschaft für Prinz Kunibert …«

»Prinz Maximilian!«

»Ja, genau den! Jeder hat sich gewundert, dass sie die Patenschaft für ihn übernommen hat. Genauso wie sich die Leute gewundert haben, dass seine Mutter, die Königin, zu ihr gegangen ist, um sie darum zu bitten. Alleine zu ihr zu gehen, ist gefährlich. Du weißt nie, ob du in einem Stück wieder zurückkommst!«

»Wahrscheinlich hat sie Zauberin Friederike dafür ausgewählt, weil sie von dem Fluch gewusst und gehofft hat, dass sie helfen würde, ihren Sohn zu beschützen!«

»Mag sein. Trotzdem ist es merkwürdig, dass Zauberin Friederike eingewilligt hat. Sie hasst Kinder.«

Hannah schüttelte ungläubig den Kopf. Das ergab keinen Sinn. Die Frau, die sie kannte, ihre Nachbarin Frieda, hatte sich wie die typische Oma ihren Kindern gegenüber verhalten. Sie war freundlich und nachsichtig, unendlich geduldig und zärtlich. Hatte sie ihr das alles nur vorgespielt? Konnte man so etwas vortäuschen?

Ihr Puls beschleunigte sich. Wie ging es ihren Kindern? Hannah rief sich die letzten Gespräche mit ihnen ins Gedächtnis. Sie hatten nicht traurig oder mitgenommen ausgesehen, wenn sie über den Zauberspiegel mit ihr gesprochen hatte. Und ihre Kinder könnten ihr niemals etwas vorspielen. Sie war ihre Mutter! Sie hätte es gesehen, wenn sie von Frieda schlecht behandelt werden würden! Oder?

Zum Glück war Marco da. Er war schon älter und sehr gescheit. Er würde seine kleinen Geschwister beschützen … aber gegen eine Zauberin? Wie sollte ihm das gelingen?

»Wieso nur hat sie dich hergeschickt?«, unterbrach Irmgard ihre düsteren Gedanken. »Hast du Zauberkräfte?«

Hannah schüttelte den Kopf. »Das habe ich mich anfangs auch gefragt. Mir sagte sie, ich solle helfen, den Fluch zu brechen, dann kann ich wieder zurück.«

»Irgendetwas muss an dir sein. Sonst hätte sie dich nicht ausgewählt.«

»Vielleicht hat sie mich willkürlich ausgesucht, weil sie sich dachte, ich würde mich als Alleinerziehende von drei Kindern im tiefsten Inneren nach einer Zuflucht oder einem Abenteuer sehnen. Wahrscheinlich glaubte sie, sie hätte mit mir leichtes Spiel – was sie wohl auch hatte.« Hannah krallte sich in Irmgards Mähne fest, dass ihre Fingerknöchel weiß hervortraten. Hatte sie so verzweifelt gewirkt? So unglücklich?

»Wenn sie jemanden willkürlich ausgesucht hätte, dann bestimmt nicht jemanden, auf dessen kleine Kinder sie in der

Zwischenzeit aufpassen muss. Wieso ist sie nicht selbst hergekommen?«

»Wenn ich das wüsste.«

Ja, wenn sie das nur wüsste. Wieso hatte Frieda sie ausgewählt? Vor rund sechs Monaten war sie nebenan eingezogen und seitdem hatte sie sich täglich bei ihr und ihren Kindern eingeschmeichelt. Aber klar, zu einer Mutter bekam man den besten Zugang über ihre Kinder. Das musste selbst dieser Frau klar gewesen sein.

Sie war vorsätzlich neben ihr eingezogen, hatte ihre Kinder verwöhnt und Hannah hatte sich auf diese Weise jeden Tag ein Stückchen mehr an ihre Anwesenheit gewöhnt und ihr etwas mehr vertraut. Bis der Brief gekommen war und Hannah sie in die Wohnung gebeten hatte – und dann auch noch ihre Kinder in ihrer Obhut gelassen hatte.

Bei dem Gedanken daran schrie Hannah unvermittelt los. Sie schrie so laut, dass sie es unter normalen Umständen selbst erschreckt hätte. Drei Raben flatterten aus den Wipfeln einer Fichte und flogen laut krächzend über sie hinweg.

Irmgard wurde langsamer, hielt an und drehte den Kopf ein Stück zu ihr, doch Hannah hörte nicht auf. Sie schrie und die Wut auf Frieda und vor allem auf sich selbst brach sich Bahn nach draußen. Sie musste schreien, sonst würde sie explodieren. Sie musste diesen Zorn hinauslassen, musste sich abreagieren, um überhaupt noch einen klaren Gedanken fassen zu können.

Sie sprang vom Rücken des Einhorns, sank auf die Knie und bettete ihr Gesicht in ihre Hände. Ihr Schrei verklang. Sie hockte ganz still, bis die ersten leisen Tränen in ihren Augen standen. Eine nach der anderen kullerte über ihre Wange und hinterließ eine nasse Spur auf ihrem Gesicht. Irmgard stupste sie mit ihren Nüstern zärtlich an und rieb ihr über den Kopf, als versuchte sie sie zu streicheln.

»Ich habe meine Kinder im Stich gelassen. All die Jahre habe ich auf sie aufgepasst wie eine Löwin. Niemand kam ihnen zu nahe. Ich wusste, ich bin die einzige, die für ihre Sicherheit sorgt. Und dann lasse ich mich von jemand völlig fremden plötzlich beschwatzen und lasse meine Kleinen alleine zurück. O Irmgard, was habe ich nur getan …? Wie konnte ich nur? Was für eine Mutter bin ich?«

»Wir alle machen Fehler. Und wir sind auf dieser Welt, um zu lernen. Quäl dich nicht, liebe Hannah. Auch Mütter können nicht alles kommen sehen …«

»Ich war immer wachsam und übervorsichtig. Nicht einmal Ines, meine Chefin, habe ich auf die drei aufpassen lassen. Ich wollte, dass sie sich niemals zurückgesetzt oder abgeschoben fühlen. Sie sollten wissen, dass ich sie über alles liebe. Auch wenn nur noch ich da war, sollten sie ein sicheres Netz unter sich wissen.«

»Beruhige dich, du hast nicht …«

»Ich hätte sie niemals alleine gelassen, wenn Frieda sich mir nicht so aufgedrängt hätte und die Kinder mich nicht förmlich angebettelt hätten, dass ich sie mit ihr alleine lasse, dass ich auf den Ball gehe und mit einem Prinzen tanze.«

»Die Kinder wollten bei ihr bleiben? Die Kinder kannten sie?«

»Natürlich, sonst wäre ich niemals gegangen!«

»Und sie hatten keine Angst vor ihr? Vor ihren großen Zähnen und ihren wütenden Augen?«

Hannah sah auf und runzelte die Stirn. Wütende Augen hatte sie nie an ihrer Nachbarin gesehen. Sie schüttelte den Kopf. »Die Kinder mögen sie.«

Irmgard wieherte. »Unvorstellbar! Aber da hast du es! Wenn sie keine Angst vor ihr haben, behandelt sie sie gut. Ich kann es mir zwar kaum vorstellen, aber so muss es sein.«

»Ich bete, dass du recht hast.« Hannah faltete die Hände und schickte ein Stoßgebet gen Himmel. Bitte, Andreas, flehte sie innerlich ihrem verstorbenen Mann entgegen, pass du auf unsere Kinder auf, bis ich wieder bei ihnen bin! Ich verspreche, es war das erste und auch das letzte Mal, dass ich sie im Stich gelassen habe.

»Welche Gründe könnte es haben, dass sie dich ausgewählt hat?«, fragte Irmgard.

Hannah schüttelte den Kopf. »Ich habe nicht die leiseste Ahnung.« Sie grübelte. »Vielleicht weil ich letztens zu Bekannten gesagt habe, dass gewiss auch auf mich noch irgendwo ein Märchenprinz wartet …« Wieso hatte Frieda sie ausgewählt? Wie lange hat sie all das schon vorbereitet? Sie strich sich eine lose Haarsträhne aus der Stirn und steckte sie sich hinter das Ohr. »Wieso hat Frieda das mit dem Bösen und Mirabelles Seele nicht längst herausgefunden?«

»Mhm?« Irmgard schnaubte.

»Sie ist intelligent, sie ist klar im Kopf, sie will ihr Patenkind schützen und weiß, dass dieser Fluch mit Mirabelle zu tun hat. Sie wusste von Anfang an, dass nicht Mirabelle den Fluch über die Königsfamilie verhangen haben kann. Und ihr war bekannt, dass Mirabelle etwas Böses im Wald geweckt hat, das lange Zeit geschlafen hat.«

»Worauf willst du hinaus?«

»Wieso hat Frieda nicht so, wie du es getan hast, Mirabelle beobachtet und belauscht? Ich finde es absolut unlogisch, dass sie nichts davon wusste, was mit der Seele damals geschehen ist!« Sie blickte auf. »Sie muss es gewusst haben!

Sie wusste von der Seele! Aber sie hat es mir verschwiegen! Wie all die anderen Dinge auch …«

Irmgard nickte und das Licht der Sonne ließ ihr Horn erstrahlen. »Gewiss hat sie davon gewusst. Hat sie das nicht gesagt?«

Hannah schüttelte langsam den Kopf. O diese Frau. Wenn sie die in die Finger bekam!

Das Einhorn schnaubte. »Nun setz dich wieder auf meinen Rücken. Wir haben bereits Nachmittag! Du kannst auch im Sitzen nachdenken!«

Sie nickte zustimmend und schwang sich auf ihren Rücken. Es klappte mit jedem Male leichter. Sie grub ihre Finger in die weiche Mähne des Einhorns, während Irmgard sogleich lostrabte.

Ihr Magen knurrte lautstark, doch Hannah verspürte keinen Hunger. Sie wollte weiter über Frieda nachdenken, doch das Gebirge vor ihnen lenkte sie ab. Ein großer Berg erhob sich zwischen mehreren kleinen Bergen, die sich wahllos um ihn gruppierten, als umringten sie ihn wie ihren Anführer. »Der Rupertsberg. Ich bin mit meinen Kindern schon dort wandern gewesen. Wir fanden es gruselig. Leon hatte furchtbare Angst und wollte gleich wieder nach Hause. Es gibt dort viele Höhlen, in denen es spukt, meinte er.«

»Wie kam er darauf?«

»Er hat behauptet, er höre laute Schläge und lautes Brüllen. Emi, Marco und ich haben nichts gehört, aber Leon hat darauf bestanden. Er hatte furchtbare Angst und wegen seinem lautstarken Gequengel und Geweine sind wir umgekehrt und heimgegangen.« Hannah lachte bei der Erinnerung daran. »Emi hat gebrüllt vor Zorn und Marco hat den ganzen Rückweg geschimpft, weil die beiden unbedingt auf die Bergspitze klettern und sich die Höhlen ansehen wollten. Und Leon hat geweint und ich musste ihn bis zum Auto tragen. Ich dachte an dem Tag, wie soll eine Person alleine das alles schaffen? Jetzt wünschte ich, ich wäre wieder dort, mit ihnen, an diesem Tag. Es hat so viel Spaß gemacht!«

»Kinder sind etwas wundervolles«, bestätigte Irmgard und in ihrer Stimme schwang eine Melancholie mit, die Hannah eigentlich hätte hören können, doch sie war zu sehr mit ihren eigenen Gedanken beschäftigt. Nach einem Moment des Erinnerns blickte sie den massiven und kahlen Bergen entgegen. »Schau! Ein Pfad führt dort an der Seite mitten in das Gebirge hinein und auf den großen Rupertsberg zu.« Hannah wies Irmgard mit dem Finger den Weg. »Siehst du es?«

Irmgard schnaubte bestätigend und trabte auf den schmalen Zugang zu, der sich zwischen zwei kleineren Felsbergen befand.

»Was hat Siegfried eigentlich damit gemeint, wir sollen uns vor den Donnern in Acht nehmen?«

»Ich habe nicht den leisesten Schimmer …«

Kapitel 26

ine unheimliche Stille lag über dem Bergmassiv, als hielten all seine Bewohner die Luft an, um Irmgards Schritten zu lauschen. Langsam klackerten ihre Hufe auf dem nackten Stein und hallten durch die Gebirgswelt, in der kaum etwas wuchs. Schritt für Schritt erklomm sie über den seitlichen Wanderweg, der sich durch das Gebirge schlängelte, den ersten der kleineren Berge.

Drei Raben flogen über sie hinweg und krächzten so laut auf, dass Hannah und Irmgard zusammenzuckten. Sie schauten hinauf zu den schwarzen Vögeln und folgten ihrem Flug mit den Augen. Die drei Raben glitten über das Gebirge und verschwanden hinter einer der Bergspitzen.

»Nur Vögel«, raunte Hannah.

»Wenn das mal stimmt …«

»Was meinst du damit?«

»Womit?«

»Mit den drei Raben, dass es vielleicht nicht nur drei Raben sind.«

»Welche drei Raben?«

Hannah verdrehte die Augen. Dieses vergessliche Einhorn. »Schon gut, Irmgard.«

Die Stille, die über ihnen lag, drückte auf sie. Immer wieder blickte Hannah zurück, ob ihnen jemand folgte. Doch es war niemand zu sehen und nichts zu hören. Kein Tier, kein Mensch. Niemand. Auch kein dunkler Rauch oder seltsamer

Nebel. Nur das stete Klacken von Irmgards Hufen hallte durch die Stille. Aber wieso? Hatte das Böse gar nicht mitbekommen, dass sie nach der Feuerblume suchten? Waren sie so schnell gewesen, dass es nicht hinterhergekommen war?

Hannah blickte wieder nach vorne. Die Sonne stand bereits recht tief. Die Berge warfen lange Schatten auf den Weg, auf dem lose Steinchen herumlagen. Wie viele Stunden blieben noch, bevor es dunkel wurde?

Ein kalter Wind fegte über den Pfad und ließ sie frösteln. Er brauste zwischen den Bergen hindurch und zerrte an ihren Haaren. Immer wilder, immer heftiger blies er ihnen entgegen, sodass sich Hannah an Irmgards Mähne festkrallte. Sie bückte sich, um hinter dem Kopf des Einhorns Schutz zu suchen.

Irmgard legte die Ohren an und kniff die Augen zusammen. Immer schwerer fiel es ihr, gegen den Sturm anzulaufen. Jeder ihrer Schritte wurde langsamer. Sie kämpfte sich an den Rand des Weges, in der Hoffnung, dem tobenden Wind ausweichen zu können, doch er blies dort ebenso kräftig wie in der Mitte. Ihre Beine zitterten vor Anstrengung.

»Ist das das Böse?«, schrie Hannah gegen das Tosen des Windes an. Irmgard schien sie nicht zu hören. Sie kämpfte sich weiter nach vorne, und kämpfte und kämpfte, bis sie eine Kurve nahmen und der Wind von jetzt auf gleich erstarb.

Hannah richtete sich auf Irmgards Rücken auf und strich ihr zerzaustes Haar aus dem Gesicht. Wie ihre Frisur mittlerweile aussah, wollte sie lieber nicht wissen. »Wieso hat der Wind aufgehört?«

»Es war vermutlich nur einer der Bergwinde. Je nachdem, wo man steht, bekommt man die mehr oder weniger ab.«

»Mhm …« Hannah konnte sich das nicht vorstellen. Erneut schaute sie sich um, doch sie sah nichts als nackte Felsen und lose Steine. Sie waren noch immer so weit unten am Anstieg, dass sich die Berge zu ihren Seiten in die Höhe türmten und den Blick versperrten. Nichts rührte sich, nichts war zu hören, außer ihren Atemzügen. »Gehen wir weiter?«

Irmgard wieherte leise und setzte den Weg fort. Der Wind kehrte nicht zurück und so erreichten sie nach kurzer Zeit eine Weggabelung. »Wo sollen wir lang, Hannah?«

»Kannst du nicht so wie Siegfried deine Nüstern in die Höhe strecken und riechen, wo die Feuerblume wächst?«

Irmgard schnaubte. »Ich werde es versuchen.« Sie hob die Nase und schnüffelte durch die Lüfte. »Ich rieche … mhm … was ist das nur? Ich rieche etwas. Und das bist nicht du. Ich kenne den Geruch … oder etwa nicht?« Ihre Nüstern blähten sich mehrmals. »Es riecht modrig und faul, schwefelig und …«, sie atmete kräftig ein, »und … mhm … es riecht nicht gut!«

»Kannst du die Feuerblume riechen?«

Irmgard schüttelte die Mähne.

Hannah blickte die zwei Wegstrecken entlang. Der linke Weg verlief an der Seite des Berges weiter und wies kaum einen Anstieg auf. Womöglich würden sie über ihn tiefer in das Gebirge eindringen. Der rechte Weg hingegen ging direkt steil bergauf und führte auf die Spitze des vordersten Berges.

»Mit meinen Kindern bin ich damals den rechten Weg gelaufen. Sehr weit sind wir, wie gesagt, nicht gekommen, bis Leon solche Angst bekommen hat, dass wir umkehren mussten. Eine rote Feuerblume habe ich nicht am Wegrand gesehen, ich habe allerdings auch nicht gezielt danach gesucht. Wer weiß, ob diese Blume überhaupt zu unserer Zeit wächst. Womöglich habe ich sie nur deshalb nirgends stehen sehen … Dennoch bin ich dafür, dass wir den linken Weg nehmen.«

Irmgard schnaubte. »Ich bevorzuge ebenfalls den linken Weg. Falls der Wind uns erneut um die Ohren bläst, kann ich auf dem ebenen Pfad leichter weiterlaufen.« Schon trabte das Einhorn los. Klack, klack, klack, drangen seine Hufschläge durch die Stille, die drückender geworden war.

Nach einer Weile erreichten sie ein Felsplateau, das sich direkt vor dem Rupertsberg, dem höchsten der Berge, erstreckte. Es war groß genug, dass Irmgard ein paar Schritte hin und her traben konnte. Der Boden wies einzelne Risse auf, als hätte ein Erdbeben gewütet und den mächtigen Stein gespalten.

Den kleinsten der Berge hatten sie hinter sich gelassen und er warf seinen spitzen, langen Schatten auf das Plateau. Zu den Seiten ragten die übrigen kleineren Bergspitzen empor, die sich wie ein Kreis um den Rupertsberg gruppierten.

Von dem Bergplateau gingen drei Wege ab. Der mittlere führte steil den Rupertsberg hinauf, der linke und der rechte an seinem Berghang außen entlang.

Hannah blickte sich um. Obwohl alles grau in grau war und sie die Blume problemlos hätte erkennen können, entdeckte sie nirgends einen roten Farbtupfer. Einzelne Gräser wiegten sachte hin und her und bildeten den einzigen Bewuchs dieser kargen Gebirgswelt. Sie zeigte auf den Rupertsberg. »Was meinst du? Müssen wir auf die höchste Bergspitze, um die Feuerblume zu finden? Oder wird sie in den Schatten der Berge in einer dieser Ritzen wachsen?«

»Ich frage mich, ob das Böse sie nicht bereits vor uns abschirmt.«

»Aber niemand greift uns an!«

»Das braucht ja auch keiner, wenn wir sie ohnehin nirgends finden.«

Hannah runzelte die Stirn und sah sich erneut eindringlich in der kargen Steinlandschaft um. Sie sprang von Irmgards Rücken und lief ein paar Schritte über die Hochebene. Sie kickte ein paar lose Steinchen zur Seite, die in die Steinritzen kullerten. »Ich würde den direkten Weg hinauf auf den Rupertsberg nehmen. Was meinst du, Irmgard?« In dem Moment hörte sie die piepsigen hohen Stimmchen, die ihr sogleich einen Schauer über den Rücken jagten.

»… sind sie hier? … tun sie hier? … böse!«

Der harte Fels zeigte keinen ihrer Fußbadrücke, aber auch so war Hannah sogleich klar, wer ihnen gefolgt war. »Waldgnome! Warum sind sie hier? Hier ist kein Wald!«

»Wieso schreit sie so? Müssen sie fangen! Hat uns angegriffen! Böse Frau!«

»Schnell, Hannah, zurück auf meinen Rücken!«

Sie wartete keine Sekunde. Schon spürte sie ein Seil um ihre Knöchel, das ebenso unsichtbar blieb wie die angriffslustigen Wichtel, und sprang mit einem Satz zurück auf das Einhorn.

»Fort mit euch!«, wieherte Irmgard. Sie bäumte sich auf und donnerte ihre Füße zurück auf den Boden. Der Aufschlag hallte durch die Gebirgslandschaft.

»O nein, o nein, o nein«, fiepste es. »Das Einhorn schützt sie. Müssen sie trotzdem kriegen! Böse Frau! Müssen sie aufhalten!«

Irmgard stampfte mit den Hufen auf und trat dabei immer weiter zurück. »Fort mit euch! Wehe, ihr wagt es, erneut euer Seil um meine Flanken zu winden! Fort, sag ich! Fort!«

Bedrohten die Wichtel das Einhorn? Wo war der Respekt, den sie im Wald vor ihr gehabt hatten?

Hannah blickte nach unten. Nirgends waren Fußabdrücke oder ein farbiges Wabern in der Luft, wie sie es im Wald gesehen hatte. Die Waldgnome blieben unsichtbar! Doch Irmgard trippelte so unruhig vor und zurück, und schnickte mit dem Huf zur Seite, als streifte sie Fesseln ab und als versuchte sie, die winzigen Wesen zu vertreiben.

»Irmgard, schnell, lass uns fortreiten.«

Das Einhorn wieherte, bäumte sich erneut auf, woraufhin zahlreiche hohe Schmerzensschreie ertönten.

»Autsch, wieso tut sie das? Das Einhorn greift uns an! Böses Einhorn! Müssen es fesseln! Ist unser Feind!«, piepste es.

»Schnell, Irmgard, weg von hier!«

Nervös tänzelte Irmgard zurück und endlich war sie frei. Mit einem großen Satz sprang sie weit nach vorne, doch auch dort spürte sie sogleich die Seile der Waldgnome um ihre Fesseln. Ihr blieb nichts, als den linken Weg entlangzugaloppieren. Immer schneller wurde sie und schon bald konnte Hannah die hohen Stimmchen nicht mehr hören. »Wieso sind sie uns gefolgt? Und wieso haben sie dich angegriffen?«

»Das Böse!«, entgegnete Irmgard schlicht und schüttelte sich, als jage auch ihr die Vorstellung einen Schauer über den Körper. Während sie rasch weitertrabte, grübelte Hannah. »Sag mal, Irmgard, wieso sind auf einmal die Waldgnome aufgetaucht? Wieso haben sie uns in dem Moment angegriffen?«

»Wahrscheinlich waren sie schon längere Zeit hinter uns her. Wir sind dort oben eine Weile stehen geblieben – so konnten sie uns einholen.«

»Oder weil wir auf dem richtigen Weg waren! Deswegen folgen sie uns jetzt auch nicht mehr! Weil wir uns von der Feuerblume entfernen!«

Irmgard schnaubte überrascht auf. »Was meinst du?«

»Du hast doch vorhin gesagt, dass das Böse möglicherweise die Blume vor uns abschirmt. Solange wir die Blume nicht sehen, braucht es uns nicht anzugreifen.«

Irmgard wieherte. »Und?«

»Ich hatte dir gerade vorgeschlagen, hoch auf den Rupertsberg zu gehen, auf den Berggipfel, um dort nach der Feuerblume zu suchen. In eben diesem Moment waren urplötzlich die Waldgnome da. Ich habe weder das Rauschen noch das Sirren gehört, das ihre Ankunft die vergangenen Male angekündigt hat. Von jetzt auf gleich ertönten ihre hohen Stimmen.«

»Vielleicht sind sie aus einer der Felsspalten geklettert!«

»Selbst wenn, dann muss sie jemand direkt zu uns geführt haben.«

Irmgard wieherte begeistert. »Fabelhaft, liebe Hannah. Deine logischen Schlüsse sind vortrefflich, vortrefflich, sag ich nur!«

»Also gibst du mir recht?«

»Womit?«

»Na, dass die Feuerblume oben auf dem Rupertsberg wachsen muss.«

»Natürlich wächst die Feuerblume dort oben! Habe ich das nicht längst gesagt?«

Hannah runzelte die Stirn. Wusste das Einhorn etwa, wo diese magische Blume zu finden war, und hatte es lediglich vergessen? Wuchs sie tatsächlich dort oben auf dem Rupertsberg? Sie besah sich das hohe Bergmassiv zu ihrer Rechten.

Lag er dort oben? Der Schlüssel, um Mirabelles Mutter und somit auch sie zu erretten, der Schlüssel, um Maximilian von seiner Bärengestalt zu erlösen, und der Schlüssel, der sie endlich zurück zu ihren Kindern führen würde? »Was meinst du, müssen wir den Weg zurück zu dem Plateau gehen, um hinaufzukommen, oder gibt es einen zweiten Pfad, der uns zur Bergspitze führt?«

»Es gibt weiter hinten einen zweiten Pfad. Glaube ich … Hab ich schon mal von gehört … Meine ich, gehört zu haben. Nur, wer hat mir davon erzählt?« Sie zog ihre Einhornstirn kraus. Der helle Moment schien vorbei zu sein.

Seltsam, wie sie plötzlich diese Blackouts bekam, um sich kurz darauf an Dinge zu erinnern, die sie in der Regel bereits vergessen hatte, als leide sie überhaupt nicht an Gedächtnisschwäche. »Bist du seit deiner Geburt etwas vergesslicher oder ist das erst später passiert?«

»Ich war schon immer ein bisschen zerstreut, aber irgendwann ist es schlimmer geworden. Ich kann mich nicht mehr erinnern, was der Auslöser gewesen ist. Auf einmal war es so extrem, dass mich einige in der Herde nicht mehr ernst genommen haben.«

»Was ist damals geschehen?«

»Ich weiß es nicht!«

»Kannst du dich nicht einmal ein bisschen daran erinnern?«

»Woran erinnern?«

»Na, was dazu geführt hat, dass du noch vergesslicher wurdest!«

»Ich war schon immer so! Bin so auf die Welt gekommen.« Das Einhorn wieherte lachend und wedelte mit dem Schweif. Hatte es schon wieder den Faden verloren?

Hannah verschob das Gespräch auf später. Zu gerne würde sie ihrer neuen Freundin helfen. Irgendetwas musste geschehen sein, das diese schwankende Vergesslichkeit ausgelöst hatte. Womöglich ein Trauma. Irgendetwas Schreckliches, das sie verdrängte.

Wenn Hannah nur dahinterkäme … Womöglich könnte sie mit Irmgard über das Erlebnis reden und es erginge ihr wieder besser. Aber hier und jetzt war nicht der passende Moment für eine psychologische Analyse. Nun galt es erst einmal die Feuerblume zu finden.

Schneller noch als zuvor galoppierte Irmgard den schmalen Gebirgspfad entlang. In der Ferne entdeckten sie eine Kreuzung, von der aus ein Weg hinauf auf den Berg führte.

»Bestimmt lauert dort etwas, Irmgard! Wir müssen auf der Hut sein!«

Irmgard wieherte zur Bestätigung und galoppierte weiter. Nur noch wenige Meter bis zur Kreuzung. Was erwartete sie dort? Wieder die Waldgnome? Oder etwas anderes?

»Irmgard …«, säuselte eine Stimme, die nur das Einhorn hören konnte. »Irmgard …«

»Wer ist da?«

Hannah schreckte hoch. »Hörst du eine Stimme? Das muss ein Irrwicht sein! Hör nicht hin! Was auch immer er dir einzuflüstern versucht, es stimmt nicht. Wir sind hier und du musst mit mir hoch auf den Rupertsberg, um die Feuerblume zu finden! Um es deiner Herde zu ermöglichen, in diesem zauberhaften Wald bleiben zu können.«

»Irmgard …«, säuselte die fremde Stimme wieder im Kopf des Einhorns. »Ich kann dich zu ihr führen! Ich kann dich dort hinbringen, wo du jetzt am liebsten sein willst! Ich weiß, wo sie ist!«

»Wo ist sie? Sag es mir!«, schnaubte das Einhorn und blickte sich hektisch in der kargen Gebirgslandschaft um.

»Wo ist wer?«, ging Hannah dazwischen und strich Irmgard über die Mähne. »Lass dich nicht in die Irre führen. Denk dran, alle Einhörner sind in Sicherheit. Nur wir zwei sind hier, niemand sonst. Was auch immer dich ruft, was auch immer die Stimme verspricht, hör nicht auf sie!« Sie sah sich um. Die Kreuzung war nur noch wenige Schritte entfernt. Sie sah dort nichts als nackten Felsen. Keinen Nebel, keine Gestalt. War es wirklich ein Irrwicht, der nach dem Einhorn rief, oder das Böse höchstpersönlich?

Die Stimme in Irmgards Kopf schmeichelte weiter: »Du machst dir so schreckliche Vorwürfe wegen damals. Ich weiß davon. Ich kann dir deine Schuld nehmen. Ich kann dich aussöhnen mit dir selbst und mit deiner Tochter. Ich kann dich zu ihr führen!«

Tränen traten Irmgard in die Augen. Sie blinzelte sie fort. »Nein, das kannst du nicht! Mein Fohlen lebt nicht mehr!«

»Wie bitte? Welches Fohlen?« Hannahs Gedanken rasten. Da war er, der Schicksalsschlag, den Irmgard verdrängte hatte, und der Grund, weshalb ihre unproblematische Vergesslichkeit so schlimm geworden war. Ein Fohlen hatte sie gehabt. Und offenbar war es gestorben.

Hannah zwang sich, Ruhe zu bewahren. Sie musste Irmgard stärken. Musste ihr beistehen, von Mutter zu Mutter. Sie strich ihr über den Hals und spürte den rasenden Puls des Einhorns. »Irmgard, lass dich nicht verführen. Es ist das Böse, das zu dir spricht. Was auch immer es dir verspricht, hör nicht darauf! Lass dich nicht darauf ein. Es will deine Seele, will dich in die ewige Dunkelheit locken. Das hätte dein Kind nicht gewollt.«

»Meine Tochter, mein Fohlen …« Glitzernde Tränen rannen dem Einhorn aus den Augen und Hannah schnürte es die Brust zusammen. Sie legte ihre Arme um Irmgards Hals und drückte sie ganz fest. »Ich bin bei dir, Irmgard! Ich bin bei dir! Du brauchst niemand anderen, der dir beisteht! Du bist stark. Alle Mütter sind stark, das weißt du.«

Irmgards Erinnerungen kehrten zurück. Sie wusste wieder, was geschehen war. Erinnerte sich an die schreckliche Zeit, an den Verlust und daran, wie sie all das versucht hatte zu verdrängen. Deshalb war der Bruch zwischen ihr und der Herde entstanden. Sie hatte sich so schreckliche Vorwürfe gemacht und in sich selbst zurückgezogen, hatte sich kaum mehr auf die anderen eingelassen.

»Irmgard, komm …«, säuselte die Stimme. »Komm her, hier liegt dein Fohlen, ich kann es sehen!« Die Stimme kam von weiter vorne. Über die Kreuzung geradeaus würde Irmgard zu ihr gelangen. Sollte sie einen kurzen Blick darauf werfen? Vielleicht lag ja dort wirklich …

»Ich bin bei dir, Irmgard!«, flüsterte Hannah direkt in ihr Ohr und die Stimme der neugewonnenen Freundin holte das Einhorn aus seinen düsteren Erinnerungen zurück. Dabei strich ihr Hannah behutsam über den Hals. »Ich bin bei dir!«

Irmgard schnaubte, spannte ihre Muskeln an und schüttelte die Mähne. »Halt dich fest, Hannah!« Sie sprang auf die Kreuzung direkt auf den Weg zu, der geradeaus und zu der Stimme führte. Doch dann schnellte sie zur Seite und trabte den Weg hinauf auf den Rupertsberg.

Ein starker Wind kam auf, der sie zurückzudrängen versuchte, doch Irmgard hielt stand. Sie kämpfte sich weiter, noch ein Stück und noch ein Stück, bis der Weg eine kleine Kurve machte und der Bergwind abflaute.

»Böses Einhorn!«, piepsten schon wieder die Stimmlein der Waldgnome um sie herum. »Müssen es fangen! Wollen es braten! Müssen den Winter über niemals hungern!«

Irmgard galoppierte, so schnell es ihr möglich war, den Rupertsberg hinauf. Der Weg war steil und bestand noch immer aus nichts als dem kargen Felsen. Lose Steinchen lagen herum und regneten unter Irmgards kraftvollen Hufstößen den Abhang hinab. Links und rechts des Weges erhob sich der Felsen höher und höher, sodass der Pfad zu einer Schneise wurde, die den Berg hinaufführte.

»Haben sie gleich!«, fiepsten die Waldgnome. »Müssen sie aufhalten. Spring auf den Rücken und packe die Frau!«

Hannah krallte sich mit einer Hand an Irmgards Mähne fest, mit der anderen holte sie aus. »Ich werde euch alle hinunterstoßen, solltet ihr es wagen, auf Irmgards Rücken zu springen!«

Doch das interessierte die Waldgnome nicht. Hannah spürte etwas an ihrem Fußgelenk ziehen. Sie schüttelte ihr Bein und fühlte, wie etwas davon abfiel, das unsichtbar war. Im nächsten Moment landete einer der Waldgnome auf der Hand, mit der sie sich festhielt. Wie konnten die winzigen Kerle so hoch springen? Und so schnell rennen?

Sofort schlug sie mit der freien Hand dorthin, wo sie das Gewicht des Gnomes spürte, und mit lautem Wehklagen fiel er hinunter.

»Schneller, Irmgard, schneller!«

Das Einhorn biss die Zähne zusammen und galoppierte den Berghang hinauf. Zugleich spannte sie all ihre Muskeln an, wodurch sie heller und heller schimmerte. Die Waldgnome, die Hannah hinter und auf sich spürte, fielen wie von selbst von ihr ab, als hätte Irmgard sie mit ihrer besonderen

Magie vertrieben. Ihr Hufschlag beschleunigte sich und die Gnome konnten ihnen nicht mehr folgen.

»Super, Irmgard!«, lobte Hannah und klopfte ihr beruhigend an den Hals. »Wir sind auf dem richtigen Weg!«

Die Erde erzitterte. Etwas donnerte durch das Gebirge. Kam das Geräusch von oben? Oder von unten? Hannah drückte sich näher an das Einhorn und schielte den Berg hinauf und hinab, doch sie sah nichts.

Der steinige Untergrund bebte, loses Geröll rutschte den Weg hinab. »Haltet euch von den Donnern fern«, schoss ihr Siegfrieds Warnung in den Sinn. »Irmgard, was ist das?«

»Wahrscheinlich einer der Gebirgstrolle.«

»Gebirgstrolle?« Hannah riss die Augen auf. Das konnte doch nicht wahr sein! Wieso hatte das Einhorn nicht früher davon erzählt? Hatte sie es etwa vergessen? Der Boden wackelte. Weiter vorne musste eine Höhle sein, denn scheinbar mitten aus dem Felsgestein heraus trat ein Ungetüm, mindestens dreimal so groß wie Hannah und fünfmal so breit. Seine Haut war grünlich, seine Kleidung zerschlissen und er hatte riesige Ohren. In den erhobenen Händen hielt er eine mächtige Keule, mit der er bereits ausholte, als wollte er Hannah und Irmgard wie einen Baseball den Berg hinunterschlagen.

Irmgard bremste abrupt ab. Der Troll trat ein paar weitere Schritte aus seiner Höhle hinaus und baute sich breit auf dem schmalen Gebirgspfad auf, dass an ein Vorbeirennen nicht zu denken war.

»Ein Troll?«, schrie Hannah, die es noch immer nicht glauben konnte. »Wie sollen wir an dem vorbeikommen?«

Das Ungetüm brüllte laut und entblößte dabei eine Reihe fauler Zähne. Hannah stellten sich die Nackenhaare auf und sie drückte sich noch fester an den Hals des Einhorns. »Irmgard, was können wir gegen den Troll ausrichten?«

»Wir müssen umkehren!«

»Nein, wir brauchen die Feuerblume! Denk an Prinz Maximilian und an die Zukunft deiner Herde! Und ohne die Blume komme ich nicht zurück zu meinen Kindern! Ich muss dort hinauf!«

Unschlüssig blickte Irmgard zu dem Troll. Er zog eine hässliche Grimasse und als sie davor nicht zurückschreckten, stampfte er mit laut donnernden Schritten auf sie zu.

Bum! Bum! Bum!

Der Boden zitterte. Hannah klammerte sich an Irmgards Hals fest. »Wir müssen an ihm vorbeikommen! Wir müssen einfach!«

»Halt dich gut fest, Hannah!«, flüsterte das Einhorn und sprang nach vorne. Der Troll brüllte und hob die Keule zum Schlag. Er machte sich so breit, dass sie nicht zwischen ihm und der Felswand hindurchgelangen konnten. Irmgard musste wieder ein paar Schritte zurücktraben.

Bum! Bum! Bum! Der Troll donnerte näher.

Irmgard versuchte es auf der anderen Seite. Sie preschte nach vorne, doch das Ungetüm brauchte nur zwei Schritte zur Seite zu stapfen und schon war ihnen auch links herum der Weg versperrt. Schnell sprang Irmgard auf die rechte Seite und versuchte an dem Troll vorbeizurennen, doch er holte bereits mit seiner Keule aus. Irmgard hetzte weiter, doch der Schlag mit der Keule traf einen ihrer Hinterhufe. Schmerzhaft wieherte sie auf und ihre Hinterbeine knickten ein. Hannah rutschte fast über ihren Schweif herunter, doch das Einhorn kämpfte sich wieder auf und galoppierte an dem Troll vorbei, der erneut mit der Keule ausholte. Der nächste Schlag traf den nackten Felsboden und das laute Donnern hallte durch die Gebirgswelt, als hätte der Troll einen markerschütternden Schrei ausgestoßen. Raben flatterten am nebligen Horizont und krächzten laut durch die Gebirgslandschaft, als riefen sie nach jemandem. Sie flogen in die Höhe und umkreisten sie in der Luft.

»Schnell, Irmgard, nur noch ein Stück!« Sie waren bereits ein paar Schritte von dem Troll entfernt, der viel zu schwerfällig schien, um ihnen nachrennen zu können. Grimmig brüllte er ihnen hinterher. Doch Irmgard fehlte die Kraft. Sofort sprang Hannah von ihrem Rücken. Am liebsten hätte sie sich den verletzten Huf angesehen, aber nun, da sie abgestiegen war, setzte sich der Troll in Bewegung und donnerte den Pfad hinauf.

Ohne Hannahs zusätzliches Gewicht gelang es Irmgard sich weiter voranzukämpfen. Hannah rannte neben ihr her und das Einhorn vermochte mit ihr Schritt zu halten. Der Troll war langsamer. Die Distanz zwischen ihnen wurde größer, doch die Raben über ihnen kreisten ihre Runden und krächzten laut und ohne Unterlass, als versuchten sie, alle Kräfte des Bösen zu ihnen zu führen.

»Weiter, Irmgard, du machst das toll!«, lobte Hannah. Sie wusste von ihren Kindern, dass Lob ungeahnte Kräfte weckte. Sie blickte nach vorne, wo die Felswand zu den Seiten des Pfades abflachte. Womöglich waren sie bald bei der Spitze angelangt! »Schau nur, ich glaube, wir haben es bald geschafft!«

»Hannah …«, säuselte eine dunkle Stimme in ihrer Gedankenwelt. »Hannah …«

Um Himmels willen. Es war die Stimme des Bösen. Es war hier. Es wollte sie erneut verführen. Zu sich locken!

»Hannah, komm zu mir. Ich bringe dich zu deinen Kindern. Sie weinen und rufen nach dir. Leon hat furchtbare Angst.«

»Nein!«, schrie Hannah, die sich sofort innerlich gegen all die Verlockungen und Erzählungen abschirmte, und als würde das Böse ihr Nein akzeptieren, verklang die Stimme sogleich wieder in ihrem Kopf. Stille breitete sich aus. Nicht einmal die donnernden Schritte des Trolls waren mehr zu hören. Dabei befand er sich gar nicht weit von ihnen entfernt. Hannah blickte zurück und sah ihn noch immer hinter ihnen herstapfen. Selbst das Krächzen der Raben, die über ihnen ihre Kreise zogen, war nicht mehr zu vernehmen.

»Irmgard, wieso macht das Böse …« Hannah brach mitten im Satz ab. Sie konnte ihre eigene Stimme nicht hören. Erschrocken blickte sie Irmgard an, die laut zu wiehern schien, doch auch ihre Stimme konnte Hannah nicht verstehen. Ging es nur ihr so? Oder auch dem Einhorn?

»Ich kann dich nicht hören!«, schrie Hannah, obgleich kein Ton aus ihrem Mund nach draußen drang, und sie zeigte dabei auf ihre Ohren und schüttelte den Kopf.

Irmgards Maul bewegte sich. Was wollte ihr das Einhorn sagen? Hannah zeigte zurück zu dem Troll, der bedrohlich näher kam. Sie wies auf Irmgards Huf, den das Einhorn leicht anwinkelte und nicht belastete, und zeigte auf den Berg nach oben. Weit war es nicht mehr. Sie durften nicht aufgeben. Aber konnte Irmgard überhaupt noch laufen? Der getroffene Huf blutete nicht, doch er wurde dicker und dicker. Hannah zeigte auf den verletzten Huf und hob fragen die Schultern.

Irmgard bewegte erneut die Lippen. Was wollte sie ihr nur sagen? Endlich setzte sich das Einhorn humpelnd in

Bewegung. Erleichtert eilte Hannah neben ihr her und gemeinsam erklommen sie den Rupertsberg.

Es herrschte noch immer bedrückende Stille. Nichts war zu hören. Ohne zurückzublicken konnten sie nicht wissen, wie nah der Troll ihnen bereits war und ob womöglich weitere Wesen sie verfolgten. Hannah spähte über die Schulter. Der Troll wurde langsamer, doch er hielt nicht an. Er verfolgte sie stetig. Dabei stützte er die schwere Keule mühelos auf seiner breiten Schulter ab. Auch die Raben am dunklen Abendhimmel kreisten unnachgiebig über ihnen. Doch kein Krächzen drang zu ihnen herab.

Mit jedem Schritt, den sie an Höhe gewannen, nahm der Wind wieder zu.

»Hannah, wir haben keine Wahl!«, vernahm sie Irmgards Stimme. »Wir müssen umkehren.«

Sie wollte auch etwas sagen, doch noch immer drang kein Laut über ihre Lippen.

Irmgard blieb stehen. »Hannah, bitte, ich kann nicht mehr. Mein Huf tut so weh.«

Hannah wollte widersprechen, doch nichts als Stille begleitete ihre Antwort. Sie bewegte ihre Lippen, aber kein Ton drang aus ihrem Mund. Wieso hatte das Einhorn seine Stimme zurück, aber Hannah nicht? Konnte sie womöglich ihre Gedanken übertragen?

Fürsorglich beugte sie sich zu dem verletzten Huf, doch Irmgard gestikulierte irgendetwas. »Bitte, Hannah. Ich weiß, du willst zu deinen Kindern. Wir finden bestimmt einen anderen Weg! Wenn wir hinunterlaufen, tut uns das Böse nichts. Schau nur, der Troll ist fort!« Ungläubig schaute Hannah den Gebirgspfad hinunter. Tatsächlich. Das Ungetüm war verschwunden. »Bestimmt gibt es eine Alternative, wie du zurück zu Leon, Emi und Marco kannst«, fuhr Irmgard fort, sie zum Umkehren zu bewegen.

Fassungslos schüttelte Hannah den Kopf. Wieso wollte das Einhorn plötzlich aufgeben – als ihr klar wurde, dass Irmgard zum ersten Mal die richtigen Namen ihrer Kinder gesagt hatte. Hier stimmte etwas nicht.

Ihr Herz klopfte schneller und sie blickte sich um. Da! Hinter Irmgard war dunkler Nebel! Ein Irrwicht! Er imitierte Irmgards Stimme und versuchte, sie zum Aufgeben zu bewegen. Gewiss tat er dasselbe bei Irmgard!

»Ein Irrwicht!«, schrie sie, doch noch immer waren ihre Worte nicht zu hören. Wild gestikulierend versuchte sie das Einhorn dazu zu bewegen, zur anderen Seite zu schauen. Und als Irmgard endlich den Kopf wandte, sah sie gerade noch den grauen Nebel den Bergpfad hinab davonzischen.

Die Stimmen in ihren Köpfen verstummten. Sie folgten dem Irrwicht mit den Augen, doch schon bald war nichts mehr von ihm zu erkennen.

»Schnell, wir müssen weiter!« Hannahs Stimme war wieder zu hören. Erleichtert strich sie Irmgard über den Hals und sie kämpften sich weiter den Pfad hinauf.

Es fehlten nur noch wenige Schritte bis zur Bergspitze, die offensichtlich gar keine Spitze war, sondern eine weitere Hochebene. Hannah konnte sie bereits überblicken. Sie war karg wie das Gebirge, keine Pflanze war zu sehen, kein Baum, kein Strauch. Konnte hier oben überhaupt etwas wachsen?

Irmgard schnaufte heftig. Sie humpelte auf drei Beinen und knickte immer wieder ein. Hannah legte ihre Arme um ihren Körper und tat ihr Bestes, um sie zu stützen. Endlich erreichten sie das Plateau.

Noch ein paar Schritte und Irmgard blieb erschöpft stehen. Hannahs Arme zitterten, während sie das Einhorn abstützte, damit es auf den Beinen blieb.

Ein scharfer Wind kam auf und wurde stärker und stärker. Grau war er, seltsam dunkel. Er blies ihnen um die Ohren und wirbelte Hannahs Haare durcheinander, dass sie kaum mehr etwas sehen konnte!

Bum! Bum! Bum! Erneut hörten sie die donnernden Schritte des Trolls. Doch sie kamen aus allen Himmelsrichtungen. Die Erde unter ihnen bebte. Im Osten tauchte der erste Troll auf, von Westen her kamen zwei weitere. Aus nördlicher Richtung erklommen vier Trolle gleichzeitig das Bergplateau und wenig später stampfte der Troll, der ihnen bereits begegnet war, ebenfalls auf die Hochebene hinauf. Mit der Rechten stemmte er seine Keule in die Lüfte, als hole er bereits zum Schlag aus. Dabei brüllte er bedrohlich.

»Schnell, wir müssen uns verstecken!« Hannah sah sich hektisch nach einem Unterschlupf um. Doch die Hochebene war karg und unbewachsen. Es gab keine Höhle, keine großen Felsen, keine Bäume, hinter denen sie sich vor den massigen Trollen verbergen konnten. Und der dunkle Nebel, der über sie hinwegpfiff, verdüsterte alles, wodurch kaum etwas zu erkennen war. Aber sie mussten weiter, durften nicht einfach so stehen bleiben!

Langsam setzten sie einen Fuß vor den anderen, die Augen fest auf den nebulösen Untergrund geheftet, um nicht zu stolpern. Bei jedem einzelnen Schritt prüften sie, ob der Boden fest war. Immer wieder traten sie auf lose Steine, mehrmals knickte Hannah um, doch bislang hielten ihre Knöchel stand. Aber Irmgard mit ihrem verletzten Huf torkelte auf drei Beinen. Sie wurde langsamer und knickte immer wieder ein. Hannah versuchte, sie zu stützen, doch ihre Kraft reichte nicht aus.

»Müssen sie packen!«, piepste es neben ihnen und schon schlangen sich starke Seile um ihre Beine.

Hannah ertastete die unsichtbaren Taue und streifte sie geschwind von sich ab. Sie sprang zur Seite, um den Waldgnomen zu entfliehen, doch Irmgard konnte den unsichtbaren Winzlingen nicht mehr entkommen. Sie wurde auf den Boden gedrückt und in Windeseile zurrten die Wichtel Irmgards Beine an ihrem Körper fest.

»Irmgard!« Hannah wollte zu ihre zurückeilen, doch Irmgard wieherte: »Nein, Hannah, renn weg! Du musst es alleine schaffen!«

Ein Kloß bildete sich in Hannahs Hals. Sie konnte das Einhorn doch nicht alleine zurücklassen. »Irmgard …!«

»Lauf, Hannah, lauf!«

Bum! Bum! Bum! Die Trolle stampften von allen Seiten näher. Der Wind wurde stärker und stärker. Er riss an Hannahs Haaren und an ihrem Kleid. Die Augen zu Schlitzen verengt sah sie sich um. Wo konnten sie hin? Was sollte sie tun? Sie durfte Irmgard nicht alleine dort liegen lassen! Aber wie sollte sie das verletzte Einhorn verteidigen? Hier wuchs kein Baum, dessen Ast oder Zweig ihr als Schlagstock dienen konnte – zumal sie mit einem dünnen Stock kaum etwas gegen die gewaltigen Keulen der Trolle ausrichten konnte.

Aber sie durfte Irmgard nicht zurücklassen. Sie rannte zurück und haute wild ins Leere, um die bösen Wichtel zu verjagen.

»Schlägt nach uns! Böse Frau! Darf nicht sein! Fesselt sie!«

Hannah schlug und trat um sich. Zwischendurch strich sie über Irmgards Körper, um die Seile zu ertasten, die sie fesselten. Da war eins. Sie zerrte daran, doch es saß so fest, dass sie es nicht zu lösen vermochte. Irmgard öffnete den Mund, doch sie schien einen unsichtbaren Schlag abzubekommen, denn im nächsten Moment sackte ihr Kopf ohnmächtig zu Boden.

»IRMGAAAARD!« Noch wilder wedelte Hannah mit ihren Armen um sich und drosch auf die unsichtbaren Waldgnome ein, doch es waren zu viele. Bum! Bum! Bum!, hörte sie gleichzeitig die Trolle näher und näher kommen. »Irmgard!« Doch das Einhorn reagierte nicht mehr.

Hannah sah auf. Die Trolle waren keine zehn Meter von ihr entfernt. Aus allen Richtungen donnerten sie auf sie zu. Entkommen konnte sie ihnen nicht mehr. In einem letzten Verzweiflungsakt schlug sie wild um sich und versuchte, die Waldgnome zu verjagen, als ein erneutes Beben die Hochebene erfüllte. Noch mehr Trolle?

Zunächst tauchten leuchtende Spitzen am Rand des Bergplateaus auf. Im nächsten Moment preschte eine Horde Einhörner auf die Ebene. In ihren Gesichtern lag Entschlossenheit. Ihre Muskeln waren angespannt und der weiße helle Schimmer strahlte über sie hinaus. Mit ihrem Licht vertrieben sie den grauen Wind, der über die Ebene fegte, und machten die Sicht auf den Felsboden frei. In dem Moment entdeckte Hannah die rote Blume. Sie wuchs an der Seite hinter den Trollen! Hannah musste zu ihr hingelangen.

Sie sprang auf und rannte auf die Trolle zu. Die Ungetüme holten bereits mit ihren Keulen aus, doch die Einhörner griffen sie von hinten an. Die magischen Tiere rammten ihre Hufe in die Rücken der Kolosse und brachten sie damit zu Fall. Als sie auf den Boden knallten, lösten sich Gesteinsbrocken von den Felsen und regneten das Gebirge hinab.

Brüllend richteten sich die Trolle sogleich wieder auf und wandten sich den Einhörnern zu.

Hannah nutzte die Chance! Sie sprang an ihnen vorbei und jagte zu dem roten Lichtpunkt am Rande des Bergplateaus. Der Wind wurde stärker und finsterer, als kämpfe er gegen das Licht der Einhörner an. Erneut verdunkelte sich die Sicht auf den Boden und Hannah konnte die Blume nicht mehr erkennen. Sie rannte weiter in die Richtung, in der sie sie eben noch gesehen hatte. Sie sprintete und drehte sich nicht ein einziges Mal um zu den kämpfenden Trollen und den leuchtenden Einhörnern. Wie lange hielten die magischen Wesen gegen diese Ungetüme durch? Ihre Kraft wurde schwächer, das Licht, das sie ausstrahlten, verglomm und zurück blieb ein grauer Abendhimmel, dessen Nebel sich so dicht über dem Plateau verteilte, dass die Sicht zunehmend schlechter wurde.

Hannah konnte kaum die Hand vor Augen sehen, halb blind kämpfte sie sich durch den Nebel. Der Wind wurde stärker. Mühsam hielt sie sich aufrecht. Sie schirmte ihr Gesicht vor der beißenden Luft ab. Ihr Haar peitschte um ihre Ohren, sie lehnte sich schräg nach vorne und stapfte mühevoll vorwärts.

»Du bekommst sie nicht!«, hörte sie eine drohende Stimme in ihrem Kopf. »Die Seele gehört mir!«

Plötzlich spürte Hannah es. Das Böse griff nach ihr, nach ihrem Herzen und nach ihren Gedanken. Wie ein Umhang legte es sich von hinten um sie herum. »Gib auf, Hannah, komm zu mir. Ich bringe dich zu deinen Kindern!«

»Nein, das tust du nicht! Ich gehe nicht zu dir!«

»Du willst nicht? Wagst es, mir zu widersprechen?« Ein kaltes Lachen erklang, das nur Hannah hören konnte. Ein

Schauer jagte über ihren Rücken und sie spannte alle Muskeln an, als könnten sie das Böse von ihr abschirmen.

»Wenn du nicht zu mir kommst, werde ich deine Kinder verfolgen! Ich gehe in eure Zeit und hole sie mir! Niemals mehr wirst du sie zu Gesicht bekommen! Niemals mehr mit deiner Hand über ihre Köpfe streicheln. Sie sind klein und schwach. Ich hole mir ihre Seelen und du wirst sie niemals erretten können!«

»NEEEIIIIIN!« Hannah kämpfte sich weiter. Doch das Böse hielt ihre Arme und Beine fest. Sie konnte keinen Schritt mehr tun.

»Gib auf und ich verschone sie! Tust du hingegen nur noch einen einzigen Schritt, so werde ich sie mir holen!«

Tränen schossen ihr in die Augen. Doch sie ergab sich dem Bösen nicht. Sie ballte die Hände zu Fäusten, biss die Zähne zusammen und Kraft durchströmte ihren Körper. Sie stapfte weiter. Ein Schritt. Noch einer.

»Damit hast du ihre Zukunft besiegelt. Sobald ich dich vernichtet habe, werde ich sie mir holen!« Ein eiskaltes Lachen dröhnte über die Hügel. Dunkelheit breitete sich auf der Hochebene aus. Eine Hand riss nach Hannahs Herz. Sie schrie auf vor Schmerz. Doch sie hielt nicht an. Jeder Schritt wurde zur Qual, jeder einzelne Schritt eine Mutprobe. Immer stärker zerrte die Hand an ihrem Herzen, bis sie plötzlich fest zudrückte. Hannah blieb die Luft weg.

War dies das Ende?

Sie konnte nichts sehen. Sie schloss die Augen. Der Schmerz hüllte sie ein, doch sie konzentrierte sich auf die Gesichter ihrer Kinder. Leon mit seinen braunen Kulleraugen, die er von Andreas geerbt hatte, Emi mit ihren süßen Grübchen und Marco mit seinem schiefen Grinsen. Oh, wie sehr liebte sie ihre Kinder. Für sie musste sie durchhalten. Sie hielt die Augen geschlossen und kämpfte sich weiter. Sie dachte mit aller Kraft an ihre Kinder. Die Liebe, die sie dabei durchströmte, drängte die klammernde Hand um ihr Herz zurück, bis sie endlich wieder freier atmen konnte.

Ein Donnern näherte sich. Waren die Trolle auf dem Weg zu ihr? Aber dort hinten war Licht. Es wurde wieder heller, obgleich die Sonne nicht zu sehen war.

Die Einhörner kamen angetrabt. Hatten sie die Trolle vertrieben?

»Seht euch vor, euch mit mir anzulegen!«, brüllte die dunkle Stimme durch das Gebirge. »Kehrt um oder ich werde eure Herde vernichten, wie ich es mit den anderen getan habe!«

Doch die Einhörner drehten sich nicht um. Sie stürmten auf Hannah zu und mit ihnen kehrte das Licht zu ihr zurück. Und endlich entdeckte Hannah sie. Die rote Feuerblume. Keine zwei Schritte entfernt. Hannah stürzte zu ihr. Sie bückte sich und legte ihre Finger um den Stiel. Erneut zerrte die Hand an ihrem Herzen und versuchte, sie zurückzuziehen, doch die Einhörner milderten die Mächte des Bösen ab.

Mit letzter Kraft zog Hannah an der Blume und pflückte sie. Als der Stiel brach, fielen die Dunkelheit und die zupackende Hand um ihr Herz von ihr ab. Sie fühlte sich frei und atmete tief ein. Im nächsten Augenblick umhüllte sie vollkommene Schwärze.

Kapitel 27

bsolute Stille und Dunkelheit. Hannah hörte nichts, sie sah nichts und roch nichts. Doch fühlen, das tat sie noch. Sie spürte den Stiel der Feuerblume in ihrer Faust und wusste, das Böse konnte ihr nichts anhaben. »Wo ist die Seele von Mirabelles Mutter?«, rief sie in die Düsternis hinein.

Niemand antwortete.

»Ich fordere die Seele von Mirabelles Mutter! Gib sie frei!«

»Nur ein Blutsverwandter kann sie hier in der Finsternis finden«, hörte sie die dunkle Stimme, die ihr endlich keine Angst mehr einjagte.

Hannah schluckte. Stimmt. Das hatte doch auch Irmgard erzählt. Wieso nur hatte sie nicht früher daran gedacht? Wie sollte sie die Seele einer Fremden finden?

»Folge deinem Herzen!«

Wo kam diese sanfte Stimme her? Das war nicht das Böse! Aber wer dann?

»Hör auf dein Herz und laufe dorthin, wohin es dich führt!«, wisperte es erneut. Und obwohl die Stimme fremd war, klang sie gleichzeitig vertraut.

Hannah spürte in sich hinein. Nun, da die Hand des Bösen nicht mehr ihr Herz umklammerte, schlug es frei und leicht in ihrer Brust. Sie fühlte ihrem beruhigenden Herzschlag nach und wusste auf einmal, wo sie entlanggehen musste. Sie sah nichts, dennoch lief sie gezielt durch die

Düsternis. Bis ein Geruch in ihre Nase wanderte, der gleichzeitig fremd und vertraut erschien. Ebenso wie die Stimme.

In der Dunkelheit schimmerte etwas. Etwas Durchsichtiges, das schwach pulsierte. War das die Seele? Ihre Form war verschwommen, doch mit jedem Schritt, den Hannah nähertrat, wurden die Umrisse klarer. Als Hannah bei dem Schimmer angelangte, sah sie sich einer Frau gegenüber mit dunkelblonden langen Haaren und einem Lächeln, das sie kannte.

»Hannah, du hast mich gefunden.«

»Bist du Mirabelles Mutter?« Tränen traten in die Augen der Seele und sie nickte. Hannah musterte sie. Gleichzeitig schlug ihr Herz aufgeregt schneller und eine Wärme durchströmte sie, als kehrte sie zu jemandem zurück, zu dem sie gehörte. »Wer bist du?«, hauchte sie.

»Ich bin deine Urgroßmutter.«

Hannah bestaunte die Seele – und dann ergab alles einen Sinn. »Du bist die Mutter meiner Oma Anna … Annabelle!« Die Seele nickte. »Sie hat erzählt, du bist gestorben!«

»In gewisser Weise bin ich das auch!«

»Wieso hat sie mir nie von ihrer Schwester Mirabelle erzählt?«

»Womöglich hat sie uns aufgrund des Fluches vergessen. Aber nun sag, hast du die Feuerblume bei dir?«

Hannah nickte. Sie hielt der Seele die Blume entgegen und ihre Urgroßmutter nahm die Perle aus ihrer Mitte. Kaum berührte sie die schimmernde weiße Oberfläche, löste sich die Dunkelheit um sie herum auf und sie standen zusammen auf dem Bergplateau.

Kapitel 28

Hannah und ihre Urgroßmutter fanden sich wieder inmitten einer Einhornherde, die sie umringte. Der dunkle Nebel war verschwunden, doch es war bereits tiefe Nacht und nur der magische Schein der Einhörner erhellte das Gebirge.

»Wo ist Irmgard?«, fragte Hannah sogleich. Die Einhörner traten einen Schritt zur Seite und sie entdeckte Irmgard, die erschöpft auf dem Boden lag, aber die Augen offen hatte. »Irmgard!« Sie sprang zu ihr und schlang die Arme um ihren Hals. Sie schmiegte ihren Kopf an ihren und seufzte auf.

»Hannah, du hast es geschafft!«, wieherte Irmgard begeistert. »Fabelhaft, sag ich nur, fabelhaft!«

Hannah drehte sich zu ihrer Uroma um – und sah, dass sie noch immer nur ein Schein war. Langsam stand sie auf und trat näher an sie heran. »Wieso bist du nicht wieder lebendig geworden?«

»Weil meine Zeit schon lange, lange abgelaufen ist.« Sie lächelte, als freue sie sich darüber. »Das macht mir nichts aus. Meine Zeit ist gekommen. Nun muss ich nur noch eines tun, bevor ich endlich den ewigen Frieden finden kann. Ich will meine Tochter sehen und sie um Verzeihung bitten. Erst wenn ich weiß, dass ihr Herz zur Ruhe kommt, kann auch das meine die ersehnte Ruhe finden.«

»Wir bringen dich zu ihr!«, rief Hannah hoffnungsvoll. »Dann wird Mirabelle bestimmt Maximilian verzeihen und er wird wieder ein Mensch werden!« Sie sah zu Irmgard, die noch immer erschöpft am Boden lag.

Das treue Einhorn blickte sie an und plötzlich stand sie auf, als wäre nichts gewesen. Sie belastete all ihre vier Hufe gleichermaßen. Wie konnte das sein?

»Wie konntest du so schnell geheilt werden?«

»Geheilt? Wovon? Mir geht es gut!«

Hannah sah die übrigen Einhörner fragend an. Siegfried trat hervor. »Ich habe sie mithilfe der Magie meines Hornes kuriert.« Das silberne Horn auf seiner Stirn schimmerte. Barg es magische Kräfte? Irmgard wieherte und trabte unterdessen vergnügt auf und ab.

»Das heißt, du kannst ohne Schmerzen und Probleme laufen?«

»Selbstverständlich, werte Hannah, wieso sollte ich das nicht können? Und jetzt hüpf auf meinen Rücken!«

Das ließ sie sich nicht zweimal sagen. Als sie auf Irmgard aufsaß, schoss ihr etwas in den Kopf und sie blickte Siegfried fragend an. »Könnt ihr nun bleiben? Und wird der Wald wieder lichter werden, nun, da das Böse keine Seele mehr hat?«

»Ja, sofern das Böse nicht bereits bei Prinz Maximilian ist, um seine Seele zu holen.«

»Lass uns keine Zeit verlieren, Irmgard.«

Das Einhorn bäumte sich wiehernd auf und preschte los. Die Seele von Mirabelles Mutter schwebte neben ihnen her.

Es war stockfinster, doch das Abenteuer hatte Irmgard neue Kräfte verliehen. Ihr Horn strahlte heller und heller und der weißsilberne Schein reichte aus, um den Weg aus dem Gebirge heraus und durch den Wald zu finden. Irmgard galoppierte durch den nächtlichen Forst und nach einer Weile sahen sie Mirabelles einfache Behausung zwischen den

Bäumen auftauchen. In der Hütte brannte Licht und während sie nähertrabten, ging die Tür auf. Mirabelle trat heraus und blickte ihnen entgegen.

Im ersten Moment erschrak Hannah, als sie die alte hässliche Frau sah. Das letzte Mal wollte Mirabelle ihr einen Fluch auf den Hals hetzen und sie war Hals über Kopf vor ihr in den Wald geflohen. Doch Hannah spürte die Wärme ihrer Urgroßmutter, die dicht neben ihr flog und die die Mutter dieser einsamen, traurigen Gestalt war, und ihre Angst verflog.

Ihr Herz klopfte dennoch schneller, je näher sie kamen. Mirabelle war ein Mitglied ihrer Familie. Sie war die Schwester ihrer geliebten Oma Anna. Und Hannah hatte ihre Mutter aus dem ewigen Nichts befreit. Sie würde ihr doch nichts tun?

Irmgard bremste vor der ärmlichen Behausung ab und die Seele schwebte zu ihrer Tochter. Mirabelles Augen traten aus den tiefen Höhlen hervor, als sie ihre Mutter erkannte. Sie fiel ihr um den Hals, auch wenn ihrer Mutter das Körperliche fehlte. Dennoch fühlte sie ihre Wärme und Geborgenheit.

»Mama …!«, flüsterte sie und Tränen traten ihr in die Augen. »Mama, du bist wieder frei.«

Die unendliche Trauer löste sich mit jedem Schluchzer, den sie tat. Gleichzeitig wurden ihre harten Gesichtszüge weicher und die Augen strahlender, als würden die Tränen sie reinwaschen.

»Mein geliebtes Kind, kannst du mir verzeihen, dass ich dich damals zu dem Ball geschickt habe? Ich hätte für dich da sein sollen, hätte dich vor all dem beschützen müssen. Es tut mir so unendlich leid!«

»Es gibt nichts zu verzeihen, Mutter!«

Die beiden lächelten sich an und die Seele strich ihrer Tochter über den Kopf. »Alles wird gut. Die Zeit des Bösen ist vorüber.«

»Aber wie …?«

Die Seele wies mit der Hand auf Hannah, die unschlüssig war, ob sie auf Irmgards Rücken bleiben oder absteigen und zu den beiden hinlaufen sollte. »Hannah hat mich befreit. Mit der Hilfe der Einhörner hat sie die Feuerblume gefunden und mich aus dem ewigen Dunkel erlöst.«

Mirabelle blickte misstrauisch zu Hannah, die langsam von Irmgards Rücken glitt und auf sie zutrat. »Wie hat sie dich in der Dunkelheit finden können?«

»Sie ist eine Blutsverwandte.«

Mirabelle klappte der Mund auf und sie musterte Hannah vom Scheitel bis zur Fußsohle. Sie betrachtete ihr Gesicht und suchte nach vertrauten Zügen. Diese Grübchen beim Lächeln, die kannte sie. Und diese mandelförmigen Augen.

»Sie ist die Enkelin von Annabelle.«

»Annabelle? Sie hat geheiratet? Und Kinder bekommen?« Mirabelles Gesichtsausdruck wurde weich und sie lächelte so herzensfroh, dass kaum mehr auffiel, wie verunstaltet sie war.

Hannah nickte schulterzuckend, während die Seele Mirabelle und Hannah an der Hand nahm. Es fühlte sich an wie warme Luft, die sich um ihre Hände legte. Irmgard schluchzte von der Seite.

»Woher weißt du das, Mutter?«

Die Seele zeigte auf ihre Brust. »Ich sehe es in meinem und in ihrem Herzen.«

Mirabelle legte ihre Hand auf die Brust und sah sie staunend an. Zögerlich trat sie auf Hannah zu, die unschlüssig lächelte. Hannah machte einen beherzten Schritt auf sie zu und nahm sie in die Arme. Mirabelle schossen Tränen in die Augen und sie schluchzte. Sie weinte all die Tränen, die sie in ihrer Einsamkeit hinuntergeschluckt und unter all ihrem Zorn und Hass vergraben hatte. Sie bahnten sich ihren Weg nach draußen und mit jeder Träne wurde sie schöner und ihr Herz wärmer. »Was ist aus Annabelle geworden?«

»Sie ist mit deinem Vater nach Amerika ausgewandert und hat dort einen netten Mann geheiratet. Sie hatten fünf Kinder«, erzählte Hannah.

Mirabelle lachte auf. »Fünf Kinder?«

»Sie hatte ein wundervolles Leben, sie war sehr glücklich und hat ihre Kinder heiß und inniglich geliebt. Ich bin das Kind ihrer jüngsten Tochter. Sie heißt Mira.«

»Mira? So hat sie mich immer genannt, als wir noch Kinder waren.« Mirabelle lächelte wehmütig. »Meine Annabelle …«

»Mein liebes Kind«, unterbrach die Seele. »Meine Zeit ist gekommen. Ich darf nun endlich gehen. Aber ich kann nur meinen Frieden finden, wenn ich weiß, dass auch du den deinen finden wirst.«

»Was meinst du damit?«

»Mein Schatz, du musst verzeihen.«

Mirabelle blickte unschlüssig zu Hannah.

»Bitte, Mirabelle«, setzte Hannah an. »Verzeihe Prinz Maximilian.« Irmgard wieherte im Hintergrund.

»Er hat dich damals nicht brüskiert, mein Schatz, es war sein Vater. Vergiss das nicht!«

Mirabelle überlegte, ihre Lippen verzogen sich zu einem zarten Lächeln, das ihre vergangene Schönheit erahnen ließ. Sie nickte langsam und Hannah atmete erleichtert auf.

»Sprich es aus, mein Schatz, und der Bann ist gebrochen. Dann kann ich in Frieden ruhen und auch deiner ewigen Ruhe steht nichts mehr im Wege.«

»Ich verzeihe ihm und seiner Familie.« Und sie meinte es ernst. Ein Schatten trat aus ihrem Herzen, wurde heller und heller und verpuffte in der Luft.

»Sehr gut, meine geliebte Mirabelle. Nun können wir Abschied nehmen, mein Schatz.« Die Seele legte sich um ihre Tochter und schenkte ihr Wärme und Geborgenheit.

»Danke, Mama, dass du mich damals gerettet hast.«

»Ich liebe dich!« Mit den Worten verflüchtigte sich ihr Schein und zurück blieb die Gewissheit, dass Hannah und Mirabelle zusammengehörten.

Hannah sah die alte Frau an und wunderte sich. Es war kaum mehr etwas von den Runzeln und Aufschürfungen geblieben. Ihr Haar war weniger zerzaust, die Augen lagen nicht mehr so tief in den Höhlen und waren sanfter. Als hätte die Barmherzigkeit in ihrem Herzen ihre Hässlichkeit gemildert.

»Du hast mir meine Mutter zurückgebracht. Es tut mir leid, was ich dir für einen Kummer bereitet habe. Das habe ich nicht gewollt. Wenn ich gewusst hätte, wer du bist …«

Hannah strich ihr über den Arm. »Es ist ja alles gut ausgegangen. Aber wo finde ich Maximilian? Hat er sich bereits zurückverwandelt?«

»Er haust unten am Fluss. Ich habe ihn beobachtet. Er fischt und schläft den ganzen Tag.«

Hannah lachte auf. »Na, das klingt ja nach einem Leben – ob er wirklich wieder ein Mensch werden will?«

Irmgard lachte wiehernd. »Komm, Hannah, ich führe dich zum Fluss. Ich werde uns den Weg leuchten.«

Hannah nahm Mirabelle an den schrumpeligen Händen. »Ich wünsche dir alles Gute. Es wäre schöner gewesen, wenn wir uns unter anderen Umständen kennengelernt hätten.«

Die Alte strich ihr über das Haar, das dem ihrer Schwester so ähnlich war. »Danke, Hannah.« Wie viel schöner war sie nun, da ihr Herz wieder warm geworden war. Sie hatte noch immer tiefe Falten und Runzeln, wenn auch weniger. Ihr Haar war ausgedünnt und grau, und ihre Haut war noch immer von der Krankheit entstellt, doch ihre geheilte Seele strahlte durch ihre Augen und ließ sie in einem sanften Licht erstrahlen. Man brauchte keine perfekten Gesichtszüge, schoss es Hannah durch den Kopf. Um schön zu sein, muss dein Herz rein und gütig sein. Wenn deine Seele strahlt, ist deine Schönheit vollkommen!

»Warte kurz!« Mirabelle lief in ihre kleine Hütte und kehrte kurz darauf mit den Beuteln zurück, die sie und Maximilian gepackt hatten. »Der Prinz wird seine Kleider brauchen.« Sie zwinkerte Hannah zu und die beiden lachten auf. Sie umarmten sich ein letztes Mal und Hannah marschierte hinter Irmgard her, die vorneweg trabte und dabei die Hufe vergnügt in die Höhe hob und ihren Schweif wild hin und her wedelte. »Fantastisch, wie sich das alles geklärt hat. Nun steht deiner Rückkehr zu Maja, Malo und Lennart nichts mehr im Wege!«

Hannah schmunzelte. »Ja, allerdings würde ich Emi, Leon und Marco noch viel lieber sehen.«

Als sie eine Weile später beim Fluss angelangten, setzte bereits die Morgendämmerung ein. Zartes Hellblau vertrieb die Schwärze der Nacht und mit ihr das Böse, das in diesem Wald so mächtig gehaust hatte. Lautes Plätschern drang an ihr Ohr.

Hannah spähte an den Tannen- und Fichtenstämmen vorbei hinunter zum Fluss, der laut rauschte und sich stürmisch seinen Weg durch den Wald brach. Große Steine ragten aus dem wilden Wasser hervor und an der Seite war ein großer Felsen. In ihm verbarg sich eine Höhle, aus der in eben diesem Moment Prinz Maximilian hervortrat – in menschlicher Gestalt … und splitterfasernackt.

»Es hat funktioniert!«, rief Hannah und widerstand dem Drang, sich ihm sogleich in die Arme zu werfen. Grinsend drehte sie den Kopf zur Seite.

»Hannah?« Als er sie sah und hinter ihr Irmgard erblickte, blinzelte er irritiert und schaute an sich herab. Seine Augen wurden groß, während er seine menschlichen Hände und Beine betrachtete. Er strich sich über die Brust, befühlte seinen Kopf und lachte laut auf. »Ich bin wieder ein Mensch!«

»So, wie Gott dich schuf!« Sie warf ihm den Beutel mit der Kleidung zu. »Hier!«

Sie hörte ihn hüsteln und etwas grummeln, beinahe klang es, als wäre er wieder ein Bär. Kurze Zeit später rief er ihren Namen und sie blickte zu ihm hin. Er trug seine Hose, Wasser tropfte von seinen Armen und seiner Brust, die er mit einem Tuch abtrocknete.

Er breitete seine Arme aus und Hannah rannte los. Sie flog auf ihn zu und fiel in seine Arme. Sie drückten sich aneinander, als würden sie sich bereits ihr ganzes Leben kennen.

»Ich bin so froh, dass es uns geglückt ist.« Hannah unterdrückte ein Schluchzen. Sie hatte, weiß Gott, genug Tränen vergossen! »Ich bin so erleichtert. Der Fluch ist endlich gebrochen!«

»Es ist mir eine Freude, Prinz Joachim!«, wieherte Irmgard.

»Prinz Maximilian«, verbesserte Hannah, während sie in seinen Armen lag. Es fühlte sich so warm an, so richtig, bei ihm zu sein. Sie schmiegte ihr Gesicht an seine Brust und atmete seinen Geruch tief ein, um ihn niemals zu vergessen.

»Wie ist es euch gelungen? Habt ihr Mirabelle besiegt?«

»Das ist eine lange Geschichte.« Und sie berichtete ihm in groben Zügen, was sich zugetragen hatte. Der Prinz kam aus dem Staunen nicht mehr heraus und verbeugte sich vor Irmgard und Hannah zum Dank.

Die ersten frühen Sonnenstrahlen erreichten sie und tauchten den Morgen in goldenes Licht, das auf dem Wasser glitzerte. »Mami, Mami!!«, erklang es aufgeregt vom Fluss.

Hannah lief sofort die zwei Schritte zum Ufer und in dem rauschenden Strom spiegelten sich die wundervollen Gesichter ihrer drei Kinder wider. »Emi, Leon, Marco!« Tränen traten ihr in die Augen.

»Mama, hinter dir ist gar kein Bär, sondern ein Mann!«, rief Leon aufgebracht.

»Das ist Prinz Maximilian. Er ist wieder erlöst!«

»Der Prinz?« Emi blickte ihn mit leuchtenden Augen an.

»Herrlich«, rief Frieda und erschien neben den Kindern im Wasser. Ihr Gesicht verzog sich zu einem breiten Lachen. Dabei traten ihre großen Vorderzähne hervor. »Wusste ich doch, dass Ihnen das gelingt, Hannah, sonst hätte ich Sie ja gar nicht auf die Reise geschickt!«

Hannah verzog ungläubig die Augenbrauen – das würde sie später noch klären!

»Patin Friederike«, ergriff Prinz Maximilian das Wort, »ich danke Euch für Eure unermüdliche Hilfe, diesen Fluch zu brechen. Und nun helft dieser hinreißenden Dame«, er wies auf Hannah, die in ihrem zerrissenen Kleid und mit der zerzausten Frisur so ganz und gar nicht dem Bild einer hinreißenden Dame entsprach, »helft ihr, endlich zurückzukommen zu ihren Kindern.«

Hannah drehte sich zu ihm. Ihr erster Impuls war es, ihm zu widersprechen. Sie wollte sagen, dass sie noch den Tag mit ihm verbringen und mit ihm gemeinsam zum Schloss spazieren wollte, als ihre Kinder bereits ein Freudengeschrei ausstießen. »Mami kommt zurück! Mami kommt zurück!«

Sie seufzte auf und legte dem Prinzen eine Hand auf die Brust. »Ich freue mich, dass du nun ein freies Leben führen kannst, und wünsche dir alles Gute!«

Prinz Maximilian schloss sie ein letztes Mal in seine Arme. Er wiegte sie hin und her und raunte: »Danke, Hannah. Du hast mir das Leben gerettet!«

Sie lösten sich ein Stück voneinander, doch sogleich beugte er sich zu ihr herab. Wollte er sie küssen? Ihr Herz schlug schneller, es hämmerte in ihrer Brust. Seine Lippen näherten sich ihren, doch er drehte seinen Kopf und flüsterte in ihr Ohr: »Denk daran, was ich dir versprochen habe!«

Sie spürte einen Stich und überlegte, was er damit meinte. Doch dann fiel es ihr ein. Das Schatzkästchen. Das Gold und die Edelsteine, die er ihr als Dankeschön schenken wollte! Sie setzte an zu widersprechen, dass sie es doch nicht deswegen gemacht hatte, als ihr der Prinz sanft seine Lippen auf ihre drückte. Es war ein Kuss, der so viel versprach und gleichzeitig so bittersüß schmeckte, war es doch der erste und auch der letzte. Hannah versank für einen Moment in einer anderen Welt, spürte seine Lippen auf ihren und sehnte sich mit jedem Stück ihres Körpers nach mehr.

Als sie sich voneinander lösten und sie die Augen öffnete, fühlte sich ihr Herz dennoch unendlich leicht an. Sie würden kein Und-sie-lebten-glücklich-bis-ans-Ende-ihrer-Tage haben.

Aber der Prinz hatte ihr etwas geschenkt: Seine Wärme, und als sie in seine Augen blickte, wusste sie, ihr gehörte auch sein Herz. Sie strich ihm über den Arm und lächelte ihn dankbar an.

Sie wandte sich an das Einhorn, das stumm ein paar glitzernde Tränen verdrückte. »Meine liebe Irmgard, ich danke dir von Herzen, dass du an meiner Seite gestanden und mir geholfen hast, Maximilian zu erlösen, damit ich zu meinen Kindern zurückkann. Ohne dich hätte ich es nicht geschafft.«

»Es war eine vortreffliche Erfahrung, liebste Hannah, die mich sehr weit gebracht hat.«

»Wirst du nun zu deiner Herde zurückkehren?«

»Ich habe meine Entscheidung noch nicht getroffen, aber ich bin froh zu wissen, dass ich es jederzeit kann. Und dass wir nicht fortgehen müssen und noch viele Generationen in diesem wunderschönen Wald leben können.«

Hannah strich ihr über den Hals und drückte ihre Stirn an ihren Kopf. »Leb wohl, du wundervolles Einhorn!« Sie trat näher ans Wasser. »Frieda, wie kann ich zurück?«

»Mami kommt! Mami kommt!« Die Kinder hüpften und jubelten.

»Meine liebe Hannah, es war die ganze Zeit möglich. Sie tragen doch noch immer die roten Schuhe, die ich ihnen gegeben habe, richtig?«

Hannah sah auf ihre roten Pantoffeln, die bequemsten Schuhe, die sie je getragen hatte. »Ja?«

»Sie müssen nur dreimal die Hacken zusammenschlagen und sagen: ›Nirgends ist es schöner als daheim!‹«

Hannah sah auf. »Das ist jetzt ein Witz, oder? Ich hätte jederzeit zurückgekonnt?«

»Ja glauben Sie denn, ich schicke Sie in eine fremde Welt, fort von Ihren Engelchen, und könnte Sie nicht jederzeit zurückholen? Für was für eine lausige Zauberin halten Sie mich eigentlich?«

Die Kinder lachten, als hätten sie die ganze Zeit davon gewusst. Deswegen hatten sie sich keine allzu großen Sorgen um sie gemacht. Hin- und hergerissen zwischen dem Drang, loszubrüllen und in das Gelächter ihrer Kinder einzufallen, stemmte Hannah die Hände in die Hüften. »Das hätten Sie mir ruhig früher sagen können, Frieda!«

»Sie sollen doch Du zu mir sagen, werte Hannah.«

Sie lachte auf. »Na schön.« Sie drehte sich noch einmal zu Maximilian und lächelte ihn wehmütig an. Er nickte ihr aufmunternd zu. Es gab nichts mehr zu sagen und es würde nicht leichter werden. Es kostete sie unendlich viel Kraft, ihn zurückzulassen, und gleichzeitig drängte es sie nach Hause zu ihren Zuckermäusen.

Hannah schlug die Hacken ihrer roten Samtpantoffeln dreimal aneinander. Klack, klack, klack. »Nirgends ist es schöner als daheim!« Im nächsten Moment wurde ihr speiübel und sie drückte die Hände auf den Bauch. Sie sah zu Maximilian, der sie anlächelte, und beobachtete, wie seine Umrisse unschärfer wurden. Die Umgebung verschwamm zu einem bunten Strudel aus den Farben des Waldes und einem Leuchten und Glitzern, als läge Zauberstaub auf ihr. Einen Wimpernschlag später stand sie in ihrem Wohnzimmer.

»Mami, Mami, ich hab dich so vermisst!« Emi sprang als erstes auf sie zu, dicht gefolgt von Leon, der sich in ihre Arme fallen ließ und schluchzte. »Mama, endlich bist du wieder da!«

Auch Marco kam angesprungen und fiel in die Familien-umarmung mit ein. »Mama!« Hannah traten Tränen des Glücks in die Augen und sie drückte ihre Kinder fest an sich. »Meine drei, was habe ich euch vermisst!«

Eine Weile standen sie da und man hörte nur das leise Schluchzen von Leon, der sich erleichtert an seine Mutter drückte. Die anderen beiden waren still und ließen sich von ihrer Mutter im Arm wiegen, die lange nicht mehr so glück-lich gewesen war.

Kapitel 29

un aber zu dir, Frieda!«, fing Hannah an, als sich die Kinder nach einer Weile von ihr lösten. »Wie konntest du ohne mein Einverständnis …«

»Nun beruhigen Sie sich erst einmal, werte Hannah. War es nicht eine wundervolle Zeit, die Sie verbracht haben? Hat es Ihnen nicht gutgetan?«

Hannah wollte widersprechen und empört aufbrausen, ihr all die Dinge an den Kopf werfen, die sie zur Weißglut getrieben hatten, als ihr bewusst wurde, dass die alte Nachbarin recht hatte. Obwohl ihr von den Strapazen der vergangenen Tage die Muskeln der Arme und Beine schmerzten und die Fußballen brannten, fühlte sie sich so lebendig wie lange nicht mehr. Als hätte dieses fantastische Abenteuer sie aus ihrer tiefen Traurigkeit befreit.

Die Kinder erzählten begeistert von ihren Tagen mit Frieda, die glücklich zwischen den dreien saß und auflachte über ihren Übermut. Hannah beobachtete sie und dachte an Irmgards Warnung, dass dieser Frau niemand freiwillig seine Kinder anvertrauen würde. Wie sehr musste die Zeit sie verändert haben.

Leon krabbelte auf Hannahs Schoß und schmiegte sich eng an sie. »Mama, jetzt bleibst du aber bei uns, oder?«

Hannah küsste ihn auf den Kopf und drückte ihn fest an ihre Brust. »Für immer, mein Schatz, für immer!«

Am nächsten Tag klingelte es in aller Frühe an der Tür. Hannah kämpfte sich zwischen ihren Kindern hoch, die bei ihr geschlafen hatten. Selbst Marco war dazugekommen und ganz eng aneinandergekuschelt waren die beiden Kleinen rasch eingeschlafen.

»Geht es dir gut, Mama?«, hatte Marco gefragt, während nur das leise tiefe Atmen von Emi und Leon die Stille untermalte.

»Ja, mein Schatz. Und dir?«

Er nickte. »Vermisst du diesen Mann? Den Prinzen?«

Hannah versetzte es einen kleinen Stoß. Sie hatte ab und zu zwischendurch an Maximilian gedacht, doch die Kinder waren so viel wichtiger. Alles, was zählte, war, dass sie wieder zusammen waren. »Ein wenig«, gab Hannah zu, »aber ich vermisse ihn nicht halb so sehr, wie ich euch vermisst habe.«

»Es ist ok«, raunte Marco nach einer Weile. »Wenn du jemanden kennenlernst, meine ich.«

Hannah strich ihm über den Kopf. »Danke, mein Schatz.« Kurz darauf waren sie eingeschlafen.

Und nun war es gerade einmal sieben Uhr in der Frühe mitten in den Ferien und irgendjemand klingelte Sturm. Hannah tapste halb benommen zur Tür. »Wer ist da?« Sie linste durch den Türspion und gähnte.

»Ich bin es, Hannah, machen Sie auf!«

Hannah verdrehte die Augen. Frieda! So früh? Manche Dinge änderten sich wohl nie!

»Moment!« Sie schloss die Tür auf und steckte den Kopf raus. »Pst, die Kleinen schlafen noch!«

»Na, dann ist es aber Zeit, sie zu wecken! Morgenstund hat Gold im Mund!«

»Wir waren lange auf.«

»Papperlapapp, ich habe eine Überraschung für Sie. Wecken Sie die Kinder und ich erzähle Ihnen alles!« Schon stürmte Frieda an ihr vorbei ins Wohnzimmer. Ob sie ihr ein eigenes Zimmer in der Wohnung anbieten sollte?

Gähnend schlurfte sie ins Schlafzimmer, doch die drei waren längst wach. »Frieda, Frieda«, rief Leon und hüpfte der alten Nachbarin entgegen. »Hast du etwas zum Naschen dabei?«

»Leon, das fragt man …«

»Ach, darüber sind wir doch hinaus, werte Hannah, oder etwa nicht? Nein, mein Engelchen, ich habe nichts zu naschen dabei, aber …«, sie blickte die drei der Reihe nach an und klatschte in die Hände, »… ich habe eine noch viel tollere Überraschung!«

Emi sog glücklich die Luft ein und gemeinsam mit ihrem Bruder hüpfte sie durch das Wohnzimmer. »Was, Frieda, was ist es?«

»Ich habe uns eine Kutsche gezaubert. Die wartet unten auf uns, damit wir alle zusammen zum Schloss fahren und den Schatz suchen können, den Prinz Maximilian für eure Mutter dort versteckt hat!«

Natürlich hatte Hannah gestern alles im Detail von ihrem Abenteuer erzählt und dabei auch das Schatzkästchen erwähnt, das ihr der Prinz zum Dank hinterlassen wollte.

Die Kinder hüpften durch die Wohnung. »Jippie, eine echte Schatzsuche. Los geht's!«

»Zuerst brauche ich einen Kaffee«, wie hatte sie den vermisst!, »und ein ordentliches Frühstück. Wir machen uns in aller Ruhe fertig und dann …«

»Und dann fahren wir zum Schloss?«

»Ja, dann fahren wir zum Schloss.« Auch wenn Hannah es sich nicht vorstellen konnte, hoffte sie, dass Maximilian ihr wirklich irgendwo eine kleine Schatulle vergraben hatte – nicht zuletzt deshalb, weil sie ihren Beutel mit den Schlüsseln und dem Smartphone in der Vergangenheit vergessen hatte und dringend für Ersatz sorgen musste.

Eine Stunde später verließen sie die Wohnung. Unten auf der Straße stand bereits Frieda in Wanderstiefeln und Strickjacke bereit. Hinter ihr wartete eine schöne Kutsche, die wieder die Form eines Kürbisses hatte – war es womöglich dieselbe? Sie war weiß und wurde gezogen von sechs weißen Pferden. Der Kutscher auf dem Bock lüpfte seinen Zylinder und nickte ihr zu. Es war derselbe Mann, der auch bei der letzten Fahrt die Pferde geführt hatte.

Wie viele Tage war es her, dass Hannah in ihrem leuchtend roten Kleid in diese Kutsche gestiegen war, in keiner Weise ahnend, was ihr bevorstand? Vier Tage? Sie schüttelte den Kopf. Und nun stand sie hier mit ihrer Nachbarin, die eine Zauberin war, bereit, mit ihren Kindern zu einer alten Schlossruine zu fahren, in der sie nach einem Schatz suchen würden.

Emi sprang sofort in die Kutsche, während Leon unbedingt auf dem Kutschbock mitfahren wollte. »Bitte, bitte!«, quengelte er.

»Ist das nicht etwas zu gefährlich für einen Vierjährigen?«

»Ich setz mich zu ihm«, schlug Marco vor, »und halt ihn fest.« Er half ihm auf den Kutschbock und Hannah und Frieda stiegen zu Emi in die Kabine. Schon ratterten sie los.

Das Klappern der Hufe erfüllte den Morgen, an dem kaum einer auf der Straße war. Würden sie den Schatz finden? Hatte Maximilian ihn wirklich für sie versteckt? Sie war nicht mit ihm zum Schloss zurückgekehrt. Hatte er das Kästchen am verabredeten Ort vergraben? Dort, wo der Ziegelsteinweg am Berghang anfing?

Hannahs Herz klopfte schneller. Was konnte sie mit dem Geld nicht alles anfangen!

»Ich will ein Pony!«, quakte Emi, als hätte sie die Gedanken ihrer Mutter erraten. »Oder noch besser, ein Einhorn!« Ihre Augen wurden kugelrund. »Meinst du, sie wohnen noch immer in dem Wald? Kannst du mir eins zeigen? Vielleicht sogar Irmgard?«

Hannah lachte, Frieda nicht. Als ihr das auffiel, blickte sie die alte Nachbarin stirnrunzelnd an. »Es gibt keine Einhörner!«

Frieda schmunzelte. »Wenn Sie meinen, Hannah. Ich dachte, Sie hätten durch Ihr Abenteuer gelernt, dass es mehr gibt, als Sie für möglich halten!«

Hannah stockte. Wollte Frieda damit etwa sagen, dass … nun, streng genommen war Frieda auch ein Zauberwesen. Eines, das eigentlich nicht existierte. Wenn sie nicht wäre und ihre Kinder nicht alles durch den Zauberspiegel mitverfolgt hätten, so wäre Hannah heute Morgen ins Grübeln gekommen, ob die vergangenen Tage wirklich passiert waren. Aber so gab es daran natürlich nichts zu rütteln.

»Es gibt doch Einhörner, richtig Frieda?«, unterbrach Emi ihre Gedanken.

»Aber natürlich, mein Engelchen!«

Hannah schwieg still. Sie starrte aus dem Fenster und spähte durch den Wald, durch den sie mit der Kutsche fuhren. Sie hielt Ausschau nach den magischen Wesen, denen sie begegnet war, doch sie entdeckte nichts als Häschen und Eichhörnchen, die vor dem Geklapper der Kutsche Reißaus nahmen. Würden sie gleich wieder durch diesen sonderbaren Nebel fahren? Hannah konnte ihn nirgends entdecken, auch nicht an der Stelle im Wald, an der sie ihn vor vier Tagen gesehen hatte. Womöglich war er wegen ihrer Zeitreise dort gewesen. Und heute reisten sie nicht in der Zeit, sondern fuhren in ihrem Jahr bleibend zum Schloss.

Es dauerte nicht lange und sie gelangten an die Kurve, hinter der das Tal und das Schloss auftauchen würden. Ihr Herz klopfte etwas schneller. Wie aufgeregt war sie vor vier Tagen gewesen! Und nun? Ein wenig hoffte sie, noch einmal in der Zeit zu springen, um Maximilian wiederzusehen – doch das ging natürlich nicht.

»MAMA!«

Leons Schrei ließ sie hochfahren. »Was ist?« Schon wollte sie die Kutschtür aufstoßen, als ihr Blick aus dem Fenster fiel und sie es sah: In dem Tal auf dem Berg stand nicht die alte Ruine, die sie mit ihren Kindern so oft besucht hatte, sondern das märchenhafte Schloss, in dem der Ball stattgefunden und diese abenteuerliche Geschichte ihren Anfang genommen hatte.

Neben ihr drückte Emi ihre kleine Stupsnase an die Scheibe. »Wow, Mami, und da bist du auf dem Ball gewesen? Wie eine Prinzessin?«

Hannah nickte mit offenem Mund. »Aber wie ist das ...?«

»Erinnern Sie sich nicht mehr an den Fluch?«, fragte Frieda schmunzelnd.

Hannah blinzelte irritiert. »Natürlich. Wie könnte ich vergessen, was aus Maximilian geworden ist?!«

»Ich meine, den Wortlaut des Fluches in Gänze.«

Hannah überlegte. Sie erinnerte sich an die Erzählung über das Zauberwesen, das auf das Schloss kam und Prinz

Gustav verflucht und König Ludwig von Lichtenberg getötet hatte. Und da fiel ihr der Wortlaut ein:

»In dem Moment, in dem Euer Vater stirbt und Ihr die Königswürde erlangt, sollt Ihr Euch in einen Bären verwandeln und Euer gesamtes Königreich wird der Vergessenheit anheimfallen!

Niemand mehr soll sich an Eure königliche Linie erinnern, keinem wird der Name von Lichtenberg im Gedächtnis bleiben und Euer prächtiges Schloss wird zu einer Ruine verfallen. Dornenranken werden sie überwuchern und kein einziger Mensch wird wissen, welch herrschaftliches Königsgeschlecht einst seine Mauern erstrahlen ließ!«

Frieda nickte. »Und da der Fluch abgewendet wurde …«

»… wurde die Familie nicht vergessen und das Schloss ist nicht zu einer Ruine verfallen«, vollendete Hannah den Satz. Ihr Blick wurde sanft. Wie mochte Maximilians Leben verlaufen sein? Hatte er eine Frau gefunden, in die er sich verliebt hatte, und sie geheiratet? Vermutlich konnte sie alles in den Annalen nachlesen. Es ärgerte sie, dass sie nicht bereits zuhause davon erfahren hatte. Wie gerne hätte sie das Internet nach Informationen nach ihm abgesucht – und womöglich wäre sie sogar über ein Bild von ihm gestolpert. Aber das konnte sie auch heute Abend noch erledigen.

»Wir sind da!«, rief Leon von draußen, während die Kutsche auf dem Schlossplatz zum Stehen kam. Sogleich hob Marco ihn vom Kutschbock. Der Kutscher stieg ebenfalls hinunter und hielt Frieda, Emi und Hannah die Tür auf.

»Dieses Mal hauen Sie aber nicht einfach ab!«, mahnte Hannah. Er verneigte sich lächelnd vor ihr. Hoffentlich war das eine Zusage!

Emi und Leon stürmten sofort die breiten Treppen zum Schlossportal hoch, auf denen jede Menge Erdkrümel lagen, und zerrten an den breiten Flügeltüren. Doch sie waren versperrt. »Wie schade!« Leon ließ die Schultern hängen. »Ich wollte so gerne sehen, wie es drinnen aussieht!«

»Dann gehen wir eben zuerst den Schatz suchen!«, quiekte Emi und im Hopserschritt hüpfte sie die Stufen runter, über den Schlosshof und zum Tor in der gewaltigen Schlossmauer hin. »Worauf wartet ihr?«

»Also gut! Gehen wir auf Schatzsuche!« Hannah lief mit Leon, Marco und Frieda der Kleinen hinterher. Sie passierten das breite Tor in der Schlossmauer und marschierten außen an der Mauer entlang. Es gab einen kleinen Trampelpfad, dem sie folgten und der direkt außen an der Schlossmauer entlangführte. Es war derselbe Weg, den Hannah auf der Flucht vor dem Bärenprinzen entlanggerannt war, um durch den Wald alleine zurück zu ihren Kindern zu gelangen. Sie passierten die Pforte, die in den Schlossgarten führte, und Hannah konnte der Versuchung nicht widerstehen. Sie rüttelte am Griff, doch auch diese Tür war versperrt. Sie blieb noch einen Moment stehen, die Hand auf der Klinke, und blickte zu Boden.

Frieda schmunzelte. »Sie mochten ihn sehr gerne, nicht wahr?«

Hannah sah auf und nickte. Dann atmete sie tief durch und straffte die Schultern. Sie spazierten den Trampelpfad weiter entlang, der sie hangabwärts immer näher an den Wald führte.

Der Forst schien ruhig und idyllisch. Vögel zwitscherten, Mäuschen huschten durchs Unterholz und keinerlei fremde Pflanzen lockten mit ihren Düften. Der Wald hatte sich erholt von dem Bösen, das sich offenbar zurückgezogen hatte. Hannah lauschte, ob sie Irrwichte oder Waldgnome hörte, aber nichts deutete auf ihre Anwesenheit hin. Womöglich würde sie ihnen tief im Wald begegnen, gewiss war nicht alles Böse verschwunden. Aber gemeinsam mit ihren Kindern wollte sie das unter gar keinen Umständen herausfinden!

»Schau, Mami, sind das die lila Blumen, die dich in den Schlaf locken wollten?« Emi zeigte auf einen Teppich aus violettfarbenen Blüten, die der Vormittagssonne ihre Köpflein entgegenstreckten.

»Nein, Emi, das sind Glockenblumen. Die tun uns nichts.« Sie lugte hinüber zu Frieda, die neugierig zwischen die Bäume spähte und prüfte, ob der Schrecken des Waldes fort war. »Er hat sich verändert, richtig?«

Frieda nickte stumm. Nach einer Weile gelangten sie an den Ziegelsteinweg, den ihre Nachbarin vor Jahren gezaubert hatte als einzigen sicheren Weg durch diesen Forst.

»Mama, da!«, rief Leon und rannte vor.

»Dass ich bei diesem Ziegelsteinweg nicht gleich darauf gekommen bin, dass mich meine roten Schuhe nach Hause führen …« Hannah schüttelte den Kopf.

Frieda gluckste. »Das war einer meiner besten Zauber!«

Hannah überlegte. »Würden die Schuhe noch einmal funktionieren? Könnten sie als Pforte dienen, sodass ich …« Sie stockte und sah ihre Nachbarin fragend an.

»Nein, liebe Hannah, ich befürchte, ich muss sie enttäuschen. Die Pantoffeln haben ihren Dienst getan. Aber bequem sind sie immer noch. Sie dürfen die Schuhe gerne behalten!«

Hannah schmunzelte halbherzig, dabei stach etwas in ihrem Herzen. Doch als sie ihre drei Kinder vor sich herlaufen sah, war sie dankbar, wieder bei ihnen zu sein. Auch ohne Maximilian fühlte sie sich glücklicher, befreiter. Sie wusste nun, dass es funktionieren konnte mit einem anderen Mann.

Womöglich lernte sie eines Tages jemanden kennen – und zu wissen, dass Marco sein Ok gegeben hatte, gab ihr die Gewissheit, dass dort draußen noch eine weitere Liebe auf sie wartete. Wer wusste schon, welch toller Mann in ein paar Jahren an ihrer Seite stand – auch wenn er gewiss nicht so wunderbar sein würde wie Maximilian.

Nun wollte sie erst einmal nach dieser Schatulle suchen. Sie würde erst glauben, dass ihre finanziellen Probleme ein Ende fanden, wenn sie den Inhalt gesehen und von einem Fachmann für echt befunden hatte. Nicht, dass sie Maximilian nicht vertraute. Aber sie hatte eine Zeit hinter sich, die sie dahingehend gelehrt hatte, erst aufzuatmen und loszulassen, wenn die Dinge wirklich eintrafen. Hoffen half über schlechte Zeiten hinweg, doch Aufatmen und Entspannen konnte sie als alleinerziehende Mutter erst, wenn sie die Fakten kannte oder die Tatsachen in den Händen hielt.

Marco zog den Rucksack von seinem Rücken, in den er die zwei Gartenschippen gesteckt hatte, die sie für die drei kleinen Balkonkästen verwendeten. »Wer hilft mir?«

»Ich!«, schrie Emi.

»Nein, du darfst immer! Ich will!«, rief Leon.

»Zuerst Emi und danach Leon – und wer heult, darf gar nicht!«, bestimmte Marco. Die beiden hielten den Mund und Emi nahm feierlich die verrostete Gartenschaufel entgegen. Sogleich begann sie eifrig mit Marco dort zu buddeln, wo der Ziegelsteinweg am nächsten verlief, Emi links und Marco weiter rechts. Die Kleine kam schnell ins Schwitzen und Leon löste sie ab, während Marco ohne Pause weitergrub.

Selbst wenn wir nichts finden, ist dieser Ausflug eine Wohltat, dachte Hannah, während sie ihre Kinder beobachtete. Frieda zwinkerte ihr zu. Hannah trat zu ihr und nahm sie in den Arm. »Danke, Frieda, für diese außergewöhnliche Zeit!«

»Gerne, Hannah, es hat uns allen gutgetan!« Sie lächelten einander an und Hannah wusste, sie würde mit den Kindern nie wieder alleine sein!

»Aber eine Frage habe ich, liebe Frieda.«

»Mhm?« Die alte Nachbarin blickte sie über die halbmondförmigen Gläser ihrer Brille hinweg fragend an.

»Wie lange hast du uns bereits beobachtet?«

Frieda erhob den Zeigefinger und tadelte: »Sie werden doch nicht etwa nachtragend werden, liebe Hannah?«

Hannah schüttelte schmunzelnd den Kopf. »Es interessiert mich bloß.«

Frieda gluckste. »So lange war das gar nicht. Was wirklich lange gedauert hat, war die Suche nach Ihnen, nach einem Verwandten von Mirabelle. Nachdem ich herausgefunden hatte, wie sich die Dinge damals mit Mirabelle und der Seele ihrer Mutter zugetragen hatten, wusste ich, nur eine Blutsverwandte konnte die unschuldige Seele retten.«

»Wusstest du, dass Mirabelle uns mit dem Trank hereinlegen würde?«

»Ich habe es mir gedacht. Aber sicher war ich mir nicht. Um ehrlich zu sein, habe ich dem dummen Ding nicht so viel Mut zugetraut, sich mit mir anzulegen. Aber ich war weit fort und sie hat sich sicher gefühlt. Letztendlich wusste ich von ihren Selbstvorwürfen, dass ihre Mutter nur wegen ihrer Rachsucht ihrer letzten Ruhe beraubt wurde – was ihren Zorn auf die Königsfamilie zusätzlich angefeuert hat.«

Hannah blickte in den Wald, während sie Frieda zuhörte.

»Ich wusste, nur ein Blutsverwandter konnte die Seele befreien. Und es war gar nicht so leicht, Sie zu finden, Hannah.

Ihr Urgroßvater ist mit Mirabelles Schwester damals sang- und klanglos verschwunden, von heute auf morgen haben sie ein Schiff bestiegen und sie haben sogar ihre Namen geändert. Bis ich herausgefunden habe, wer von der Familie noch lebte, und bis ich Sie gefunden habe, sind wahrlich Jahre ins Land gezogen.«

»Als du mich gefunden hast, war da Andreas noch am Leben?« Hannah durchzuckte ein verstörender Gedanke. »Hattest du etwas mit seinem Tod …?«

Frieda schnappte empört nach Luft. »Meine liebe Hannah, ich mag Ihnen nicht immer die Wahrheit gesagt haben, aber Ihren Mann habe ich nicht auf dem Gewissen, das kann ich Ihnen versichern!«

Hannah atmete erleichtert auf.

»Als ich Sie gefunden habe, lebten Sie bereits mit Ihren drei süßen Engelchen in dieser winzigen Wohnung. Das einzige, wofür Sie mich verantwortlich machen können, ist der Umstand, dass Ihr Nachbar ausgezogen ist. Aber dafür werden Sie mir gewiss keine Vorwürfe machen.« Sie gluckste.

»Das war wirklich ein Segen, liebe Frieda!« Hannah beobachtete ihre buddelnden Kinder.

»Mama, ich hab hier was!«, rief Marco, der bereits ein so tiefes Loch gegraben hatte, dass sein ausgestreckter Arm und sein halber Kopf darin verschwanden. Sofort stürzten alle zu ihm. Klong, klong, machte es, als er mit seiner Schippe auf den Deckel von etwas Hartem schlug.

»Das muss der Goldschatz sein!«, rief Leon begeistert. Er strich sich über das hochrote Gesicht und hinterließ ein paar Erdkrümel auf seiner hohen Kinderstirn. »Schnell, hol ihn raus!« Marco grub so lange weiter, bis das handbreite und ellenlange Kästchen frei lag und er es herausheben konnte.

Hannah hockte sich zu ihm und nahm die Schatulle mit offenem Mund entgegen. Sie hatte es nicht geglaubt!

»Aufmachen! Aufmachen!«

Unendlich langsam öffnete Hannah den Deckel der metallenen Truhe, deren Scharniere quietschten. Als er zurückfiel, riss sie den Mund noch weiter auf. »Das gibt es doch nicht …«

In der Truhe lagen Goldtaler, Rubine und Smaragde. Sie war vollbepackt bis an den Rand. Langsam schüttelte Hannah den Kopf. Das konnte doch nicht wahr sein.

»Mami, wie viel ist das?«, fragte Emi, die ihre braunen Augen kugelrund aufgerissen hatte.

»Ich weiß es nicht.«

»Haben wir jetzt genug Geld, um für Lena ein Geschenk für ihr Baby zu kaufen?«, vernahm sie Leons hohes Stimmchen dicht neben sich.

Hannah musste lachen.

»Na klar, Bruder!«, rief Marco. »Ich schätze mal, dass ist genug, dass Mama weniger arbeiten gehen muss und wir trotzdem genug zum Leben haben, oder?«

Hannah kullerte eine Träne über die Wange und sie nickte. Sie richtete den Blick gen Himmel. Danke, Maximilian! Danke, dass du mir geholfen hast. Immer mehr Tränen bahnten sich ihren Weg, bis sie laut zu schluchzen anfing.

Emi drückte sich unsicher an sie, denn sie hatte ihre Mutter noch nie weinen sehen. »Mami, was hast du denn? Wieso weinst du?« Sie zog die Mundwinkel nach unten. Es fehlte nicht viel und sie und Leon stimmten in ihr Geheule mit ein.

»Ich weine aus Glück und Dankbarkeit, mein Schatz.«

Leon runzelte die hohe Kinderstirn. »Hast du dir nicht wehgetan?«

Hannah schüttelte den Kopf und wischte sich die Tränen mit dem Handrücken fort. »Nein, mein Schatz. Ich bin unendlich glücklich. Wir sind wieder beisammen und wir haben keine Geldprobleme mehr. Für uns ist nun gesorgt.«

»Musst du nicht mehr bei Ines arbeiten gehen?«, fragte Emi.

»Nur, wenn ich will.«

»Und?«, fragte Frieda und schielte dabei über die Gläser ihrer Brille. »Wollen Sie?«

Hannah lächelte sie an. »Nein, ich will etwas Eigenes aufbauen!«

Frieda strahlte. »Und ich werde Ihnen dabei helfen!«

Hannah wusste nicht, ob sie das für gut befinden sollte oder nicht, doch sie schmunzelte, als sie Friedas glückseliges Gesicht betrachtete. Einzelheiten konnten sie später klären. »Lasst uns gehen!«

»Aber ich will noch in den Wald und nach Irmgard suchen!«, rief Emi.

»Irmgard ist schon lange tot. Weißt du nicht, mein Schatz, die Ereignisse liegen hundert Jahre zurück oder noch länger.«

Emi stemmte die Hände in die Hüften und setzte ihren neunmalklugen Blick auf. »Einhörner können sehr alt werden, Mami!«

In dem Moment strich ein Nebel durch den Wald, ganz in ihrer Nähe. Hannah richtete sich auf und folgte ihm mit den Augen. Er war so dicht, dass keine Umrisse zu erkennen waren, gleichzeitig ging ein Leuchten von ihm aus, als berge er magische Kraft.

Hannah meinte, ein fernes Wiehern zu hören und lächelte. »Dort in dem Nebel reiten die Einhörner!« Die Kinder rissen die Augen auf und wollten sogleich hinstürzen, doch Frieda und Hannah hielten sie sofort zurück. »Wir dürfen sie nicht erschrecken.«

Der Nebel war schwer und undurchsichtig, sie konnten nichts erkennen. Doch sie vernahmen ein leises Schnauben und Getrappel. Galoppierte eine Herde an ihnen vorbei?

»Die Einhörner wohnen im Nebel!«, raunte Hannah.

Als der dichte Nebelschleier weitergezogen war, machten sie sich auf den Heimweg. Hannah hatte die Kinder überzeugen können, an einem anderen Tag eine detaillierte Wandertour durch den Forst zu machen, um ihnen die Route zu zeigen, die sie mit Maximilian und Irmgard genommen hatte. Vielleicht würden sie sogar Mirabelles Hütte finden. Auf jeden Fall wollten sie diesmal bis hoch auf den Rupertsberg – und Leon versprach, keine Angst mehr zu haben. Nun wusste er ja, dass Einhörner in der Nähe waren, die die Menschen beschützten, sollte sich ein Troll oder ein böser Waldgnom nähern.

Sie schlenderten zurück zum Schloss, dessen Türme so hoch ragten, dass sie ihre Köpfe weit in den Nacken legen mussten, um ihre Spitzen zu sehen. Oben wehte eine Fahne im Wind. Sie kehrten auf den Schlosshof zurück, wo der Kutscher tatsächlich auf sie gewartet hatte. Hannah atmete erleichtert auf. Mit ihren Kindern hätte sie ungern in diesem Funkloch festgesteckt – wobei, womöglich hatte sie vor wenigen Tagen nur keinen Empfang gehabt, weil sie in der Zeit gereist war.

Hannah schmunzelte. Sie war in der Zeit gereist, auf einem Einhorn geritten, hatte dabei zugesehen, wie ein Prinz sich in einen Bären verwandelt hatte, und gegen das Böse, Trolle, Irrwichte und Waldgnome gekämpft. Welch ein herrliches Abenteuer.

Der Kutscher stieg vom Kutschbock und hielt ihnen die Tür auf. Nacheinander kletterten Emi, Leon, Marco und Frieda hinein.

Als Hannah an der Reihe war, drehte sie sich ein letztes Mal um und blickte zum Schloss zurück. »Leb wohl, Maximilian. Ich hoffe, dort, wo du bist, geht es dir gut. Und vielen, vielen Dank für alles!« Und damit meinte sie nicht nur das Schatzkästchen.

Gerade als sie sich abwenden wollte, ging das Schlossportal auf. War das Gebäude etwa bewohnt? Lebte womöglich ein Nachfahre von Maximilian dort?

Als sie sah, wer aus der Tür trat, hörte ihr Herz für einen Moment auf zu schlagen. Ihre Knie wurden weich und ein Schauer jagte über ihren Rücken, wie sie ihn lange nicht gefühlt hatte.

Dort, auf der Treppe im Eingangstor des herrschaftlichen Schlosses stand Prinz Maximilian von Lichtenberg. Er war stattlich anzusehen in seiner dunkelblauen Uniform. Sein blondes Haar war in einem Seitenscheitel ordentlich frisiert und seine schwarzen Stiefel glänzten. Aus seinen seegrünen Augen blickte er sie an, als habe er sie bereits erwartet, und in seiner Hand hielt er den roten Beutel, den sie in der Vergangenheit vergessen hatte.

Hannah zwinkerte mehrmals kräftig mit den Augen. War das ein Trugbild? Das konnte doch nicht sein?!

Frieda legte ihre schrumpelige Hand auf Hannahs Schulter. »Er hat auf Sie gewartet.«

»Aber wie kann das sein? Ich bin doch in der Zeit gereist, um ihm beizustehen.«

»Nun … Er ist es auch.«

»Frieda …?«

»Ich mag Sie ohne Ihr Einverständnis in dieses Abenteuer gezwungen haben, liebe Hannah, aber ich verwehre Ihnen gewiss nicht Ihr Happyend!«

Hannahs Augen wurden feucht.

»Mami, ist das der Prinz?«

Prinz Maximilian trat langsam die Schlosstreppe hinunter, während Hannahs Herz schneller und schneller schlug. Ihre Knie drohten unter ihr nachzugeben und ihre Hände zitterten. Sie glaubte, kein Wort herausbringen zu können, als Frieda sie von hinten anstupste. Sie stolperte ein paar Schritte auf Maximilian zu, und als er stehenblieb und seine Arme ausbreitete, tat ihr Herz einen Sprung.

Wie in Zeitlupe trat sie auf ihn zu, aus Angst, eine ruckartige Bewegung könnte den Traum wie eine Seifenblase zerplatzen lassen. Doch egal wie nah sie dem Prinzen kam, er blieb real, blieb stehen und lächelte ihr entgegen.

Sie ließ sich in seine Arme fallen und er fing sie auf, hielt sie fest und stützte sie, wie sie es all die Jahre gebraucht hatte. Wenig später spürte sie die Kinder um ihre Beine, die ebenfalls auf sie zugestürmt waren, als hätten sie Maximilian bereits als Teil ihres Lebens akzeptiert.

Hannahs Zeit der Existenzängste war vorüber. Mit Maximilian hatte sie nun jemanden an ihrer Seite, der sie in allem unterstützte. Er liebte die Kinder, als wären es seine eigenen, und auch die Kleinen schienen erleichtert, dass die Lücke gefüllt war. Niemand würde ihnen den leiblichen Vater ersetzen können, niemals würden sie ihn vergessen, ebenso wenig wie Hannah. Doch Maximilian gab ihnen Kraft und Vertrauen. Sie fühlten sich wohl in seiner Gegenwart und spürten, wie gut er ihrer Mutter tat.

Das Königreich war nicht der Vergessenheit anheimgefallen und das Schloss nicht verkommen. Hannah und Maximilian verließen einander nie wieder. Und sie lebten glücklich und zufrieden und wenn sie nicht gestorben sind, so leben sie noch heute!

Liebe Leser,

endlich konnte ich euch diese Märchengeschichte erzählen! Es war die allererste Idee, die ich für einen Märchenroman für Erwachsene hatte. Die schlichte Notiz »Märchenprinz für die dreifach-Mami« stand ganz oben auf meiner Liste und bereits seit über einem Jahr begann diese Geschichte in meinem Kopf lebendig zu werden. Es war mir ein sehr großes Bedürfnis, euch von Hannah und ihrem Märchen zu berichten – denn träumen nicht auch wir Mütter von einem fantastischen Abenteuer?

Selbstverständlich möchte ich es an dieser Stelle nicht versäumen, einigen Menschen zu danken, die mich in meiner Schreibzeit begleitet haben.

Mein allererster, weil größter Dank gilt meinem wunderbaren Ehemann, der mit so viel Herzblut und Eifer über meinen Geschichten brütet und durch seine Ideen meine Märchen jedes Mal so viel besser macht. Danke, dass ich immer auf dich zählen kann!

Ein sehr großer Dank gilt selbstverständlich meiner kreativen Coverfee Juliane Buser, die durch ihr bildliches Vorstellungsvermögen (das mir komplett fehlt) meinen Geschichten so wundervolle Kleider verpasst und mit meinen wunderbaren Märchenbloggern und mir gemeinsam die Werbetrommel rührt, damit viele von meinem neuen Buchbaby erfahren. Liebe Juliane, ich bin so froh, dass wir uns kennengelernt haben, und freue mich jetzt schon auf das nächste Cover, das du für mich zauberst!

Ein großer Dank gilt der lieben Antje Wunder, eine meiner wunderbaren Märchenbloggerinnen, die diese Geschichte vorab gelesen und letzte Stolpersteine ausgebügelt hat! Vielen Dank!

Außerdem möchte ich den »Fantastischen Müttern« danken, meiner Autorenmamis-Schreibgruppe, in der wir uns zu sechst als Mamis und Autorinnen zusammengefunden haben und in der aus einem ET gerne mal der Verdacht einer Schwangerschaft wird. Liebe Sissi, Carina, Lenia, Nicole und Minnie, es macht so viel Spaß, mich mit euch auszutauschen, und ihr habt mir an so mancher Kreuzung im Laufe des Schreibprozesses geholfen, den richtigen Weg zu finden. Ich bin sehr froh, dass wir füreinander da sind, und danke euch von Herzen!

Dieses Buch habe ich allen Müttern gewidmet. Deshalb gehört auch ihr in die Danksagung: Liebe Mamis, ihr seid wunderbar! Vergesst das nicht – und vergesst euch nicht!

Und zuletzt möchte ich gerne euch danken, meinen lieben Lesern. Danke, dass ihr zu meinem Märchenroman gegriffen habt. Ich hoffe, ich konnte euch in eine spannende Märchenwelt entführen und euch ein wenig Hoffnung schenken für euren Alltag! Falls ihr noch mehr märchenhafte Geschichten lesen wollt, könnt ihr euch gerne auf meiner Homepage www.jennyvoelker.com umsehen und in meine Lesergruppe eintragen, in der euch Kurzgeschichten, Vorableseproben und Infos zu meinen Büchern erwarten. Ich wünsche euch von Herzen alles Gute und eine märchenhafte Zeit!

Eure Jenny Völker

Weitere Bücher der Autorin

Sternmarie

Was würdest du tun, wenn ein Zwerg mitten in der Nacht an dein Fenster klopft, um dich mitzunehmen in seine Märchenwelt?

Als es kurz nach Mitternacht an Maries Schlafzimmerfenster pocht, ergreift die Mittzwanzigerin die Gelegenheit, ihr Leben zu verändern. Sie folgt dem abenteuerlustigen Zwerg Karl in ein magisches Königreich, um dort nach ihren Eltern zu suchen. Plötzlich braucht der Prinz dringend ihre Hilfe und sie befindet sich mitten in einem lebensgefährlichen Abenteuer. Kann sie ihm helfen? Wird sie ihre Eltern finden? Begleite Marie auf ihrer märchenhaften Reise und lass dich inspirieren von der Magie der Hoffnung.

»Sternmarie« als eBook auf Amazon und als Taschenbuch überall erhältlich, wo es Bücher gibt.

ISBN: 978-3-749-466511

Nähere Infos unter: www.jennyvoelker.com/sternmarie/

Verwünschung

Was würdest du tun, wenn du im Wald eine Fee triffst, die sofort deine Hilfe braucht?

Eine alte Liebe, die nicht sein darf. Ein todbringender Fluch, der angeblich auf seiner Familie lastet. Und ein unbekanntes Königreich, das auf keiner Landkarte existiert.

Als der erfolgreiche Scheidungsanwalt Kai Lenz bei seinem morgendlichen Dauerlauf im Wald einer Fee begegnet, traut er seinen Augen nicht. Die kleine Fee braucht sofort seine Hilfe und schon bald steckt er in einem lebensgefährlichen Abenteuer – doch was hat seine Familie mit all dem zu tun?

»Verwünschung. Ein abenteuerlicher Märchenroman« von Jenny Völker: eBook über Amazon, Taschenbuch überall erhältlich, wo es Bücher gibt (ISBN: 978 3 750 410725).

Nähere Infos unter:

www.jennyvoelker.com/verwuenschung/

Verwünschung – Die Bedrohung

Was würdest du tun, wenn etwas Dunkles dich verfolgt?

Schwarzer Rauch. Eisige Kälte. Und das Gefühl, als drücke ihr jemand die Luft ab.

Die Fee Florentine ist alles andere als auf den Kopf gefallen. Sie ist mutig, neugierig und liebt Kriminalfälle. Aber was, wenn sie selbst zu ihrem eigenen Fall wird? Etwas Böses, Unbekanntes lauert der kleinen Fee auf, immer und immer wieder. Was ist es? Und was hat es vor?

»Verwünschung – Die Bedrohung« ist ein kurzes Prequel, dessen Ende nahtlos in den Märchenroman »Verwünschung« übergeht. Sei an Florentines Seite und jage durch ein verborgenes Königreich!

Dieses (only) eBook habe ich für die Mitglieder meiner Lesergruppe geschrieben. Ihr habt euch noch nicht dafür eingetragen? Dann könnt ihr das gerne nachholen auf

www.jennyvoelker.com

Nähere Infos zu dem Prequel findet ihr auf

www.jennyvoelker.com/verwuenschung-die-bedrohung/

Lesetipp:
Katja Dederich
Stachelbeeren im Winter

Ein Mann. Eine Frau.
Ein Club.
Eine Telefonnummer.

Tage vergehen und Jo geht längst davon aus, dass sich der Mann, der sie an jenem Abend in Edinburgh angesprochen hat, nicht mehr melden wird. Eines Abends erhält sie überraschend doch eine WhatsApp - Nachricht, die den Startschuss zu einem ganz besonderen Abenteuer liefert.

Wie nah kann man sich kommen, wenn das Schicksal einen ständig aneinander vorbei laufen lässt?
ASIN: B081T8KKYH